dtv
Reihe Hanser

Die Lehrer auf der Royal Dram sind schon einen Zacken speziell: Der abgefahrenste ist einer, der möchte, dass die Eleven die Wände des Proberaums lecken. Dass sie bei anderer Gelegenheit ihren Text durch die Füße sprechen sollen, hat auch was, ist aber nicht so eklig – wäre da nicht die Tatsache, dass einige Mitschüler es mit der Körperpflege nicht so genau nehmen.
Das große Drama aber erlebt Filippa mit Anna, die all ihr intrigantes Talent in die Waagschale wirft, um Filippa das Leben schwer zu machen.
Auch in der Liebe bleibt Filippa sich treu: Sie hat ja ein Händchen für die falschen Typen und landet beim Mädchenschwarm der Abschlussklasse, einem absoluten Kretin.
Alles wie gehabt also: schrecklich witzig und furchtbar wahr!

Emmy *Abrahamson* wuchs in Moskau auf, sie studierte in London und Manchester und arbeitete als Schauspielerin in Amsterdam und Wien. Heute lebt sie in Südschweden. Ihr erstes Buch »Widerspruch zwecklos oder Wie man eine polnische Mutter überlebt« (dtv 62548) wurde hoch gelobt und ausgezeichnet. »Mind the Gap!« (dtv 62605), der erste Teil der Filippa Karlsson-Trilogie, ist bereits im Taschenbuch erschienen.

Emmy Abrahamson

Go for It!

Wie ich London die Schau stahl
(oder London mir)

Aus dem Schwedischen von
Anu Stohner

dtv

Ausführliche Informationen über
unsere Autoren und Bücher
www.reihehanser.de

2016 dtv Verlagsgesellschaft mbH & Co. KG, München
© Emmy Abrahamson 2013
Titel der Originalausgabe: ›Stjäla the show‹
(Rabén & Sjögren, Stockholm 2013)
Alle Rechte der deutschsprachigen Ausgabe:
© 2014 dtv Verlagsgesellschaft mbH & Co. KG, München
Published by agreement with Rabén & Sjögren Agency
Umschlaggestaltung und Illustration: buxdesgn 1 München, Ruth Botzenhardt
Satz: Fotosatz Amann, Memmingen
Druck und Bindung: Druckerei C.H.Beck, Nördlingen
Gedruckt auf säurefreiem, chlorfrei gebleichtem Papier
Printed in Germany · ISBN 978-3-423-62621-7

1

Filippa Karlsson hatte noch nie ein Interview gegeben, und jetzt bat man sie um gleich zwei am selben Tag.

Erst hatte ein etwas ernster Moderator eines Kulturprogramms im schwedischen Radio angerufen und ihr eine Menge Fragen gestellt, und nun saß sie im Costa Coffee an der Tottenham Court Road und wartete auf Leute vom *Aftonbladet* (der größten schwedischen Tageszeitung mit immerhin 2,8 Millionen Lesern täglich!). Filippa richtete sich in ihrem mit lila Samt bezogenen Sessel auf und versuchte, aufregend und unprätentiös zugleich auszusehen.

»Filippa! Hallo! Entschuldige, dass wir uns ein bisschen verspätet haben!«, hörte sie plötzlich jemanden sagen. »Ich bin Lotta! Und das hier ist Thomas, der die Fotos macht.«

Filippa schüttelte erst einer blonden Frau und dann einem jungen Mann mit einer großen Kameratasche die Hand.

»Hallo!«

»Hast du schon einen Kaffee, sonst kann dir die Zeitung einen bezahlen«, sagte die Journalistin mit Namen Lotta.

»Hab ich, ja«, sagte Filippa. »Trotzdem vielen Dank!«

Tatsächlich war sie viel zu früh da gewesen, weil sie sich mit genau dem Problem herumgeschlagen hatte: Sollte sie nun die Journalisten einladen, weil sie es schließlich waren, die sie (bei 2,8 Millionen Lesern!) weltberühmt machten, oder sollten umgekehrt die sie einladen, weil sie ihnen schließlich Stoff zum Schreiben verschaffte? Viel zu früh da zu sein war ihr als die einfachste Lösung des Problems erschienen, weshalb sie jetzt schon seit einer geschlagenen halben Stunde an ihrem kalten Tee nippte.

»Thomas, einen Caffè Latte für mich, ohne Zucker«, sagte die Journalistin, bevor sie sich mit einem großen Lächeln Filippa zuwandte. »Also ...«

Filippa lächelte zurück.

»Das ist ja alles ganz irre – ist es doch, oder?«

Filippa nickte, obwohl sie fand, die Journalistin, die jetzt einen Notizblock und einen Kugelschreiber aus ihrer armeegrünen Tasche kramte, hätte sich etwas konkreter ausdrücken können. Draußen heulte die Alarmanlage eines Autos los.

»Können wir ganz am Anfang anfangen?«, fragte die Journalistin, während sie in ihrem Notizblock nach einem leeren Blatt suchte. Filippa versuchte, einen Blick auf das zu erhaschen, was auf den vollgeschriebenen Blättern stand, aber das Einzige, was sie entziffern konnte, waren die Worte »schreiende Affen«, gefolgt von einem halben Dutzend Fragezeichen.

»Es hat alles damit angefangen, dass du an der besten Schauspielschule der Welt angenommen worden bist, richtig? Ich meine: *die beste ... Schauspielschule ... der Welt ...* «

In Filippa explodierte ein kleines Freudenfeuerwerk, als sie die Journalistin das aussprechen hörte, was ihr selbst noch immer so unglaublich erschien. Sie, Filippa Karlsson, war in der Tat an der Royal Drama School in London angenommen worden. Wobei Eingeweihte nur von der RoyDram sprachen.

»Ich weiß nicht, ob es die beste der Welt ist«, sagte Filippa. »In jedem Fall ist es eine der angesehensten.«

»Und stimmt es, dass du die erste Bewerberin aus Schweden überhaupt bist, die sie angenommen haben? Ich meine ... Wahnsinn!«

Filippa nickte und versuchte, nicht vor Stolz tot vom Sessel zu fallen. Die Journalistin warf einen Blick auf ihre Notizen.

»Mikael Persbrandt[*] hat es in den Achtzigern versucht und ist nicht reingekommen«, stand da offensichtlich. »Das muss ein gutes Gefühl sein? Ich meine, dass sie dich genommen haben und ihn nicht?«

»Äh ... ich weiß nicht ... ja, vielleicht ...«

Der Fotograf kam, stellte den Caffè Latte auf den Tisch und holte seine Kamera aus der Tasche. Dann schaute er sich im Raum um.

»Gibt es jemanden, den du grüßen möchtest?«, fragte seine Kollegin.

»Grüßen? Wen?«

Die Alarmanlage draußen gab endlich Ruhe.

»Micke Persbrandt zum Beispiel ... Ich meine, wo du reingekommen bist ...«

Filippa nahm einen großen Schluck von dem eiskalten Tee, weil sie nicht wusste, ob die Journalistin Witze machte.

»Nein«, sagte sie schließlich mit einem Hals, der genauso kalt war wie ihr Tee.

»Und weißt du zufällig, wie viele Leute es dort jedes Jahr versuchen?«

»Um die dreitausend«, sagte Filippa. »Hab ich irgendwo gelesen.«

---

[*] Mikael Persbrandt kennt man in Deutschland als den unangepassten jungen Kollegen von Kommissar Beck. In Schweden ist er ein Star.

»Und wie viele Plätze gibt es?«

»Fünfundzwanzig.«

Die Journalistin notierte sich die Zahlen und nickte beeindruckt.

»Das wären dann ... so zwischen ein und zwei Prozent, nicht?«

Filippa tat, als müsste sie nachdenken, dann sagte sie: »0,83 Prozent, würde ich sagen ... ungefähr jedenfalls ... ungefähr 0,83 Prozent ...«

Der Fotograf lief inzwischen mit ernster Miene im Raum herum und schaute immer wieder durch die Kamera.

»Dann war es also richtig schwer reinzukommen?«, fragte seine Kollegin.

»Doch«, sagte Filippa und nickte. »Man muss dreimal vorsprechen, bevor man einen Platz bekommt.«

»Und deine Eltern? Ich meine, die haben sich doch bestimmt gefreut?«

Filippa erinnerte sich sehr genau an den Morgen, als sie zu Hause angerufen hatte, um zu erzählen, dass sie an der RoyDram angenommen worden war. Ihre Eltern kamen beide ans Telefon und trauten sich nicht zu fragen, wie es gelaufen war, aber als sie es erzählte, kriegte sich ihre Mutter überhaupt nicht mehr ein, und das Ganze endete damit, dass die beiden »For She's a Jolly Good Fellow« sangen. Danach musste Filippa ein paarmal den offiziellen Namen der Schule wiederholen und sämtliche Schauspielergrößen aufzählen, die sie irgendwann einmal besucht hatten. Auch ihren Vater interessierte, wie viele Bewerber es gewesen und wie viele davon angenommen worden waren, und er schrieb alles auf. Später hatte ihre Mutter ihr erzählt, dass er sich nach dem Telefonat ein paar Tränen habe wegwischen müssen.

»Doch, sie haben sich riesig gefreut«, sagte Filippa. »Aber natürlich sind sie auch ein bisschen traurig, dass ich in London bleibe.«

»Und wie lange bist du schon hier?«

»Nur ein paar Monate. Ich bin gleich nach der Schule hergekommen, im Juni. Das Vorsprechen war dann ja schon bald.«

»Und wann beginnt jetzt die Schule ... ich meine ... *das große Abenteuer?*«

»Am Montag«, sagte Filippa und spürte ein leichtes Kitzeln im Magen, als ihr aufging, dass es bis dahin nur noch drei Tage waren.

»Lotta, das hat hier keinen Zweck«, sagte Thomas, der Fotograf, kopfschüttelnd. »Das Licht geht *überhaupt nicht.*«

»Dann lass uns draußen einen passenden Platz suchen. – Das ist doch okay für dich, Filippa?«

Filippa nickte. »Klar«, sagte sie und stand auf.

Wenn sie es sich recht überlegte, musste sie zugeben, dass sie sich ans Interviewtwerden hätte gewöhnen können. Obwohl sie bestimmt nicht angeberisch veranlagt war, fühlte sie sich seit ihrer Aufnahme in die RoyDram doch ein bisschen besonders. Ausgewählt irgendwie. Ein bisschen so wie Jesus vielleicht – natürlich vor der Kreuzigung. Sie bekam das Lächeln gar nicht mehr aus dem Gesicht, ihr Körper fühlte sich mit einem Mal lebendiger an, und wenn sie redete, fand sie sich klüger und interessanter als früher. Malin und Bridget, die beiden Mädchen, mit denen sie zusammenwohnte, bescheinigten ihr seit dem Tag des ersehnten Anrufs der RoyDram sogar einen gewissen *Glow*. Und jetzt gerade fragte sie sich, warum eigentlich nicht noch mehr schwedische Zeitungen sie interviewen wollten, und vor allem, warum nicht das Fernsehen.

Zu dritt verließen sie das Café und traten auf die Straße. Obwohl es schon Mitte September war, war das Wetter immer noch angenehm warm. Die morgendliche Rushhour war schon vorüber, und auf der Tottenham Court Road herrschte weniger Verkehr als sonst.

»Ist die Schule nicht auch ganz in der Nähe?«, fragte die Journalistin.

»Nur die Straße runter und dann noch ein kleines Stück«, sagte Filippa und bereute es auf der Stelle.

»Super«, sagte die Journalistin. »Dann können wir ja dort ein paar Bilder schießen, oder was meinst du?«

Filippa schlug sogar mehrere Alternativen vor, aber ihre beiden Begleiter ließen nicht locker, bis sie vor der Royal Drama School standen. Und die ganze Zeit fragte die Journalistin – Lotta – weiter.

»Was denkst *du* eigentlich, was dich so besonders macht? Ich meine, das waren immerhin *dreitausend Leute* ...«

O nein! Musste Lotta ausgerechnet die Frage stellen, wegen der sie immer noch mitten in der Nacht aus dem Schlaf aufschreckte?

»Vielleicht bin ich ...«, versuchte sie es wenigstens. »Weil ich ... Ich weiß es ehrlich nicht.«

»Du musst *wahnsinnig* begabt sein, das ist es.«

»Himmel, nein, bestimmt nicht! Im Gegenteil!«

Lotta und Thomas blieben erschrocken stehen.

»Ich meine, nicht wirklich im Gegenteil«, erklärte Filippa. »Mehr so mittel. Ich bin mittelbegabt, wollte ich sagen.«

Genau da sah Thomas das RoyDram-Gebäude und sagte: »Das sieht schon viel besser aus.«

Als Filippa den hässlichen Sechzigerjahrekasten sah, begann

ihr Herz zu rasen, und wieder einmal hatte sie Mühe, sich klarzumachen, dass sie dort bald ein und aus gehen würde.

»Wenn du dich einfach auf die Treppe stellen könntest?«, sagte Thomas, der endlich nicht mehr so zerknirscht aussah. »Genau ... Und noch ein bisschen nach rechts, damit man den Namen der Schule über der Tür lesen kann ... Ja, genau ... Und noch ein bisschen mehr nach rechts ... noch ein bisschen ... so, ja, perfekt!«

Filippa schickte ein stummes Dankgebet zum Himmel, dass die Schule den Sommer über geschlossen war und keiner ihrer künftigen Mitstudenten sie so sehen konnte. Nur ein paar italienische Touristen waren stehen geblieben und schauten sie neugierig an.

»Okay, Filippa!«, sagte Thomas und schaute hinter der Kamera hervor. »Wenn du jetzt noch mit einem Jubelschrei von der Treppe springen könntest, hätten wir's.«

»Entschuldigung?«

Filippa war sich sicher, dass sie vor Schreck blass geworden war.

»Ein Sprung und ein Jubelschrei, damit man sieht, wie du dich freust. Du freust dich doch, oder?«

»Schon, aber ...«

Auch wenn sie sich noch nie im Leben so gefreut hatte, wäre es ihr lieber gewesen, sie hätte es leise lächelnd und mit einer gewissen Würde im Sitzen zum Ausdruck bringen können. Oder mit einem rätselhaften Blick ins Weite, als wäre sie tief in Gedanken über Shakespeare oder Strindberg versunken.

Die italienischen Touristen hatten inzwischen ihre eigenen Kameras und Handys gezückt, um Bilder von ihr zu machen.

»Nimm dir die Zeit, die du brauchst!«, sagte Thomas in einem Ton, der das genaue Gegenteil besagte. »Es muss kein großer Sprung sein.«

Filippa schluckte. Dann sprang sie von der Treppe auf die Straße und schaffte es sogar, ein kleines »Juhu!« herauszuquetschen. Danach wurde es still. Lotta, Thomas und die Touristen sahen alle gleich enttäuscht aus.

»Äh, ja ...«, sagte Thomas mit einem Räuspern. »Vielleicht gleich noch mal, Filippa ... Und trau dich, deine Gefühle rauszulassen! Zeig uns, wie glücklich du bist!«

Filippa sprang noch einmal, und diesmal gelang ihr das »Juhu!« etwas kräftiger. Danach wurde es wieder still. Und Thomas und Lotta sahen aus, als hätten sie plötzlich Zweifel, ob Filippa auch nur das Talent für eine Ausbildung zum Klempner hatte. Thomas räusperte sich ein zweites Mal.

»Mach vielleicht mehr mit den Armen! Reiß sie irgendwie nach oben! Und vielleicht verdrehst du ein bisschen den Oberkörper beim Springen! Du darfst auch lächeln, breit, wenn's geht! Und versuch mal, die Haare zu werfen!«

Filippa sprang wieder und wieder, und nach jedem Sprung sah Thomas niedergeschlagener aus. Als sogar Lotta die Stirn runzelte, versuchte er es mit einer neuen Taktik.

»Vergiss einfach, dass ich Fotos mache!«, sagte er. »Stell dir vor, du spielst in einem Stück, und deine Figur muss vor Freude einen Luftsprung machen!«

Filippa hatte keine Ahnung, wieso das die Sache einfacher machen sollte, aber sie wollte den zwei vom *Aftonbladet* so unbedingt gefallen, dass sie nickte. Dann dachte sie daran, wie schön sie es wieder haben würde, wenn das bescheuerte Interview endlich vorüber war, und sprang.

»Na endlich!«, sagte Thomas erleichtert, und sogar die Italiener zogen zufrieden von dannen.

Filippa verabschiedete sich von den beiden Journalisten, stieg in den Bus, der sie zur Arbeit brachte, und musste die ganze Fahrt über daran denken, welch großartige Botschaft sie gerade Mikael Persbrandt und 2,8 Millionen Lesern der größten schwedischen Tageszeitung übermittelt hatte:

»Jubelnde Knalltüte an renommierter Londoner Schauspielschule angenommen – und keiner weiß, warum!«

2

Das Gebäude, in dem Filippa ihrer Arbeit nachging, lag in einer kleinen Nebenstraße im Osten Londons, in einem Stadtteil namens Shoreditch. Es gab keinerlei Schilder, die darauf hinwiesen, was in dem Gebäude vor sich ging, zum einen weil es reichte, wenn die darin ansässige Firma telefonisch erreichbar war, zum anderen weil es galt, deren Mitarbeiterinnen und Mitarbeiter vor Stalkern zu schützen. Vor ein paar Jahren war nämlich eines der dort (im Raum e, nicht wie Filippa im Raum b) tätigen Mädchen von einem ihrer Stammkunden ermordet worden. Der Mann hatte ihr nach der Arbeit aufgelauert, sie bis nach Camberwell verfolgt und dann im Treppenhaus des Miethauses, in dem sie wohnte, erdrosselt. Die Firmenleitung hatte alles versucht, um den Vorfall zu vertuschen, aber natürlich gab es Gerüchte.

Filippa tippte den Türcode ein und betrat das Gebäude. Als sie im ersten Stock ankam, tauchte in der Tür zum Raum e (»e wie *easy money*«, laut ihrer Freundin Louise) ein kleiner Kopf mit wirren rot gefärbten Haaren auf.

»Ich hab dich kommen sehen«, sagte Louise. »Wie war das Interview?«

Gleich nach ihrer Ankunft in London hatten sie beide ein kleines, schäbiges Zimmer in Archway geteilt. Louise kam aus Neuseeland, und sie war es auch gewesen, die Filippa vor gut einem Monat den Job im Raum b (»wie bullshit«) vermittelt hatte.

»Woher weißt du ...?«

»Odd hat's mir erzählt«, sagte Louise und setzte mit den Schneidezähnen ihr Zungenpiercing in Bewegung.

In Odd – Oddvar – hatte sich Filippa verliebt, bevor er zum Erwerb einer Aufenthaltserlaubnis eine Scheinehe mit Louise einging und sie erfuhr, dass er einen Freund hatte. Filippa hatte viel dazugelernt, seit sie nach London gekommen war.

»Aha«, sagte sie.

»Haben sie dich nach deiner Lieblingsfarbe gefragt und all so was?«

»Nein, nur alles Mögliche über die Schule.«

Louise warf einen Blick über die Schulter.

»Oh, mein Telefon! Zeit für die nächste Nummer ...«

»Vergiss nicht das Kondom!«

Die Tür zum Raum e ging zu und sofort wieder auf.

»Und was ist deine Lieblingsfarbe?«, fragte Louise.

»Dunkelblau.«

Als die Tür wieder zu war, kam aus Raum f (»wie fag«, laut Louise, was Filippa erst verstanden hatte, als Louise ihr erklärte, dass es ein hässliches Wort für schwule Männer war) ein junger Mann mit einer Packung Zigaretten in der Hand. Im Raum arbeiteten ausschließlich Jungs.

»Fängst du gerade an?«, fragte er.

»In fünf Minuten«, sagte Filippa.

»Viel Spaß!«, sagte der junge Mann und ging in Richtung Balkon.

In dem Flur gab es sechs Türen. Im Raum a (»wie assholes«) saß die Firmenleitung, im Raum b die Abteilung für Wahrsagerei, in den Räumen e und f die Abteilungen für Sex. Was in den Räumen c und d vor sich ging, wusste niemand, weil die Türen immer abgeschlossen waren.

Filippa öffnete die Tür zu Raum b und trat ein.

»Hallo!«, flüsterte eine von Filippas indischen Kolleginnen, die Hand schützend über den Telefonhörer gelegt.

Wie im Raum f nur Jungs beschäftigt waren, waren es im Raum b fast ausschließlich indische Mädchen. Filippa war eine der wenigen Weißen, die nicht im Raum e mit dem wesentlich höheren Stundenlohn arbeiteten. Louise wurde zwar nicht müde zu betonen, dass Sextalk eine der leichtesten Übungen überhaupt sei, aber für Filippa war es trotzdem nichts.

»Hallo!«, flüsterte sie zurück.

Während sie sich an ihren Platz setzte, schaute sie sich um, wer sonst noch alles arbeitete. Es war um die Mittagszeit, also war nur die Hälfte der Plätze besetzt. Die meisten Kunden riefen später am Nachmittag oder abends an, und Hochbetrieb war an den Wochenenden. Sie hatte ihr Telefon kaum zugeschaltet, als es auch schon blinkte.

»Sie sprechen mit Madame Tamara, der besten Wahrsagerin Londons – ein Anruf, und Sie kennen Ihre Zukunft«, sagte Filippa mit dunkel geheimnisvoller Stimme.

»Hallo, Madame Tamara!«, kam es piepsig zurück.

Eine arbeitslose alleinerziehende Mutter. Neunzig Prozent ihrer Anrufer waren arbeitslose alleinerziehende Mütter.

»Ich möchte Ihnen erst ein paar allgemeine Fragen stellen, bevor ich Ihnen die Karten lege – einverstanden?«

»Sicher«, piepste die Frau und klang dabei ein bisschen weinerlich.

Filippa notierte ihren Namen – Shelley –, ihre Adresse, ihr

Geburtsdatum und ihren Geburtsort. Nicht dass diese Informationen für irgendetwas nützlich gewesen wären. Indem Filippa sie abfragte, folgte sie nur der goldenen Regel Nummer eins ihrer Tätigkeit und dem obersten Prinzip, nach dem die ganze Firma funktionierte: die Kundschaft so lange wie möglich in der Leitung zu halten.

Filippa erhielt zwar einen Stundenlohn (der deutlich höher war als der in dem Büro, in dem sie zuvor gearbeitet hatte), aber dazu kam noch ein Bonus für jede halbe Stunde, die sie einen Kunden in der Leitung hielt. Der Firmenrekord stand bei viereinhalb Stunden, und die Damen und Herren aus den Abteilungen e und f beschwerten sich regelmäßig, dass sie mit den Wahrsagerinnen unmöglich konkurrieren könnten, weil sich Sextalk naturgemäß nicht so lange hinziehen lasse.

»Okay, Shelley«, sagte Filippa. »Ich werde jetzt kurz den Hörer beiseitelegen, um mich den Tarotkarten zu widmen – einverstanden?«

»Sicher«, piepste Shelley.

Filippa legte den Hörer weg, schaute auf die große Ikea-Uhr, die gut sichtbar an der Wand hing, und wartete die vorgesehene Minute. Was die Anrufer nicht wussten, war, dass es gar keine Madame Tamara gab, die ihnen die Zukunft aus den Tarotkarten las. Neben jedem Telefon lag nur ein zerfleddertes Heft mit 78 fotokopierten Seiten, für jede Tarotkarte eine und in einer Reihenfolge, die ebenso von der Firmenleitung vorgegeben war wie die zugehörigen Texte, die von den vermeintlichen Wahrsagerinnen verwendet werden sollten. Als die Minute um war, nahm Filippa den Hörer und schlug die erste Seite auf.

»Shelley, ich habe jetzt Ihre Karten ausgelegt.«

»Äh ... sehen Sie irgendwelche ... irgendwelche schlechten?«

Goldene Regel Nummer zwei der Abteilung Wahrsage: Alle Karten sind grundsätzlich positiv! Aus genau diesem Grund waren die Seiten mit dem Tod, dem Teufel, dem Gehängten und dem Turm mit einem dicken schwarzen Stift durchgestrichen.

»Ich sehe überhaupt keine schlechten. Und die erste Karte, die sich zeigt, ist das Rad des Schicksals.«

Goldene Regel Nummer drei: Erwähne immer das Rad des Schicksals!

»Das Rad des Schicksals steht für große Veränderungen, Shelley. – Hat es in letzter Zeit größere Veränderungen in Ihrem Leben gegeben?«

»Ja«, schluchzte Shelley. »Darum rufe ich ja auch an ...«

Zwanzig Minuten später hatte Filippa erfahren, dass Shelley zwei Kinder von zwei verschiedenen Vätern hatte, von denen keiner Unterhalt bezahlte. Vor einiger Zeit war sie von Glasgow nach Milton Keynes in die Nähe ihrer Mutter gezogen, nachdem sie sich vom Vater des zweiten Kindes (eines Jungen, der stundenlang den Kopf gegen die Wand schlug) getrennt hatte. Jetzt wohnte sie in einem Hochhaus, wo sie so von ihren Nachbarn terrorisiert wurde, dass sie sich kaum noch aus der Wohnung traute. Trotzdem hatte sie vor ein paar Wochen im Pub um die Ecke einen Mann kennengelernt, der kurz darauf mit ihrer Bankkarte, dem Geld, das ihr ältestes Kind zum Geburtstag bekommen hatte, und einer nagelneuen Nintendo Wii-Konsole verschwunden war.

»Und was sagen jetzt die Karten dazu?«

Filippa hatte irgendwann nur noch mit einem Ohr zugehört und Shelley, die eher jemanden zum Zuhören als eine Wahrsagerin brauchte, wahrscheinlich trotzdem einen Gefallen getan. So gut wie alle, die anriefen, brauchten eher jemanden zum Zuhören.

»Wie?«, fragte Filippa.

»Was die Karten dazu sagen«, sagte Shelley. »Bin ich schwanger oder nicht?«

Filippa war schlagartig wach.

»Äh ...«

Sie blätterte panisch in dem Heft, ob sich dazu eine passende Karte fand. Während der halbtägigen Ausbildung zur Madame Tamara war die Frage, ob jemand schwanger war oder nicht, nicht vorgekommen. Am liebsten hätte sie Shelley geraten, sich schleunigst einen Schwangerschaftstest zu besorgen, statt sich einer billigen Telefonwahrsage anzuvertrauen, aber das war natürlich ausgeschlossen.

»Shelley, dazu muss ich wohl noch mal die Karten legen«, sagte sie, um Zeit zu gewinnen. »Ich leg kurz den Hörer weg, okay?«

»Okay«, piepste die Maus am anderen Ende der Leitung.

Filippa stürzte zu einem der anderen Mädchen, das gerade kein Gespräch hatte. Zum Glück war es eins von denen, die schon länger im Raum b arbeiteten.

»Ich hab eine Frau in der Leitung, die wissen will, ob sie schwanger ist oder nicht. Was sag ich denn da?«

Das Mädchen biss sich auf die Unterlippe und überlegte.

»Hast du schon das Rad des Schicksals gelegt?«

Filippa nickte.

»Okay. Dann sag ihr, dass die zwei stärksten Karten die Sonne und die Stärke sind, aber dass die Karten nur sagen können, dass alles gut wird, egal, ob sie schwanger ist oder nicht.«

»Danke!«, sagte Filippa und lief zurück zu ihrem Platz.

Sie nahm den Hörer und blätterte schnell zur Seite mit der Sonnenkarte.

»Shelley?«

»Ja?«

»Ich sehe zwei sehr, sehr positive Karten«, sagte die Wahrsagerin Tamara, »die Sonne und die Stärke. Die Sonne bedeutet Glück. Dass Sie sich wieder trauen können, glücklich zu sein.«

»Wirklich?« Shelley begann zu weinen.

»Unbedingt. Die andere Karte steht für Stärke und dafür, dass man beliebt ist, dass einem die andern Respekt entgegenbringen.«

»Auch meine Nachbarn?«, schluchzte Shelley.

»Auch Ihre Nachbarn, Shelley«, sagte Filippa und hoffte aus tiefstem Herzen, dass ihre Prophezeiung wahr wurde.

Filippas Gespräch mit Shelley dauerte eineinhalb Stunden, und hinterher fühlte sie sich vollkommen ausgelaugt. Bis zum Ende ihrer Schicht riefen noch zwei weitere Frauen an: eine, die nach Ablauf der Warteminute aufgelegt hatte, und eine, die wissen wollte, ob die Karten auch über die Lottozahlen Auskunft geben könnten.

Als Filippa gerade aufbrechen wollte, kam eines der indischen Mädchen und überreichte ihr ein in Geschenkpapier eingeschlagenes Päckchen und eine Postkarte. Alle anderen schauten lächelnd auf.

»Das ist von uns allen. Viel Glück an der Schule!«

»Wie?«

Filippa war so erstaunt und gerührt, dass sie nicht wusste, was sie sagen sollte. In dem Päckchen war dann eine Riesentafel Galaxy-Vollmilchschokolade, die man im Raum b allgemein gern während der Arbeit verzehrte, und die Postkarte zeigte eine überlebensgroße Tarotkarte.

»Das Rad des Schicksals«, sagte Filippa lächelnd.

»Große Veränderungen«, sagte das indische Mädchen. »Und werd bitte berühmt, damit wir später sagen können, wir haben dich gekannt!«

Zu Hause in der Grafton Road 23 in Kentish Town pinnte Filippa die Karte neben ihr Bett, und während des Wochenendes fiel ihr Blick immer wieder auf das große goldene Schicksalsrad. Es verhieß eine große Veränderung, die notwendig war, aber deshalb nicht leicht auszuhalten sein musste.

»Morgen ist dein großer Tag, und ich weiß nicht, warum, aber ich bin mindestens so nervös wie du«, sagte Bridget, als sie am Sonntagabend alle zusammen Tee trinkend in der Küche saßen.

»Bist du denn nervös?«, fragte Malin mit Blick auf Filippa.

»Ein bisschen.«

Tatsächlich war sie so nervös, dass sie schon das ganze Wochenende über Magenschmerzen hatte. Morgen würde sie an der Royal Drama School anfangen, und ihre hysterische Vorfreude hatte einer ängstlichen Gereiztheit Platz gemacht. Ihr brummte der Schädel vor Fragen: Wie würden die anderen in ihrem Jahrgang sein? Würde sie Freunde finden? Wie würde sie mit den Lehrern klarkommen? Was würde sie lernen? Wie der Stundenplan aussehen? Was für Rollen würde man sie spielen lassen? Würde es dort coole Jungs geben? Würde sie sich verlieben? Irgendwann mit jemandem zusammen sein? Vielleicht sogar die große Liebe ihres Lebens finden?

Dann kamen die mehr praktischen, aber nicht weniger wichtigen Fragen: Was, zum Beispiel, würde sie am ersten Tag anziehen? Sollte sie sich bunt oder eher dunkel kleiden? Waren Eyeliner und Wimperntusche oder nur Wimperntusche angesagt? Sollte sie die Haare hochstecken oder offen tragen? Normale Schuhe anziehen, Ballerinas oder Converse?

Als Filippa in ihrem Zimmer stand und in den Kleiderschrank starrte, wurde aus all den vielen Fragen eine einzige riesengroße: Würde sie die kommenden drei Jahre als Schauspielelevin an der RoyDram *überhaupt* überstehen?

Das erste Jahr

3

Es war am Montag, dem 16. September, um 8.44 Uhr, als die neue Schauspielelevin Filippa die Königlich-Britische Schauspielschule in London – The Royal Drama School – betrat. Sie fand sich umringt von vielen anderen jungen Menschen, die einander umarmten und sich erkundigten, wie denn der Sommer gewesen sei. Es roch nach Parfüm, Haarpflegeprodukten und Staub. Die grobe Auslegeware unter ihren Füßen musste irgendwann einmal rot gewesen sein; jetzt sah sie nur noch abgetreten und schmutzig braun aus. Filippa versuchte, möglichst unbeteiligt herumzustehen, damit niemand merkte, dass sie keine Menschenseele kannte. Schließlich fragte sie den glatzköpfigen Mann am Empfang nach dem Stimmstudio, wo sich die neuen Schüler um neun Uhr einfinden sollten.

»Zweiter Stock«, sagte der Mann. »Dann den Schildern nach.«

»Danke«, sagte Filippa.

Da sie nicht zu früh da sein und dann wie eine vergessene Dose Billigerbsen herumstehen wollte, ging sie zielstrebig, aber nicht zu schnell die Treppe hinauf. Und plötzlich tippte ihr jemand auf die Schulter.

»Hallo! Wir kennen uns vom Vorsprechen!«

Es war der Dicke, Eugene, dem Filippa tatsächlich zweimal, beim zweiten und beim dritten Durchgang der Aufnahmeprüfung, begegnet war.

»Hallo!«, sagte Filippa und spürte eine große Erleichterung, nicht unbedingt, weil man auch Eugene an der RoyDram aufgenommen hatte, sondern weil es jetzt überhaupt jemanden gab, mit dem sie reden konnte.

Sie gingen zusammen weiter, und Filippa fand, dass Eugene wie ein Tablett übrig gebliebener Hamburger roch.

»Eugene«, sagte er. »Nur falls du's nicht mehr weißt. Und du bist aus Schweden, stimmt's?«

»Ja, genau«, sagte sie. »Filippa.«

»Wahnsinn, dass sie uns genommen haben, was?«, sagte er.

»Ja«, sagte sie und lächelte.

Unten im Foyer schrien sie immer noch vor Wiedersehensfreude und fielen einander in die Arme.

»Dieses Jahr waren's rekordverdächtig viele Bewerber, hab ich gehört«, sagte Eugene.

»Wirklich?«, fragte Filippa und sagte sich, dass sie das bei nächster Gelegenheit ihren Eltern erzählen musste.

»Warm, was?«, sagte Eugene und wischte sich mit dem Ärmel ein paar Schweißtropfen von der Stirn.

Filippa nickte, obwohl es in den letzten Tagen eigentlich kühler geworden war. Dann hatten sie das Stimmstudio erreicht, und plötzlich packte Filippa die Panik, dass die anderen sie beide womöglich für enge Freunde halten könnten. Oder sogar für ein Paar! Mit Kindern! Dicken schwitzigen Kindern! Natürlich wusste Filippa, dass das ein ganz schön fieser und im Grunde verrückter Gedanke war, und ein bisschen hasste sie sich auch dafür.

»Entschuldige, aber ich muss erst noch wohin!«, sagte sie.

»Schon gut«, sagte Eugene. »Wir sehen uns dann drinnen!«

»Schön, dass sie dich genommen haben!«, sagte Filippa, bevor sie in der Tür mit der Aufschrift *Women* verschwand.

Sie wartete vor dem Handwaschbecken, bis genügend Zeit verstrichen war, dann verließ sie die Toilette und betrat kurz darauf das Stimmstudio, das sich als ganz normaler quadratischer Raum mit einem harten blaugrauen Teppichboden und fünf Stuhlreihen herausstellte. Erleichtert sah Filippa, dass Eugene schon saß und mit einem anderen jungen Mann ins Gespräch vertieft war. Sie selbst setzte sich neben ein etwas molliges Mädchen mit glatten braunen Haaren.

»Hallo, ich heiße Filippa«, sagte sie mit ausgestreckter Hand.

»Ruth«, sagte das Mädchen freundlich lächelnd.

Filippa schaute sich um und versuchte, sich die Gesichter der Menschen einzuprägen, mit denen sie von jetzt an viel Zeit verbringen würde.

»Bist du von hier?«, fragte Ruth.

»Nein, aus Schweden. Und du?«

»Aus Newcastle«, sagte Ruth. »Toon Army!«

Filippa lächelte, als wüsste sie, wovon die andere sprach. Eugene hätte es vielleicht gewusst, sie nicht. Ob Newcastle eine eigene Armee hatte? Und war »toon« die Abkürzung von »cartoon«? War diese »toon army« vielleicht nur gezeichnet und stammte aus einem Comic? (*Wir werden euch mit unseren zweidimensionalen Waffen und bunten Uniformen vernichten!*)

»Ich steh wahnsinnig auf Fußball«, sagte Ruth und vertiefte das Mysterium noch.

Filippa schaute sich wieder um und sah ganz vorne Anna Doody sitzen, der sie beim ersten und zweiten Vorsprechen begegnet war. Sie hatte ihre kurzen dunklen Haare noch einmal kürzer geschnitten.

»Kennst du den Jungen da drüben?«, fragte Ruth.

»Welchen?«, fragte Filippa.

Ruth zeigte auf den Jungen, der in der Reihe vor ihnen außen an der Wand saß.

»Den da. Ich frag nur, weil er die ganze Zeit zu dir hersieht.«

Filippa schaute hin und erkannte einen Jungen aus dem zweiten Vorsprechen. Als er ihren Blick bemerkte, senkte er den Kopf und betrachtete seine Hände.

»Nicht wirklich«, sagte sie. »Nur vom Vorsprechen.«

Von allen Bewerbern, denen Filippa im Laufe der Aufnahmeprüfung begegnet war, hatten es also nur sie, Eugene, Anna Doody und der schüchterne Junge geschafft.

»Sieht jedenfalls ganz so aus, als hättest du einen ersten Verehrer«, sagte Ruth.

»Kaum«, sagte Filippa etwas verlegen. »Er war schon beim Vorsprechen irgendwie seltsam.«

Vorne, vor den Stuhlreihen, begann jetzt jemand, in die Hände zu klatschen, und als Filippa aufschaute, sah sie Donatella, die bei allen Vorsprechen dabei gewesen war. Wie vor ein paar Wochen war sie ungeschminkt, und sie hatte auch noch ihre strenge Kurzhaarfrisur und war auf den ersten Blick eine Respektsperson. Es wurde still, und alle schauten nach vorn.

»Willkommen zusammen! Wie ihr inzwischen wissen solltet, bin ich Donatella und für eure Ausbildung an der RoyDram verantwortlich. Fürs Erste möchte ich euch erzählen, was euch im kommenden Jahr erwartet.«

Endlich würde Filippa erfahren, was sie schon so lange hatte wissen wollen und wovon die Website der RoyDram und all ihre Broschüren nur so allgemein sprachen, dass man sich darunter alles und nichts vorstellen konnte. Doch obwohl sie zuhörte, hätte sie am Ende nichts von dem, was Donatella sagte, wiederholen können, weil nämlich ihre Augen und ihr Hirn die ganze Zeit damit beschäftigt waren, ihre Mitschülerinnen und Mitschüler erst anzustarren und dann zu analysieren.

»Wie ihr seht«, hörte sie Donatella sagen, »wartet auf euch nicht mehr und nicht weniger als eine Menge harter Arbeit. Helen wird noch ausführlicher darüber sprechen, aber ihr sollt es auch von mir hören, dass wir euch dringend raten, keinen Kaffee mehr zu trinken, und dass die Raucher unter euch *unbedingt* das Rauchen aufgeben sollten.«

Einer, der aussah, als wäre er schon reichlich über dreißig, stöhnte und schaute dann um sich, ob jemand der gleichen Meinung war. Aber alle anderen starrten nach vorn.

»Dass ihr mit Drogen aufhört, falls ihr bisher so blöd wart, welche zu nehmen, versteht sich.«

Einer der Jungs äffte das Stöhnen des Überdreißigjährigen nach, und ein paar andere kicherten. Donatella fuhr fort, als hätte sie es nicht gehört.

»Und auch Alkohol ist tabu, weil er die Stimmbänder ruiniert.«

Jetzt stöhnten alle, nur Filippa nicht, die sich schwor, alles zu tun, was Donatella sagte. Kein Kaffee, keine Zigaretten, kein Alkohol und keine Drogen! Sie trank zwar keinen Kaffee, rauchte nicht und nahm auch keinerlei Drogen – aber trotzdem! Hätte Donatella ihnen erklärt, dass das noch warme Blut von Hundewelpen gut für die Stimmbänder sei, wäre sie noch heute losgezogen, um den erstbesten Tibetanischen Löwenhund zu kidnappen und zur Ader zu lassen.

»Genug geredet«, sagte Donatella. »So viel, wie wir zu tun haben, fangen wir am besten gleich damit an. Rückt die Stühle an die Wände und geht herum! Aber zieht die Schuhe und Strümpfe aus!«

Wie? Es fing gleich an? Filippa hatte erwartet, dass sie am ersten Tag erst mal nur zusammensitzen und reden würden. Oder in den ersten Wochen. Um einander kennenzulernen. Dass sie sich über ihre Gefühle und ihre Lieblingsschauspieler austauschten und man ihnen erklärte, wie es einem gelang, auf der Bühne echte Tränen zu weinen. Dass sie erst allmählich zu Dingen übergingen, bei denen der Körper ins Spiel kam.

»Auf, auf!«, rief Donatella. »Das geht doch sicher schneller. Die Stühle an die Wände, und los! Verteilt euch im Raum! Wenn ihr einen leeren Platz seht, will ich, dass ihr ihn euch nehmt! Ein leerer Platz ist ein *toter* Platz! Ich will keine toten Plätze sehen! Auf! Und rennt nicht im Kreis wie ein Schwarm Hühner!«

Eineinhalb Stunden später wankte Filippa aus dem Stimmstudio. Als Letztes hatte Donatella jedem von ihnen ein Blatt in die Hand gedrückt.

»Das sind die Termine für eure individuellen Stimmstunden bei Helen. Eine Hälfte von euch ist heute noch dran, die andere morgen.«

Die RoyDram schien ihre eigene, jedenfalls nicht alphabetische Ordnung zu besitzen, und Filippa war als Erste an der Reihe. Die Stimmstunde fand merkwürdigerweise im Bewegungsstudio statt, und sie machte sich auf die Suche. Das Gebäude der RoyDram erwies sich als ein Labyrinth von Fluren, die sich in alle Himmelsrichtungen erstreckten, sodass es eine ganze Weile dauerte, bis sie die große Tür im ersten Stock fand. Sie klopfte vorsichtig an und fragte sich insgeheim, ob die Hälfte der Klasse, die heute nicht dran war, wohl schon irgendwo im Café oder Pub saß. Schließlich hatten die Beneidenswerten für den Rest des Tages frei und damit alle Zeit der Welt, um Freundschaften fürs Leben zu schließen.

»Herein!«

Filippa betrat das Bewegungsstudio, das entschieden größer war als das Stimmstudio, fast so groß wie eine Schulturnhalle und mit einem grauen PVC-Belag statt eines Teppichbodens. Die weißen Wände sahen schmutzig aus, und es gab an erstaunlich hohen Stellen Schuhabdrücke. In einer Ecke stand ein großer Holzkasten, aus dem lange Bambusstäbe ragten, und gleich daneben lagen blaue und rote, zu einem schiefen Stapel aufgeschichtete Kunststoffmatratzen. Mitten in dem Raum saß eine Frau in einem schwarzen hawaiianischen Mu'umu'u-Kleid und mit zu einem losen Knoten aufgesteckten Haaren auf dem Boden. Zwei kleine Augen blinzelten Filippa durch eine dicke Brille an.

»Hallo, ich bin Filippa. Ich soll jetzt eine Stimmstunde haben?«, sagte Filippa zögerlich.

»*Haben* – Punkt. Nicht *haben?* – Fragezeichen. Es sollte ja wohl eine Feststellung sein und keine Frage.«

»Okay.«

»Mein Name ist Helen, und ich bin deine Stimmlehrerin.« Sie schaute in irgendwelche Unterlagen, die in einem chaotischen Haufen um sie herum ausgebreitet lagen, dann lächelte sie freundlich. »Ich sehe, dass du Donatella beim Vorsprechen gut gefallen hast.«

»Wirklich?«, fragte Filippa und strahlte.

»Ja«, sagte Helen und las weiter. »Sie fand dich, ich zitiere, ›wunderbar‹ und ›reif‹.«

»Oh!«, sagte Filippa. »Wie nett von ihr!«

Helen schaute auf und reichte ihr ein Blatt. »Würdest du mir das bitte vorlesen? Und bitte nicht zu schnell!«

Filippa nahm das Blatt und las Robert Frosts Gedicht *The Road Not Taken*, das sie noch aus der Schule kannte. Danach gab sie Helen das Blatt zurück, und die bat sie, ihr dreimal den Refrain von *We Wish You a Merry Christmas* vorzusingen, während sie sich ununterbrochen Notizen machte. Auch als Filippa fertig war, schrieb sie noch eine ganze Weile weiter. Dann legte sie den Stift beiseite und schaute Filippa an. Ihr freundliches Lächeln war verschwunden.

»Als Erstes werden wir an deinem Akzent arbeiten müssen – an deinem *amerikanischen* Akzent«, sagte Helen in einem Ton, als redete sie von Dreck, den es irgendwo zu entfernen galt.

Filippa spürte ihren Hals und ihr Gesicht warm werden.

»Ich wusste gar nicht, dass ich einen amerikanischen Akzent habe«, sagte sie und fand plötzlich selbst, dass die Art, wie sie sprach, nicht schön klang. Hatte sie wirklich einen amerikanischen Akzent, fragte sie sich und verfluchte im Stillen das schwedische Fernsehen mit seinen vielen untertitelten amerikanischen Serien.

»Du hast ihn, und er muss weg«, sagte Helen. »Du musst lernen, Englisch mit *received pronounciation*, zu sprechen, *Queen's English* mit anderen Worten. Und es muss schnell gehen. Hugh wird dir dabei helfen.«

Filippa antwortete mit einem Nicken, um Helen keinen weiteren Anlass zur Kritik zu geben.

»Während du das Gedicht gelesen und gesungen hast, konnte man hören, dass du viel Energie in der Nase besitzt. Aber wie allen im ersten Jahr hier fehlt dir die Kraft im Hals, und deine ganze Sprache kommt von hier …« Sie zeigte hoch oben auf ihre Brust. »... statt von hier, vom Zwerchfell.« Sie zeigte auf ihren Bauch. »Die Stimmstunden sind ohne Zweifel das Wichtigste überhaupt für dich. Deine Stimme muss frei werden! Frei! Frei wie ein Vogel am Himmel! Frei wie die Delfine im Meer! Frei und ehrlich! Frei und offen! Verstehst du, Filippa?«

Filippa nickte, wie es Schweden, Amerikaner und Engländer gleichermaßen tun.

4

Als Malin und Bridget abends nach Hause kamen, wollten sie alles über den ersten Tag in der Schule wissen.

»Habt ihr Bäume spielen müssen?«, fragte Bridget. »Sag schon!«

»Bäume?«, fragte Filippa verwirrt.

Sie stand am Herd und wartete, dass das Nudelwasser kochte.

»Ja, Bäume, die im Wind rauschen. So mit nach oben gestreckten Armen hin und her schwanken – habt ihr das nicht machen müssen?«

»Nein, wir sind ... mehr so *gegangen*.«

Bridget und Malin sahen sie an.

»Wir sind über eine Stunde kreuz und quer in einem Raum herumgegangen«, erzählte Filippa, als könnte sie es selbst nicht glauben. »Manchmal sind wir alle stehen geblieben und manchmal nur ein Teil von uns, und die anderen sind weitergegangen. Manchmal sind wir auch gehüpft.«

Niemand sagte etwas dazu. Das einzige Geräusch in der Küche kam vom Nudelwasser, das gerade zu kochen anfing.

»Bist du sicher, dass du im richtigen Gebäude warst?«, fragte Malin schließlich.

Filippa brach ein Bündel Spaghetti in der Mitte auseinander und warf sie in den Topf.

»Danach hatte ich Stimmstunde. Die Lehrerin meint, ich

hätte viel Energie in der Nase, aber das Ziel sei, dass ich klinge wie ein Delfin. Außerdem muss ich meinen ... meinen amerikanischen Akzent loswerden.«

Bridget und Malin holten Luft.

»Aber du hast keinen amerikanischen Akzent!«, platzte es dann aus Malin heraus.

Filippa schenkte der ebenfalls aus Schweden stammenden Freundin ein dankbares Lächeln.

»Höchstens wenn du müde oder aufgeregt bist«, sagte Bridget, als machte das die Sache besser. »Dann klingst du wie der schwedische Koch in der Muppet Show, und das ist echt süß.«

»Ich muss Queen's English lernen«, murmelte die schwedische Köchin des Abendessens und kippte eine Dose Tomatensoße in einen zweiten Topf.

»Was für ein Quatsch!«, sagte Bridget. »Kein Mensch spricht Queen's English – nicht mal die Queen selbst.«

»Morgen wird es bestimmt besser«, sagte Malin und nahm Filippa in den Arm.

Nach einem Abendessen, von dem ihr kein einziger Bissen in Erinnerung blieb, weil sie in Gedanken immer noch kreuz und quer in einem Raum herumging, klingelte Filippas Handy.

»Hallo, Louise!«

»Habt ihr Bäume spielen müssen?«

»Nein«, knurrte Filippa.

»Und gab's coole Jungs?«

»Ein paar, aber ich kann mich nicht so gut erinnern.«

»Und wie viele Jungs sind es in deiner Klasse?«

»So zwölf, dreizehn, schätze ich. Ungefähr die Hälfte.«

»Odd und ich haben beschlossen, dass wir uns die nächsten

Boyfriends aus deiner Klasse krallen. Sie sollen supergut aussehen und superbegabt sein, aber bitte nicht anstrengend. Und natürlich hast du erst mal den Vortritt.«

»Okay, ich versuch mir alles zu merken.«

Der nächste Tag fing tatsächlich besser an.

Die Klasse versammelte sich in einem Raum, der sich vielversprechend »Schauspielstudio« nannte. Ein Hüne, der mehr wie ein Bär als wie ein Mensch aussah, kam hereingestürmt und brüllte, dass alle sich im Kreis auf den Boden setzen sollten. Obwohl es verboten war, Speisen und Getränke mit in die Klassenräume zu nehmen, hielt er einen Plastikbecher Kaffee in der Hand. Aus der Gesäßtasche seiner Jeans lugte ein Päckchen Zigaretten, und er rieb sich die Stirn, als hätte er einen heftigen Kater. Er stellte sich als Geoffrey vor, geboren und aufgewachsen in Manchester und nun Schauspiellehrer an der RoyDram.

»Und jetzt ihr!«, brummte er und schlürfte von seinem Kaffee.

Filippa registrierte zufrieden, dass sie sich heute eine ganze Reihe Namen merken konnte und sogar schon das ein oder andere Interessante von dem, was ihre Mitschüler erzählten. Das hübscheste Mädchen war ohne jeden Zweifel Verity mit einem Körper wie ein Model, langen braunen Haaren und einem Pony. Verity! Schon ihr Name klang nach Schönheit und einem Leben als von Paparazzi verfolgter Superstar. Der seltsame schüchterne Junge hieß Paul, eine gewisse Alyson erzählte, ohne mit der Wimper zu zucken, dass sie mit einem Mädchen zusammen sei, und Gareth aus Wales gestand, dass er für Lady Gaga sterben würde. Der Junge, der am Tag zuvor den alten Stöhner nachgemacht hatte, hieß Vern, und ein anderer trug den ungewöhnlichen Namen Relic. (»Meine Eltern waren Neunzigerjahrehippies.«) Vern und Relic führten sich jetzt schon als dicke Freunde auf, obwohl sich Filippa sicher war, dass sie sich auch erst seit gestern kannten. Die Ausländer in der Klasse waren Filippa selbst, Eamonn aus Irland, ein Junge aus Spanien und ein Mädchen aus Argentinien. Dann waren da natürlich der dicke Eugene und Anna Doody, die sie vom Vorsprechen kannte, und Newcastle-Ruth, die sie gestern kennengelernt hatte. Die anderen Namen vergaß sie erst mal wieder, aber was sie sich merkte, war, dass die meisten in der Klasse um die zwanzig waren.

»Okay, und was habt ihr letzten Freitag gemacht? Abends?«, fragte Geoffrey.

Sie tauschten verwirrte Blicke.

»Hört ihr schlecht, oder was? Das war doch wohl eine einfache Frage. Was habt ihr letzten Freitagabend gemacht?«

Eamonn aus Irland hob vorsichtig die Hand, und Filippa bemerkte, dass er sein nicht gerade markantes Kinn unter einem Ziegenbart zu verstecken versuchte. Außerdem war einer seiner Zähne dunkelgrau. Eamonn war entschieden nicht der attraktivste Junge in der Klasse, woran auch seine helllila Jogginghose nichts änderte.

»Ich hab mir mit meinen Kumpels in Cork die Kante gegeben«, sagte er mit einem Räuspern. »War eine Art Abschiedsfete. Wir haben gefeiert, dass ich mein Land verrate und nach England ziehe …«

Ein paar in der Klasse lachten.

»Ich hab mich auch mit meinen Kumpels volllaufen lassen, nur in Merthyr Tydfill«, sagte Gareth in seinem Waliser Singsang. »Und wir haben nicht meinen Verrat gefeiert, sondern dass ich weltberühmt werde – natürlich erst, wenn ich mit der Schule fertig bin.«

Noch einmal wurde gelacht, obwohl Geoffrey mit den Augen rollte. Dann gaben noch ein paar zu, dass sie es am Freitag hatten krachen lassen, und Verity erzählte, sie sei mit ihrer Stiefmutter in der Oper gewesen. Filippa bewahrte lieber Stillschweigen darüber, dass sie zu Hause gesessen, sich eine Pizza von Domino's bestellt und mit Bridget vor der Glotze abgehangen hatte.

»Interessant«, murmelte Geoffrey, als klar war, dass niemand mehr etwas erzählen wollte.

»Und was hast du am Freitagabend gemacht?«, fragte Eamonn aus Irland. »Erst wir, dann du, Geoff ...«

»GEOFFREY!«, brüllte Geoffrey. »Geoffrey, nicht Geoff, fucking hell! Und was ich gemacht habe, geht dich einen Scheißdreck an!«

Eamonn wurde blass, und Geoffrey schaute seufzend auf seine Uhr.

»Ihr müsst zur Einweisung in die Bibliothek. Liegt in dem älteren Gebäude quer über der Straße. Gleich nach dem Lunch, Punkt eins, seid ihr zurück!«

Die Klasse trabte ins Freie und quer über die Straße in den viktorianischen Bau, von dem Filippa nicht einmal gewusst hatte, dass er zur RoyDram gehörte. Eine Frau in den Fünfzigern stand schon an der Tür zur Bibliothek und lächelte ihnen entgegen. Dann führte sie sie begeistert durch drei Räume voller staubiger Bücher und zu Büchern gebundener Theaterstücke, wobei die Letzteren meist nur noch von Klebeband zusammengehalten wurden. Erst vor einem älteren Vitrinenschrank in der hintersten Ecke des letzten Raumes blieb die Bibliothekarin stehen.

»Und hier nun etwas ganz Besonderes«, sagte sie und sah aus, als würde sie gleich vor Stolz platzen.

Filippa musste den Hals recken, um zu sehen, wovon die Frau sprach. Aber sie sah nur eine Menge alter Videokassetten.

»Hinter diesen gläsernen Türen sehen wir ...«, sagte die Bibliothekarin schleppend langsam. »Oder nein, ich fange anders an: Wir hier an der Royal Drama School haben das Privileg, über ein Erbe zu verfügen, das sich eben hier in diesem Schrank befindet ...«

Jetzt reckten alle die Hälse, um besser sehen zu können.

»Diese Videokassetten ...«, fuhr die Bibliothekarin fort, »... gehörten keinem Geringeren als ... Freddie Mercury!«

Wie zur Bekräftigung dessen, was sie gesagt hatte, ruckte sie heftig mit dem Kopf.

»Ich spreche von *dem* Freddie Mercury!«, sagte sie mit glänzenden Augen. »Vom Sänger der Gruppe Queen. Als Mister Mercury 1991 von uns ging, war es die Royal Drama School, an die seine private Videosammlung fiel. Ihr werdet verstehen, dass wir sie natürlich hinter Schloss und Riegel verwahren müssen. – Und damit wäre unsere kleine Besichtigungstour vorüber. Ihr seid von nun an jederzeit in der Bibliothek willkommen, das heißt, außer an den Dienstagvormittagen, wenn Fran und ich unsere Personalsitzung haben.«

Als die Gruppe sich aufzulösen begann, hatte Filippa Gelegenheit, an die Vitrine heranzutreten und sich Freddie Mercurys Videokassetten aus der Nähe anzusehen. Obwohl die Etiketten darauf von der Sonne gebleicht und beinahe unleserlich waren, gelang es ihr, die Aufschriften *Baywatch*, *MTV* und *Dornenvögel, Folgen* 1−2 zu entziffern. Ruth stand dabei neben ihr.

»Ich versteh's nicht«, flüsterte Filippa. »Freddie Mercury war doch nicht mal Schauspieler. Der war Sänger. Warum hat die RoyDram dann seine Videokassetten?«

»Und warum sind sie so wahnsinnig stolz darauf?«, flüsterte Ruth kopfschüttelnd zurück.

»Ich hätte eher Shakespeares erste Folio-Ausgabe erwartet«, sagte Anna Doody, die plötzlich neben Filippa aufgetaucht war. »Sogar Heath Ledgers DVD-Sammlung wäre spannender als das hier.«

Nachdem Filippa sie schon während des Vorsprechens nicht hatte ausstehen können, hatte sie sich bisher von Anna ferngehalten, auch deshalb, weil sie dachte, die Abneigung beruhe auf Gegenseitigkeit.

»Was meinst du«, sagte Anna jetzt zu ihr, »gehen wir zusammen in die Cafeteria? Irgendwann muss man sich das Essen ja mal anschauen, über das man dann drei Jahre lang meckert.«

»Klar«, sagte Filippa freudig überrascht. »Kommst du mit, Ruth?«

Vor dem Lunch hatte sie sich insgeheim ein bisschen gefürchtet, weil sie womöglich so hätte tun müssen, als ob sie irgendwo draußen etwas essen ginge, damit niemand merkte, wie allein sie war. Und jetzt hatte sie plötzlich gleich zwei, mit denen sie essen gehen konnte. Schon kurz darauf kam ihr der Gedanke, dass wahrscheinlich auch Anna Doody niemanden kannte und deshalb auf sie zugekommen war. Vielleicht war Anna Doody doch nicht so schlimm, wie sie gedacht hatte.

Die Cafeteria in der RoyDram lag im obersten Stockwerk und war schon brechend voll. Als Filippa sah, dass Anna und Ruth sich für das Tagesgericht – Fleisch in brauner Soße mit Pommes Frites und Salat – entschieden, tat sie das auch. Dann setzten sie sich zu dritt an einen gerade frei werdenden Fenstertisch.

»Schüler aus dem dritten Jahr«, flüsterte Anna mit einem Nicken in Richtung Nachbartisch, wo eine Handvoll Jungs saß. *Schüler aus dem dritten Jahr.* Wie beeindruckend, ja Ehrfurcht gebietend sich das anhörte – und wie unsagbar fern! Die Jungs wirkten auch schon viel reifer. Charismatischer. Professioneller. Sogar ihr Essen – Fleisch in brauner Soße mit Pommes Frites und Salat – erschien Filippa anders und besser.

»Stellt euch vor, dass eines Tages *wir* die aus der Dritten sind«, sagte Filippa.

»Es geschehen Zeichen und Wunder«, sagte Ruth, die erst einen halben Liter Essig über ihre Pommes schüttete und das Ganze dann mit reichlich Pfeffer beschneite.

Filippa nickte zu einem Mädchen hin, das einen Tisch hinter den Jungs saß.

»Sie sieht aus wie die Rothaarige, mit der wir beim zweiten Vorsprechen waren. Erinnerst du dich, Anna? Die, mit der ich meine Szene gespielt habe.«

Anna Doody schaute von ihrem Teller auf.

»Waren wir beim selben Vorsprechen?«

»Glaub schon ...«, murmelte Filippa und tat so, als wäre sie plötzlich intensiv mit ihrem Essen beschäftigt.

Um Punkt eins waren sie alle wieder im Schauspielstudio versammelt. Geoffrey kam hereingepoltert und sah noch müder aus als am Morgen.

»Ihr alle«, sagte er und zeigte mit dem Finger auf sie, »seid wahnsinnig nervös, und das hört man euch an. Erinnert ihr euch an die Frage nach dem Freitagabend?«

Sie nickten.

»Ich habe sie gestellt, weil ich sehen wollte, wie bereit ihr seid, euch zu öffnen. Und ich wollte eure Stimmen hören. Sie klangen alle nervös und angespannt. Um ehrlich zu sein, war es eine Qual, euch zuzuhören.«

Dass sie Geoffrey so enttäuscht hatten, drückte schwer auf die Stimmung im Raum.

»Als Schauspieler müsst ihr in der Lage sein, an sechs Abenden plus zwei Matineen die Woche drei Stunden Shakespeare zu spielen. – So, wie sie sind, schaffen eure Stimmen keinen Satz, ohne schlapp und angestrengt zu klingen. Okay, stellt euch im Kreis um mich herum und streckt die Zunge raus! Seht ihr, so!«

Als Geoffrey um halb fünf verkündete, dass für heute Schluss sei, war Filippa fix und fertig.

Dabei war das erst Tag zwei gewesen.

5

Am dritten Tag erwachte Filippa mit einem Gefühl, als hätte sie Rasierklingen im Hals.

»Willst du wirklich *so* zur Schule?«, fragte Bridget, die früh zur Arbeit musste und wie Filippa schon um halb sieben aufstand. Sie saßen zusammen in der Küche und frühstückten. Draußen verfärbte sich der Himmel gerade von dunkelblau zu lila-orange. Der Nachbar über ihnen hatte das Radio schon auf volle Lautstärke gedreht.

»Ich muss ...«, krächzte Filippa, der fast die Tränen kamen, als sie zu schlucken versuchte.

»Du solltest zu Hause bleiben«, sagte Bridget.

Filippa schüttelte den Kopf.

»Ich kann ... nicht schon ... in der ersten Woche ... was verpassen«, presste sie heraus.

»Es ist eine Schule und nicht die Charles-Manson-Sekte, okay?«, sagte Bridget. »Deine Gesundheit ist wichtiger.«

»Ja ... Mami«, krächzte Filippa.

Dann spülte sie schnell ihre Teetasse, ihre Müslischale und ihre beiden Löffel ab und rannte zum Bus.

»Als Schülerinnen und Schüler der Eingangsklasse ist es eure Aufgabe, *front of house* zu sein, wenn die Abschlussklasse ihre Aufführung hat«, sagte eine Frau, deren Namen und Funktion

Filippa nicht mitbekommen hatte, weil sie sich voll und ganz auf das Unterdrücken ihres Hustens konzentrieren musste.

»Das heißt konkret, ihr helft beim Verkauf der Eintrittskarten, bringt die hauseigene Bühne auf Vordermann, holt den Schauspielern das Wasser und verkauft Programme. Ihr tragt dabei schwarze Kleider, und damit sind bitte auch die Schuhe gemeint. Wir erwarten, dass ihr professionell auftretet und eure Aufgaben ernst nehmt. Es handelt sich hierbei um nicht mehr und nicht weniger als einen obligatorischen Teil eurer Ausbildung. Eine Liste, wer an welchen Abenden für den Front-of-house-Dienst eingesetzt ist, findet ihr jeweils an der schwarzen Tafel hier hinter mir.«

Filippas Hals pulsierte inzwischen vor Schmerz. Es fühlte sich an, als versuchten sich zwei wütende Fäuste einen Weg aus ihrem Körper freizuboxen. An ihrer schlechten Verfassung lag es wohl auch, dass sie die geschilderten Aufgaben als eine Art unbezahlte Sklavenarbeit empfand.

»Da!«, hörte sie eine Stimme flüstern.

Filippa schaute zur Seite und sah den seltsamen Paul, der ihr eine Packung Strepsils-Lutschtabletten hinhielt.

»Danke!«, sagte Filippa lautlos und nahm das Angebot an.

Die Front-of-house-Frau war jetzt mit ihren Ausführungen fertig, und die Klasse begab sich geschlossen in den zweiten Stock zur ersten richtigen Unterrichtsstunde des Tages. Filippa und Paul gingen nebeneinander.

»Du warst beim selben Vorsprechen wie ich«, sagte Paul. »Ich erinnere mich an dich.«

Aus der Nähe sah Filippa, was für lange dunkle Wimpern er hatte. Und wie dünn und blass er war. Aber er hatte ihr eine Lutschtablette angeboten und sie außerdem wiedererkannt, und beides zusammen führte dazu, dass es ihr schon ein bisschen besser ging.

»Und du warst der, der dem Mädchen mit der *Wolf-Creek*-Geschichte vorgerechnet hat, dass sie viel zu jung war, um dem Paar aus dem Film begegnet zu sein«, sagte Filippa, deren Stimme sich immer noch anhörte, als rauchte sie Zigaretten aus Asphalt. »Wenn Blicke töten könnten, wärst du jetzt nicht hier.«

Paul wurde rot und lächelte.

»Ich fand, sie führt sich unmöglich auf«, sagte er. »Ich konnte einfach nicht anders. Übrigens: Schön, dass sie dich genommen haben!«

Jetzt war es Filippa, die rot wurde.

»Bist du aus London?«

Paul nickte. Seine linke Hand umklammerte den Riemen des Rucksacks, den er über der Schulter trug, und Filippa sah, wie knochig seine Handgelenke waren.

»Genauer gesagt, aus Hoddesdon, das liegt ein Stück außerhalb. Ich lebe da mit meiner Mutter, aber es ist ein schrecklicher Ort. Fahr da nie hin, wenn du nicht unbedingt musst! – Und du?«

»Ich teile mir mit zwei anderen Mädchen eine Wohnung in Kentish Town, aber sie sind nicht an der RoyDram. Es sind ganz gewöhnliche Mädchen.«

Paul lachte kurz.

»Ich meine, sie sind ganz normal«, versuchte Filippa zu erklären. »Oder nicht normal – in Ordnung. Ich meine, dass sie echt in Ordnung sind.«

»Ich verstehe, was du sagen willst«, sagte Paul. »Von meinen Freunden ist auch niemand Schauspieler, und an meiner Schule hätten sie einen wahrscheinlich schon für die Idee, einer werden zu wollen, verprügelt.«

Inzwischen waren sie im Raum für die nächste Stunde angekommen.

»Und was ist an Hoddesdon sonst noch so ...«

Filippa brach mitten im Satz ab, weil Paul schnell in den Raum und zu einem der Stühle außen an der Wand gehuscht war. Sie stand noch in der Tür und kam sich irgendwie bescheuert vor. Für ein paar Augenblicke hatte sie Paul gar nicht mehr für so seltsam gehalten, aber das jetzt war unterirdisch. So was ging gar nicht. Filippa verpasste ihm einen Todesblick und setzte sich neben Ruth, die heute ein schwarz-weißes Fußballtrikot trug.

»Hast du das Spiel gestern gesehen?«, fragte sie ganz aufgedreht.

Filippa schüttelte den Kopf. Es folgten ein Räuspern und ein leises In-die-Hände-Klatschen von der weißen Tafel an der Stirnseite her, und alle setzten sich gerade hin. Filippa erkannte Hugh, dem sie vorgesprochen hatte. Er war noch kleiner, als sie ihn in Erinnerung hatte, und trug ein Sakko und ein rosa Hemd.

PHONETIK, schrieb er an die Tafel, bevor er braune Bücher mit dem Titel *Praktische Phonetik* verteilte. Es stammte aus dem Jahr 1971 (*»Seht nur, Vati und Mutti, ein Farbfernseher!«*).

Nachdem er die Bücher verteilt hatte, schritt Hugh wieder zur Tafel.

»Phonetik ist die Lehre von der richtigen Aussprache, und die Phonetikstunden sind die wichtigsten, die ihr an dieser Schule haben werdet. Schlagt bitte die Bücher auf – Seite sieben, erster Absatz!«

Filippa fand schnell die richtige Seite, doch dann setzte es bei ihr aus.

ˈlɑs ˈtɑɪm ðə ˈbi ˈsi ˈsɛnt ə ˈkɑ tə kˈ[ɛkt mi, ɪt ˈɔlməʊst
ˈkæptʃəd ðə ˈrɒŋ ˈmæn. ɨə prəvɛnt ðə ˈdraɪvə ˈluzɪŋ ɪmsɛlf
ɪn ə ˈtæŋɡl əv ˈkʌntrɪ ˈleɪnz, ðə ˈrɒndəvu wəz ˈnaɪn ˈθɜtɪ pi
ˈɛm ət ðə ˈləʊk[. ɒn ə ˈpɪtʃ ˈblæk, ˈstɔmi ˈwɪntəz ˈnɑɪt, ɑɪ
bɪˈɡæn tə ɡɛt ˈæŋʃəs əz ðə ˈklɒk ˈkrɛpt tɔdz ˈtɛn.

Filippa schaute auf, und ihr Herz schlug schneller. Das hier war ein Scherz. Oder ein Versehen. Hugh hatte ihnen ein Lehrbuch für Altgriechisch gegeben und würde seinen Fehler gleich bemerken.

»Das IPA«, sagte Hugh und schrieb die drei Buchstaben an die weiße Tafel, »ist das Internationale Phonetische Alphabet, mit anderen Worten, das Alphabet für die phonetische Schrift, die ihr bis Ende der nächsten Woche gelernt haben solltet. Wir werden mit den plosiven Lauten beginnen und mit den nasalen Lauten fortfahren.«

Filippa starrte wieder in das Buch. ˈɔlməʊst ˈkœptʃəd konnte doch wohl kein Englisch sein?

Hugh verteilte inzwischen einen Text aus einem Harry-Potter-Drehbuch, und sie sollten den Imperius-Fluch in der Schlangensprache lernen, also wohl in ein erstes echtes Berufsgeheimnis der Schauspielerei eingeweiht werden.

»Hugh«, meldete sich jemand, »wozu brauchen wir *das hier* eigentlich?«

Filippa war echt dankbar, dass sich jemand zu fragen traute.

»Indem ihr das phonetische Alphabet lernt, schult ihr eure Ohren, und mit geschulten Ohren wird euch die *received pronoun-*

ciation leichter fallen, die für unsere Branche ein unbedingtes Muss ist«, erklärte Hugh. »Auch werdet ihr irgendwann Rollen spielen müssen, die eine andere Aussprache oder einen besonderen Dialekt erfordern. Dann werdet ihr in der Lage sein, euren Text phonetisch zu lernen, und sehen, dass das eine große Hilfe ist.«

Filippa versuchte noch einmal, das ominöse ˈɔlməʊst ˈkæptʃəd zu entziffern, aber statt des Queen's English, in dem sie irgendwann einmal zu parlieren hoffte, sah sie nur spiegelverkehrte unleserliche Buchstaben, die sie böse anglotzten. Filippa spürte, wie sich ihr Hals immer enger zusammenzog.

Am Nachmittag hatten sie eine Stunde mit Donatella im Bewegungsstudio, und wieder mussten sie kreuz und quer herumgehen.

»Alle mal anhalten!«, rief Donatella. »Nein, du nicht, Filippa! Du gehst bitte weiter! Ihr anderen achtet auf ihren Körper und darauf, wie sie sich bewegt! Filippa, versuch bitte, so normal und entspannt wie möglich einen Fuß vor den anderen zu setzen!«

Als wäre ihr wunder Hals noch nicht genug, wurde sich Filippa jetzt auch noch ihres ganzen Körpers so bewusst, dass es fast nicht auszuhalten war. Wie ging das eigentlich: Gehen? Mit einem möglichst ausdruckslosen Gesicht setzte sie den rechten Fuß vor den linken und dann umgekehrt.

»Danke, Filippa!«, sagte Donatella nach einer Weile. »Und jetzt möchte ich, dass ihr anderen sie so gut wie möglich nachmacht. Filippa, sieh dir das genau an!«

Für ein paar Minuten beobachtete Filippa gequält, wie sich vierundzwanzig Wesen durch den Raum bewegten, als wären sie eine Kreuzung aus einem tollpatschigen Riesen und einem wandelnden Zeigestock. Erst als Donatella in die Hände klatschte, blieben sie stehen.

»Vielen Dank! Und, Filippa, was ist dir aufgefallen? Was haben sie mit ihren Körpern gemacht? Anders gesagt, was hast du mit deinem Körper beim Gehen gemacht?«

Filippa räusperte sich, was ihr nicht mehr ganz so schwerfiel, seit sie zum Lunch eine doppelte Portion Hustensaft mit Johannisbeergeschmack zu sich genommen hatte.

»Mir ist aufgefallen, dass meine linke Hand beim Gehen tiefer hängt als die rechte. Und dass mein Nacken ganz steif ist. Außerdem halte ich die Schultern schief. Und wackle in den Knien. Und meine Hüften sind steif. Außerdem ziehe ich den rechten Fuß ein bisschen nach.«

Es fehlte nur noch das Geständnis, dass sie Pickel auf dem Rücken und lange nicht geschnittene Zehennägel hatte. Oder dass sie manchmal im Schlaf sabberte.

»Korrekt«, sagte Donatella. »Und? Hat sie was übersehen?«

Alyson hob die Hand.

»Sie macht auch irgendwas Komisches mit dem Mund. Sie kneift ihn zusammen wie zu einem Lächeln, aber es ist kein Lächeln. Es sieht mehr aus, als hätte sie einen Krampf im Gesicht.«

»Danke, Alyson!«, sagte Donatella. »Als Schauspieler müsst ihr lernen, euren Körper so weit wie möglich zu neutralisieren. Schwingende Arme, steife Nacken, herausgedrückte Hintern oder schleifende Füße – das alles wollen wir nicht sehen. Euer Körper muss wie eine leere weiße Leinwand werden. Und jetzt die Warnung: Der Weg dahin wird nicht leicht!«

Obwohl Donatella danach noch alle anderen in die Mitte bat und sie genauso vorgeführt wurden, sollte es Stunden dauern, bis Filippa sich von etwas erholte, was sie wie eine öffentliche Hinrichtung empfunden hatte.

Nach der Stunde im Bewegungsstudio verschwanden die Mädchen auf der Toilette gleich nebenan, um sich umzuziehen. Nur Alyson schien es egal zu sein, dass die Jungs sie in Unterwäsche sahen. Danach trafen sie sich alle wieder in dem Raum, in dem sie schon mit Hugh gewesen waren, nur ging es jetzt noch mit Donatella weiter.

»Und nun nehmt bitte das Heft heraus, das ihr kaufen und mitbringen solltet!«, begann sie. »Es wird euer *Actor's Log* sein, in das ihr von jetzt an alles notiert, was ihr während eurer Ausbildung erlebt. Ist das so weit klar?«

»Heißt das, wir sollen Tagebuch führen?«

»Genau das«, sagte Donatella. »Wenn ihr aufschreibt, was hier mit euch passiert und wie ihr euch entwickelt, werdet ihr es selbst viel besser verstehen. Außerdem werden eure *Actor's Logs* am Ende eines jeden Schuljahrs benotet.«

Auf der Stelle schlugen alle ihre Hefte auf und begannen zu schreiben. Nur Filippa saß eine Weile vor dem aufgeschlagenen Heft und überlegte. Was sie am liebsten geschrieben hätte, hätte sich so angehört:

Alles ist so anders, als ich es mir vorgestellt hatte. So ... überhaupt nicht spannend. Die ganze Schule wirkt irgendwie schäbig. Und warum latschen wir die ganze Zeit herum? Wie soll uns das zu besseren Schauspielern machen? Warum lernen wir nicht, wie man zum Beispiel um tote Haustiere trauert oder wie man auf eine Bühne tritt? Und was soll diese Phonetik? Und das dauernde Gelaber über die Stimme! Ist es wie in der Armee, wo sie die Leute erst brechen, um sie dann wieder aufzubauen? Versuchen sie uns an der RoyDram mit DEM LANGWEILIGSTEN UNTERRICHT ALLER ZEITEN fertigzumachen? Was ist das hier für eine Schauspielschule?

Sie schrieb es selbstverständlich nicht. Was sie schrieb, begann so:

»*Heute habe ich etwas sehr Interessantes über meine Art zu gehen gelernt, nämlich dass ich ...*«

Filippa Karlsson ging vielleicht wie ein klumpfüßiger Tintenfisch, aber sie würde ein gutes Zeugnis bekommen.

6

Zwei Tage später saß Filippa im Bus der Linie 134 aus Kentish Town. Es war kurz nach sechs Uhr abends, und sie war auf dem Weg zurück zur RoyDram und ihrem ersten Front-of-house-Dienst. Nach einem Nachmittag mit Donatella, bei dem es die meiste Zeit darum ging, mit maximal entspannten Hüften auf dem Boden zu liegen, war ihr nur Zeit für eine Blitzdusche und ein hastiges Abendessen geblieben, bevor sie wieder zur Haltestelle hetzen musste. Auch das Liegen mit entspannten Hüften hatte sich als erstaunlich stressig erwiesen.

Jetzt starrte sie aus den regengestreiften Fenstern des Busses und sah, dass man in Camden schon in Feierabendstimmung war. Die Menschen da draußen schienen in einer anderen, fröhlicheren Welt zu leben. War sie wirklich erst eine Woche an der RoyDram? Sie hatte das Gefühl, als latschte sie dort schon eine halbe Ewigkeit durchs Bewegungsstudio und hielte nach toten Plätzen Ausschau, die sie ausfüllen sollte. Und gefühlt genauso lange machte sie schon Mund- und Zungenübungen und kämpfte sie mit den Buchstaben des phonetischen Alphabets. Jeden Abend starrten ihre Fußsohlen vor Schmutz, schmerzten die Muskeln ihrer Beine und waren ihre Kiefer wie gelähmt. Auch heute war ihr Körper so vollkommen ausgelaugt, dass sie am liebsten ihren Kopf an die beschlagene Scheibe gelehnt und geschlafen hätte. Nur der Hustensaft, von dem sie inzwischen beinahe abhängig war, ließ ihr die Welt ein bisschen erträglicher erscheinen, und das war ein Glück.

»Cheer up, love!«, hörte sie plötzlich einen Mann mit schwerer Zunge sagen. »Vielleicht passiert's ja gar nicht.«

Sie brauchte ein paar Sekunden, bis sie begriff, dass der Mann mit ihr gesprochen hatte. Und bevor sie antworten konnte, wankte er in den hinteren Teil des Busses, wo er der Länge nach hinschlug. Was hatte er wohl gemeint? Was passierte vielleicht gar nicht? Die schlimmsten Dinge waren doch schon passiert. Zum Beispiel hatte sich das harmlose Wort »thank« durch eine ebenso neue wie schreckliche Wissenschaft mit Namen Phonetik in ein mysteriöses Θœɳk verwandelt.

»Schön«, sagte die Front-of-house-Frau. »Wenigstens bist du pünktlich.«

Das hauseigene Theater der Royal Drama School, in dem die Abschlussklasse ihre Aufführung hatte, lag am äußersten Ende des großen Sechzigerjahregebäudes und hatte einen zusätzlichen Eingang in der Parallelstraße. Filippa war zum ersten Mal dort und spürte auf der Stelle ein Kribbeln im Bauch. Der Eingang sah aus wie der eines richtigen Theaters, und drinnen hingen Plakate von früheren Aufführungen an den Wänden. Obwohl es draußen regnete, herrschte dort eine warme und einladende Atmosphäre.

Die Front-of-house-Frau, von der Filippa inzwischen wusste, dass sie Cath hieß, las die Namen der für den heutigen Abend Eingeteilten von einer Liste ab. Vor ihr standen in einer Reihe Filippa, Eugene, Ruth, Gareth aus Wales und Sara, ein kleingewachsenes Mädchen mit rattenfarbenen Haaren, dessen Name

Filippa von selbst nicht eingefallen wäre. Von Kopf bis Fuß schwarz gekleidet, sahen sie wie das kläglichste Pantomimen-Ensemble der Welt aus.

»Ihr seid heute Abend nur fünf statt wie sonst sechs«, sagte Cath. »Eugene wird mir beim Verkauf der Eintrittskarten helfen, Ruth und Gareth verkaufen Programme, und Sara kontrolliert an der Tür. Filippa ist fürs Putzen zuständig.«

Filippa konnte sich einen angesäuerten Blick in Richtung Cath nicht verkneifen. Sie hätte gern Karten oder Programme verkauft, um mit den Leuten in Kontakt zu kommen, und jetzt war sie zum genauen Gegenteil vergattert. Sie würde mit niemandem in Kontakt kommen und hatte eindeutig den miesesten Job von allen. Warum schickte man sie nicht gleich in den Keller zum Kohlenschaufeln? Cath wurde überhaupt nicht mehr fertig mit den vielen Dingen, an die sie denken sollte.

»Im Putzschrank gleich rechts neben der Tür findest du Besen und Eimer. Geh bitte systematisch durch alle Reihen und sammle ein, was dort herumliegt! Und vergiss nicht, auch die Bühne zu fegen! Ruth und Gareth, ihr kommt mit, dann gebe ich euch die Programme!«

»Schön, dass wir zusammen eingeteilt sind!«, flüsterte Ruth Filippa zu.

»Ja, schön«, konnte Filippa gerade noch zurückflüstern, ehe Ruth mit Cath verschwand.

Mit einem Seufzer näherte sich Filippa der großen schwarzen Doppeltür in den Zuschauerraum. Sie öffnete sie und hörte, wie sie sich mit einem leisen Puff hinter ihr schloss. Alle Geräusche der Außenwelt erstarben auf der Stelle.

Filippa stand mit weit aufgerissenen Augen da, und ihr Herz tat einen Sprung. Sie befand sich in einem richtigen Theater.

Nach rechts stieg der Raum in fünfundzwanzig Stuhlreihen sachte an, links lag, leicht erhöht, die große Bühne. Das Bühnenbild zeigte das Innere eines Holzhauses. Der spärlichen Möblierung und den einfachen Küchengerätschaften nach zu urteilen, spielte das Stück, das später aufgeführt werden sollte, im 19. Jahrhundert. Ein hölzerner Hocker war umgekippt, und überall auf dem Boden lagen Brotkrümel, die eher echt als nach Requisiten aussahen. Filippa war wie hypnotisiert. Ein richtiges Theater! Plötzlich wusste sie wieder, warum sie so hart dafür gekämpft hatte, an die RoyDram zu kommen. Die rot gepolsterten Sitze, die auf die Bühne gerichteten Scheinwerfer, die grün leuchtenden Schilder, die zum Notausgang zeigten, die etwas staubige, abgestandene Luft – all das liebte sie, weil es Magie und Emotionen versprach, Momente, die einen die Welt draußen vergessen ließen.

Nur langsam ging Filippa zu dem Schrank neben der Tür und holte den Besen und den scheppernden Eimer aus Blech. Sie begann in der obersten Reihe und arbeitete sich Reihe für Reihe nach unten. Die groben Abfälle warf sie gleich in den Eimer. Meist waren es Wasserflaschen und Chipstüten von Walker's. Dann stürzte plötzlich ein Mädchen auf die Bühne, barfuß und in einem schmutzigen Kleid mit Schürze. Es schnappte sich eine rostige Kanne, die unter dem groben Küchentisch lag.

»Hätt ich fast vergessen!«

»Okay«, sagte Filippa, die inzwischen die zweite Reihe erreicht hatte.

Das Mädchen klemmte sich die Kanne unter den Arm und stürzte wieder von der Bühne. Eine aus dem dritten Jahr, und sie hatte Filippa bemerkt! Eine aus der Abschlussklasse, und sie hatte sogar mit ihr gesprochen! Obwohl sie ihre Requisite vergessen und doch bestimmt Wichtigeres im Kopf hatte!

Filippa stellte den Eimer ab und ging auf die Bühne. Im Scheinwerferlicht war es viel wärmer als unten. So behutsam wie möglich begann Filippa, den Staub und die wahrscheinlich noch von den Proben herumliegenden Brotkrümel zusammenzufegen.

Und plötzlich kam jemand in den Zuschauerraum.

»Hallo!«, rief Filippa. »Du darfst hier noch nicht rein! Die Tür ist noch geschlossen!«

Von den Scheinwerfern geblendet, konnte sie die Person nicht erkennen, aber sie sah, dass sie zur Bühne kam.

»Die Vorstellung beginnt erst um halb acht! Du musst draußen warten!«

Die Person sprang auf die Bühne, und Filippa sah erschrocken, dass es einer der Jungs war, die sie neulich in der Cafeteria gesehen hatte. Einer vom Nachbartisch. Aus dem dritten Jahr. Er war groß mit braunen Haaren, hielt den Kopf ein bisschen zur Seite geneigt und lächelte.

»Du nimmst deinen Job ernst«, sagte er.

»Cath hat gesagt, dass ich niemanden reinlassen darf«, sagte Filippa.

»Cath nimmt ihren Job auch ernst«, sagte der Junge.

Filippa war im Stillen dankbar, dass sie den Besen hatte, an dem sie sich festhalten konnte. Ihr war auf einmal doppelt so warm wie vorher.

»Solltest du nicht schon deine Bühnenkleidung tragen?«, fragte Filippa mit einem Blick auf seine Jeans und seine graue Kapuzenjacke, die so gar nicht nach dem 19. Jahrhundert aussahen.

»Ich spiel bei dem Stück heute nicht mit«, sagte der Junge. »Sie haben uns in zwei Gruppen aufgeteilt. Ich bin bei dem Stück nächsten Monat dabei.«

»Ach«, war alles, was Filippa dazu einfiel.

Dann war es für einen Augenblick still.

»Und ... wie läuft's?«, fragte Filippa, die nicht wollte, dass der Junge ging. »Bei den Proben und so?«

»Gut. Intensiv. Aber gut. Intensiv ist gut.«

Er schenkte ihr noch ein Lächeln.

»Woher kommst du? Aus Südafrika?«

»Aus Schweden«, sagte Filippa. »Wie kommst du auf Südafrika? Helen, die Stimmlehrerin, sagt, ich klinge amerikanisch.«

»Helen sagt auch, dass ihre Zimmerpflanzen mit ihr sprechen, wenn sie gut drauf sind.«

Filippa lächelte. Und klammerte sich noch ein bisschen fester an den Besen.

»Trotzdem solltest du nicht hier sein«, sagte Filippa und hätte sich noch im selben Moment dafür die Zunge abbeißen können.

»Ich wollte nur denen, die heute dran sind, alles Gute wünschen«, sagte der Junge. »Dauert nur ein paar Sekunden.«

»Hauptsache, du machst keinen neuen Dreck«, sagte Filippa und hoffte, dass er verstand, dass es ein Witz sein sollte.

Er lachte.

»Versprochen«, sagte er. »Ich heiß Alec.«

»Filippa. Ich bin im ersten Jahr.«

»Ich weiß. Nur ihr müsst solche Scheißjobs machen – und du hast auch noch den schlimmsten erwischt.«

Vor der schwarzen Doppeltür war jetzt Gemurmel zu hören. Das Foyer füllte sich mit Zuschauern.

»Weißt du auch, warum es an der RoyDram keinen Staubsauger gibt?«, fragte Filippa. »Ist es königlicher, einen Besen zu benutzen?«

»Es geht darum, euch leiden zu lassen.«

»Wahrscheinlich«, sagte Filippa mit einem Lächeln.

Das Gemurmel vor der Tür wurde lauter.

»Bis später!«, sagte Alec. »Und danke, dass du mich hast durchschlüpfen lassen!«

»Wenn's nicht zur Gewohnheit wird«, sagte Filippa.

Alec verschwand in der Kulisse, und Filippa blieb mit dem Besen auf der Bühne stehen.

Eine halbe Stunde später saß Filippa ohne Besen im Dunkeln. Sie und Ruth hatten die zusätzliche Aufgabe, neben dem Notausgang zu sitzen und dafür zu sorgen, dass niemand ihn blockierte.

»Wie wahrscheinlich ist es wohl, dass jemand aus dem Publikum beschließt, den Notausgang zu blockieren?«, flüsterte Filippa.

»Kommt drauf an, wie schlecht das Stück ist«, flüsterte Ruth zurück.

Sie saßen auf Klappstühlen am Ende zweier Stuhlreihen, und Ruth schlief bald ein, aber Filippa verfolgte das Stück mit großem Interesse. Es spielte in Irland während einer Hungersnot, die wohl mit einer schlechten Kartoffelernte zu tun hatte. Die Iren waren hungrig und wütend und schrien einander immerfort an, während sich die Angehörigen einer englischen Oberklassenfamilie hauptsächlich um ihr kleines weißes Kuschelhündchen Poxy sorgten, das plötzlich verschwunden war. Filippa beobachtete aufmerksam, wie die aus der Abschlussklasse spielten, und stellte fest, dass einige den irischen Akzent erstaunlich gut beherrschten. Unübersehbar war allerdings auch, dass manche in ihrer Rolle glaubwürdiger waren als andere.

Und dann kam die Stelle im Stück, an der ein leises Raunen durch den Zuschauerraum ging.

»Ruth, wach auf!«, flüsterte Filippa. »Sieh mal!«

Ruth setzte sich mit einem Ruck auf, und Filippa zeigte auf die Bühne.

»Da, neben dem Dünnen«, flüsterte Filippa. »Beim Tisch.«

Es war deutlich zu sehen. Einem hageren Jungen, der einen irischen Hungerleider aus dem 19. Jahrhundert spielte, war, als er die Hände aus den Hosentaschen nahm, um seinen englischen Gutsherrn um Gnade zu bitten, ein neonorangenes Feuerzeug aus der Tasche gefallen.

»O Gott, wie peinlich!«, flüsterte Ruth kopfschüttelnd.

Der hagere Junge war puterrot geworden, aber er setzte seine Rede an den Gutsherrn fort, als gäbe es das neonfarbene Feuerzeug zu seinen Füßen nicht.

»Warum hebt er's denn nicht auf und steckt es in die Tasche, als wäre nichts passiert?«, flüsterte Filippa.

Und der hagere Junge spielte weiter, obwohl das Publikum ihm längst nicht mehr zuhörte, sondern nur noch auf das neonorangene Feuerzeug starrte, das inzwischen wie ein sich auf der Bühne breitmachender, gut gelaunter Parasit aussah.

»Sie hätten vielleicht keinen solchen Hunger, wenn sie nicht ihr ganzes Geld für Zigaretten ausgeben würden«, flüsterte Filippa.

Das fanden Ruth und sie so komisch, dass sie sich die Hände vor den Mund halten mussten, was dazu führte, dass Filippa erst recht einen gemischten Lach- und Hustenanfall bekam.

Zum Glück hatte sie eine frische Flasche Hustensaft dabei, die sie schnell aufmachte und in sich hineinschüttete, um den Anfall zu unterdrücken.

»Hast du gerade die ganze Flasche ausgetrunken?«, flüsterte Ruth.

Filippa schaute nach und stellte fest, dass es wirklich fast die ganze Flasche gewesen war. Sie antwortete mit einem Nicken, weil ihr Mund wie mit einem nach Johannisbeeren schmeckenden Leim verkleistert war.

»Das ist bestimmt nicht so gemeint«, flüsterte Ruth. »In so was ist immer eine Menge Alkohol drin.«

Halb nickte Filippa, halb schüttelte sie den Kopf, aber beides lächelnd. Dann wandte sie sich wieder der Bühne zu und starrte auf das neonorangene Feuerzeug. Sie saß im Dunkeln, und ihr Lächeln wurde immer breiter.

7

Am Ende war sich Filippa sicher, gerade die beste Theateraufführung ihres Lebens gesehen zu haben. Sie hatte Gefühle von Hingabe, Wut, Freude und heftigster Liebe verspürt, während sich ihr Körper in einer Weise entspannt hatte, als wären die Knochen für immer daraus verschwunden wie ihr Husten. Und leider auch der Hustensaft, dessen letzte Tropfen sie zu Ruths Entsetzen aus der Flasche zu lecken versucht hatte.

»Wahrscheinlich gehen sie danach alle in den Pub über der Straße«, sagte Ruth, während sie im leeren Zuschauerraum sauber machten. »Was meinst du, sollen wir nachher auch hin?«

Filippa starrte Ruth an, als hätte die ihr ein Staatsgeheimnis verraten.

»Was ist?«, sagte Ruth. »Die gehen da nach jeder Vorstellung hin.«

»Wir ... müssen ... auch ...«, stammelte Filippa.

»Sag ich doch«, sagte Ruth.

»Wir müssen ...«, wiederholte Filippa. »Vielleicht ist er auch da ... Alec! ... Aus dem dritten Jahr ... Ich hab ihn vor der Vorstellung getroffen.«

Filippa und Ruth arbeiteten, so schnell es irgend ging, und warteten dann ungeduldig, bis Cath alles inspiziert hatte und ihnen bedeutete, dass sie gehen könnten.

»Danke für heute Abend!«, sagte sie. »Ihr habt gute Arbeit geleistet.«

»Danke, Cath! Gute Nacht, Cath!«, beeilten sich Ruth und Filippa zu sagen.

Draußen regnete es immer noch, und es war sogar noch schlimmer geworden. Der Regen prasselte nur so auf die Straße. Der Pub – The Dog & Partridge – war im viktorianischen Stil eingerichtet, mit holzgetäfelten Wänden, Schottenkaros auf den Sitzpolstern, einer langen Theke und einem halben Dutzend ausgestopfter Vögel außerhalb der Reichweite betrunkener Gäste, die danach grapschen wollten. Das Lokal war so voller Menschen, dass man kaum durch die Tür kam. Obwohl wie in fast allen englischen Pubs Rauchverbot herrschte, war die Luft zum Schneiden dick von Zigarettenqualm. Filippa reckte den Hals, um wie mit einem Periskop den ganzen Raum zu überblicken, aber sie konnte Alec in dem Gewimmel von sich umarmenden und einander mit Lob überschüttenden Menschen nicht entdecken.

»Was möchtest du haben?«, fragte Ruth. »Die erste Runde geht auf mich.«

»Whisky und Ginger Ale, bitte«, sagte Filippa. »Die nächste dann auf mich.«

Als Ruth zur Theke ging, überkam Filippa schlagartig die große Schüchternheit. Es fühlte sich ein bisschen so an wie damals, als sie während einer Party ihrer Eltern nicht hatte schlafen können und zu den Erwachsenen ins Wohnzimmer getapert war. Als Ruth endlich zurückkam, stürzten sie beide ihre Drinks hinunter, und Filippas plötzliche Schüchternheit war zum Glück wie weggeblasen.

»Wie war's, mit Gareth Programme zu verkaufen?«

»Ganz okay«, sagte Ruth mit einem Eiswürfel im Mund. »Hab einiges an Klatsch mitgekriegt, was ich nicht wusste.«

»Erzähl!«, sagte Filippa neugierig.

Ruth zerbiss den Eiswürfel und schluckte.

»Also, Relic ist anscheinend onaniesüchtig, und Eamonn hat sich vorgenommen, hier in England im Zölibat zu leben, damit er seine ganze Energie in die Ausbildung stecken kann. Wahrscheinlich hat er seine Geschichten zu Hause in Cork, aber hier will er leben wie ein Mönch, sagt er.«

Filippa musste an Eamonns helllila Trainingshose voller Farbflecken und seinen toten grauen Zahn denken.

»Klingt wie eine prima Ausrede, wenn man sowieso bei niemandem landen kann«, sagte sie. »Und woher wusste Gareth das mit Relic und dem Onanieren?«

»Anscheinend geht er vor den anderen Jungs ganz offen damit um.«

»Ganz offen? Meinst du, dass er's vor ihnen *macht*?«

Filippa stand plötzlich ein schreckliches Bild davon vor Augen, was im Bewegungsstudio abging, wenn die Mädchen zum Umziehen auf die Toilette verschwunden waren, und sie fragte sich, was die lesbische Alyson wohl so lange machte.

»Nein, Schätzchen, natürlich redet er nur mit ihnen drüber«, sagte Ruth und schob sich einen neuen Eiswürfel in den Mund.

»O Gott!«, stöhnte Filippa, die gerade Alec entdeckt hatte.

Er stand an der Theke und redete mit dem spindeldürren Jungen, dem das neonorangene Feuerzeug aus der Tasche gefallen war. Alec hatte die graue Kapuzenjacke ausgezogen, und sie sah, dass er ein dunkelblaues T-Shirt trug. Dunkelblau. Ihre Lieblingsfarbe. Das musste Schicksal sein.

»Da drüben ist er«, sagte sie mit einem idiotischen Lächeln.

»Dann geh hin und red mit ihm!«

»Was soll ich denn sagen?«

»Egal«, sagte Ruth. »Ihr habt ja schon miteinander geredet, also ist das Eis gebrochen.«

Es war dann nur so, dass Filippa, als sie bei Alec und dem spindeldürren Jungen ankam, keinen blassen Schimmer mehr hatte, was Ruth mit »egal« gemeint haben könnte. Aber nun war eh alles zu spät. Außerdem hatten Hustensaft und Whisky gemeinsam dafür gesorgt, dass Filippas Kurzzeitgedächtnis auf Goldfischniveau gesunken war und sie am Ende sogar ihre Angst vergaß.

»Hallo«, sagte sie.

Um sie herum standen die Leute so dicht, dass es schwer war, sich halbwegs gerade zu halten. Alle drängten zur Theke.

»Hallo«, sagte Alec freundlich. »Entschuldige, ich hab deinen Namen vergessen.«

»Filippa.«

»Filippa, das hier ist Jaimie«, sagte Alec und zeigte auf seinen Gesprächspartner, der ihr zunickte und dann einen Schluck von seinem Bier nahm.

»Hallo, Jaimie«, sagte Filippa. »Mach dir keine Sorgen, niemand hat was gemerkt.«

»Wovon redest du?«, fragte Jaimie.

»Von deinem ... dass du ...«, stotterte Filippa. »Davon, wie gut du trotzdem warst. Ich meine, *das* haben alle gemerkt. Du warst *dermaßen* gut, der Beste von allen ... also fand *ich*.«

Filippas Gesicht war glühend heiß geworden, und eins stand fest: Alec würde sie *niemals* für die coole unwiderstehliche Person halten, die ihm vorbestimmt war. Dann sah sie Eugene mit

Gareth hinter Alec stehen und darauf warten, dass sie etwas bestellen konnten. Der riesige Eugene schwitzte, dass ihm der Schweiß hinter die Ohren lief. Erst am Tag zuvor hatte sie Vern zu Relic sagen hören, dass Eugene ihn an einen Monstertruck von hinten erinnere. Die meisten anderen, die es mitbekommen hatten, hatten darüber gelacht, nur sie nicht. Sie hatte sich überlegt, warum ihm seine Eltern wohl diesen Namen gegeben hatten. Oder er sich nicht wenigstens Gene nannte, was schon viel besser klang. Wenn er wenigstens einen netten Spitznamen gehabt hätte, Jogibär oder Samson oder was in der Art. Daran musste Filippa auch jetzt wieder denken, und sie beschloss, etwas in der Sache zu unternehmen. Sie beschloss, ihr kleines Missverständnis vom ersten Tag wieder gutzumachen und ihm zugleich einen großen Gefallen zu tun.

»Alec, das hier ist ... Samson!«

Filippa kam es vor, als wäre es mit einem Mal totenstill. Dann begann Gareth zu lachen, dass er fast zusammenklappte. Jetzt waren es zwei, die sie wütend anstarrten. Jamie und Eugene.

»Eugene«, sagte Eugene.

»Alec«, sagte Alec, und sie gaben sich die Hand.

Jaimie und Eugene fixierten sie immer noch mit finsteren Blicken, und sie sagte sich verzweifelt, dass sie es bei Alec für immer vermasselt hatte. Es war Zeit, den Rückzug anzutreten.

»Okay, dann alles Gute für die Proben!«, sagte sie und schlich zurück zu Ruth.

»Und? Wie ist es gelaufen?«

»Nicht so gut«, sagte Filippa. »Ich geh nach Hause.«

»Nein, bitte bleib doch noch für einen Drink!«, bettelte Ruth. »Dann gehen wir zusammen zur U-Bahn.«

Als Filippa noch zwei Drinks holte, tat sie es so weit wie

möglich von Jaimie, Alec, Eugene und Gareth entfernt. Auf einmal fühlte es sich gar nicht mehr so cool an, von Schülern der Abschlussklasse umgeben zu sein.

»Hallo!«

Wie aus dem Nichts war Alec an ihrer Seite aufgetaucht.

»Hallo«, sagte Filippa mit Herzklopfen bis zum Hals.

»Du darfst es Jaimie nicht übel nehmen«, sagte Alec. »Im Publikum hat ein wichtiger Agent gesessen, und er hat Angst, dass er's vermasselt hat.«

»Vielleicht hat er Glück, und der Agent ist Raucher«, sagte Filippa.

Alec lachte.

»Hoffen wir's«, sagte er. »Ich hab ihn versucht zu trösten. Hab ihm gesagt, dass er bestimmt noch mehr Chancen kriegt.«

Filippa bekam ihre Drinks, und es wurde still zwischen ihnen. Sie sah, wie er wieder den Kopf zur Seite neigte und dabei lächelte.

»Skål!«, sagte sie schließlich und hob ihr Glas.

»Skål!«, sagte er.

Sie stießen an, und für eine glühend heiße Sekunde berührten sich ihre Finger. Filippa entging nicht, dass auch Alec bei der Berührung zusammenzuckte.

»Du findest also, dass ich mich südafrikanisch anhöre?«, fragte sie.

»I think you've got a gorgeous accent«, sagte Alec in einem so schönen Englisch, dass ihr davon schwindlig wurde, obwohl er längst nicht der Erste war, den sie so sprechen hörte. Bei ihm klang es nur noch tausendmal schöner als bei allen anderen.

»Trotzdem muss ich mir die *received pronounciation* draufpacken, sonst bin ich verloren«, sagte sie. »Sagen jedenfalls Helen und Hugh.«

Alec schüttelte den Kopf.

»Hör nicht auf Helen und lass alles, wie es ist!«, sagte Alec mit einer Stimme und einer Aussprache, mit denen sie hätte begraben werden wollen.

Gleich darauf läutete der Barmann mit einer an der Wand angebrachten Glocke – das Zeichen, dass der Pub bald schließen würde.

»Manchmal hängt die RoyDram an ihren alten Zöpfen, dass man verrückt werden könnte«, sagte Alec. »Dein Englisch ist fantastisch, wenn man bedenkt, dass es nicht deine Muttersprache ist.«

»Danke«, sagte Filippa.

Dann kam Jaimie und legte Alec die Hand auf die Schulter.

»Oriana will nach Hause. Sie wartet draußen«, sagte er. »Ich komm übrigens mit und schlaf auf deinem Sofa.«

Alec sah für einen Augenblick enttäuscht aus, nickte aber. Um sie herum zogen die Leute schon ihre Jacken und Mäntel an.

»Wir sehen uns in der Schule«, sagte Alec.

»Klar doch«, sagte Filippa.

Alec wandte sich zum Gehen, und Filippa konnte es nicht verkneifen, Jaimie zu fragen: »Wer ist Oriana?«

Jaimie sah Filippa verwundert an und sagte: »Seine Freundin natürlich.«

8

Filippa schaute in Relics Gesicht, das sich genau über ihrem befand. Ihm fielen die Haare in die Stirn, und er roch nach Seife, Zahnpasta und leicht nach Zigaretten. Unter anderen Umständen hätte sie es genossen, von einem Jungen so angefasst zu werden wie jetzt gerade von Relic, aber in ihrer jetzigen Verfassung war sie nur traurig, dass er nicht Alec war.

»Du sollst die Augen schließen!«, flüsterte Relic.

»Okay«, sagte Filippa und tat es.

Er schob die linke Hand unter ihr Schulterblatt und drückte sie mit der rechten sanft zu Boden.

»Die auf dem Boden liegen, spüren die Energie, die aus den Händen ihrer Partner strömt«, sagte Donatella, die lautlos durch den Raum schwebte. »Sie ist wie ein Lichtstrahl, der durch ihre Körper dringt und sie zum Schmelzen bringt.«

Sie befanden sich im Bewegungsstudio, und die eine Hälfte der Klasse lag mit aufgestellten Knien und gegen den Boden gestemmten Fußsohlen auf dem Rücken, während die andere Hälfte sie betatschte. Es sollte eine Einführung in das Mysterium der sogenannten Alexander-Technik sein.

»Macht diese Entspannungsübungen so oft wie möglich, auch zu Hause!«, fuhr Donatella fort. »Je genauer ihr eure Muskeln kennt und je besser ihr sie zu entspannen lernt, desto besser für euch.«

Genau da tat es den kleinen Trompetenstoß eines einsamen Furzes, und fast alle lachten. Relic lachte nicht, aber Filippa spürte am Zittern seiner Hände, wie sehr er sich zusammenreißen musste.

»Entschuldigung!«, sagte Vern nicht laut, aber laut genug, dass alle es hörten.

»Lass nur«, sagte Donatella, » das ist eine ganz normale Reaktion, wenn der Körper in einen entspannten Zustand gerät.«

Es folgten gleich mehrere Fürze, begleitet von Seufzern der Erleichterung, allesamt von Jungs.

»Das stinkt!«, protestierte jemand, und Donatella klatschte in die Hände, um wieder Ruhe herzustellen.

Tatsächlich verbreitete sich ein derart widerlicher Gestank im Raum, dass Filippa verzweifelt versuchte, ausschließlich durch den Mund zu atmen.

»Die *auf* ihren Partnern legen bitte die Hände mit den Handflächen nach oben *unter* deren Hintern!«

Auf Donatellas Anordnung hin zog Relic vorsichtig die Hand unter Filippas Schulter vor und veränderte seine Position so, dass er zwischen ihren Beinen kniete. Filippa wiederum hob den Hintern, bis er seine Hände am richtigen Platz hatte.

»Die *unten* versuchen, das Becken loszulassen und es in die Hände ihres Partners *hinein* zu entspannen.«

Filippa hatte das Gefühl, noch nie im ganzen Leben so angespannt gewesen zu sein wie gerade jetzt. Ein Blechroboter wäre dagegen eine russische Ballerina gewesen. Wie um Himmels willen sollte sie sich entspannen, solange ein ihr fremder Junge seine Hände unter ihrem Hintern und sein Gesicht zwischen ihren Beinen hatte? Gott sei Dank hatte sie wenigstens nichts gefrühstückt, was Blähungen verursachte.

»Fuck off!«, hörte man plötzlich Alyson brüllen. »Hör auf zu furzen, Mann!«

Nach der Stunde wuschen sich die Mädchen die Hände rot und schrumpelig. Danach besprühten sie sich von Kopf bis Fuß mit Deodorant.

»O Gott, passt bloß auf, dass ihr nicht Russell als Partner erwischt!«, stöhnte jemand.

»Warum?«

»Seine verdammten Hände stinken, und er ist ein Grapscher. Igitt, was für ein Ekel! Wie zum Teufel kommt so einer an die RoyDram, fragt man sich.«

»Und Eamonn hat einen Mördermundgeruch, wie abgestandene Kotze!«

»Gareths Füße stinken nach altem Käse. Wie heißt noch mal die Sorte, die nach alten Zehennägeln riecht?«

»Irgendjemand muss Manu sagen, dass er mal seine Klamotten waschen soll. Ich glaub, der wartet sonst, bis ihn seine Mama aus Spanien besucht.«

»Kein Witz, Samson hat mir fast die Hände zerquetscht.«

»Samson?«, fragte Filippa, die bei dem Namen kurz zusammengezuckt war.

»Samson, ja«, sagte Sara mit den rattenfarbenen Haaren. »Warst du's nicht, die ihm den Namen verpasst hat? Ich finde, er passt haargenau.«

Mehrere der Mädchen wandten sich daraufhin Filippa zu und lächelten. Filippa nickte und zog sich schweigend zu Ende an.

In der Cafeteria war es dann voll wie immer zur Lunchzeit. Hinter den Dachfenstern schien die Sonne, und der Himmel war blau.

»Hab gehört, du und Alec aus dem dritten Jahr habt euch am Freitag gut verstanden«, sagte Anna Doody, als sie sich mit ihren Tabletts an einen freien Tisch gesetzt hatten.

»Filippa hat einen Freund, Filippa hat einen Freund, Filippa hat einen Freund!«, sang Vern vom Nachbartisch herüber.

Filippa wusste nicht, ob es boshaft gemeint war, aber sie empfand es so. Sie wickelte ihr Sandwich aus der Folie und befreite es mit spitzen Fingern von den kalten Salatblättern und den feuchten Tomatenscheiben, die das Brot darüber rosa gefärbt hatten. »Wir haben nur ein bisschen geredet«, murmelte sie. Im Stillen aber fragte sie sich, wie sich Gerüchte dermaßen schnell an der RoyDram verbreiten konnten.

»Er sieht schon sehr gut aus«, sagte Anna.

Inzwischen hatte sich Ruth mit einem Teller dicker Pommes und einer Cola zu ihnen gesetzt.

»Er hat eine Freundin, irgendeine Oriana«, sagte Filippa und biss in ihr Sandwich, das jetzt nur noch halb so dick war und hauptsächlich nach feuchtem Käse schmeckte.

»Sie haben am Samstag Schluss gemacht«, sagte Anna. »Genauer gesagt, er mit ihr.«

Filippa schluckte und versuchte, so unbeteiligt wie irgend möglich auszusehen, obwohl jede einzelne Zelle ihres Körpers Saltos in Lichtgeschwindigkeit schlug.

»Und weißt du, warum?«, fragte Ruth.

Anna schüttelte den Kopf und sah dabei Filippa an.

»Keine Ahnung«, sagte sie. »Aber es soll ein Riesendrama sein, weil sie seit dem ersten Jahr zusammen waren. Es heißt, Oriana ist vollkommen mit den Nerven runter.«

»Und was hast du übers Wochenende gemacht?«, fragte Filippa, um das Thema zu wechseln.

»Gekifft und gevögelt«, sagte Anna, »die ganze Zeit gekifft und gevögelt.«

»Immer in der Reihenfolge oder auch mal umgekehrt?«, fragte Ruth.

Anna tat so, als hätte sie es nicht gehört.

»Hast du einen Freund?«, fragte Filippa, die weiterhin zu verbergen versuchte, dass sie über die Nachricht, dass Alec mit Oriana Schluss gemacht hatte, vor Glück fast ohnmächtig wurde.

Jetzt, wo sie darüber nachdachte, wurde Filippa klar, dass sie von Anna Doody so gut wie gar nichts wusste. Sie erinnerte sich nur, dass sie angeblich von allen Londoner Schauspielschulen angenommen worden wäre, an denen sie sich beworben hatte.

»Ich war zu Hause in Derby und hab mich mit meinem Ex getroffen«, sagte sie mit einem Seufzer. »Ich mag ihn wirklich, aber er weigert sich, von Derby wegzuziehen, also werden wir keine gemeinsame Zukunft haben. Es wäre alles echt einfacher, wenn ich hier in London jemand Passenden treffen würde.«

»Das wirst du bestimmt«, sagte Filippa.

»Vor allem jetzt, wo Alec wieder Single ist«, sagte Anna Doody und lächelte.

Am Nachmittag hatten sie die erste Stunde eines neuen Fachs: Theatergeschichte. Der Lehrer war Geoffrey, dem anzumerken war, für wie öde er das Fach selber hielt. Das hinderte ihn freilich nicht daran, sie unter seinen dichten Augenbrauen wütend anzufunkeln. Der Plastikbecher mit Kaffee schien ein fester Bestandteil seines Körpers zu sein.

»Von allen Menschen, die einem Beruf nachgehen, sind es

die Schauspieler, die am wenigsten über ihre eigene Geschichte wissen. Null Interesse, null Wissen, null Ahnung. Aus Faulheit! Ihr hockt in einer Blase purer Ignoranz und wisst es nicht mal. Wüsstet ihr nämlich etwas von eurem großen kulturellen Erbe, dann wäre euch klar, dass die Schauspieler heutzutage zu armseligen Darstellern ihrer Rollen geworden sind, wo sie früher Schöpfer waren. *Schöpfer*, hört ihr! – Wer von euch weiß, wer Richard Burbage war?«

Paul war der Einzige, der die Hand hob. Geoffrey nickte ihm zu.

»Ein Schauspieler in der Zeit von William Shakespeare«, sagte Paul. »Er hat viele von Shakespeares wichtigsten Figuren gespielt, den Othello zum Beispiel. Und Hamlet. Und Richard den Dritten.«

Geoffrey klatschte in die Hände.

»Genau! Zu Shakespeares Zeiten fand man Richard Burbage wichtiger als Shakespeare selbst, und wer weiß das von euch Schwachköpfen: ein Einziger, nämlich ...«

»Paul«, sagte Paul mit roten Wangen.

»... Paul«, sagte Geoffrey. »Okay, ihr werdet in Paare aufgeteilt, die jede Woche ein Stück Theatergeschichte erarbeiten und hier vorstellen. Wir fangen bei den Griechen an und enden bei ... Wie hieß die englische Autorin, die nur eine Handvoll Stücke schrieb, bevor sie Selbstmord beging – Paul?«

»Sarah Kane«, sagte Paul.

»Genau, Sarah Kane. Nie werde ich sie vergessen. Und jetzt kommt her und holt euch die Liste mit den Paaren, Themen und Terminen! Danach verschwindet ihr in die Bibliothek, und wenn ich jemanden vor fünf nach Hause gehen sehe, ziehe ich ihm bei lebendigem Leib die Haut ab.«

Filippa holte sich eine Liste und sah, dass sie mit Russell zusammenarbeiten würde, dem 35-Jährigen, den die meisten in der Klasse aus welchem Grund auch immer vom ersten Tag an hassten. Sein Stöhnen war es gewesen, das Vern während Donatellas Einführung nachgeäfft hatte. Und jetzt ging Filippa auf ihn zu und versuchte ein Lächeln. Russell lächelte zurück und kniff ein Auge zu.

»Wir haben das Globe Theatre«, sagte Filippa und versuchte, Enthusiasmus in ihre Stimme zu legen.

»Das Globe Theatre!«, sagte Russell viel zu laut. »Wo fast alle Shakespeare-Stücke entstanden sind. Das Globe Theatre! Das niederbrannte und wieder aufgebaut wurde. Das Globe Theatre! Das auch für allerlei Spiele, ja sogar für die Bärenhatz und andere unmoralische Vergnügungen benutzt wurde …«

Wenn Russell wenigstens ein bisschen leiser geredet hätte. Zum Glück waren die meisten anderen schon auf dem Weg zur Bibliothek. Und plötzlich senkte Russell die Stimme und rückte näher an Filippa heran.

»Ich wusste natürlich, wer Richard Burbage und Sarah Kane waren«, sagte er verschwörerisch. »Ich wollte nur den jungen Gockeln die Chance geben, ein bisschen die Federn zu spreizen, verstehst du?«

»Wie nett von dir«, sagte Filippa und fragte sich im Stillen, ob Geoffrey wohl etwas dagegen hatte, wenn sie das Thema allein bearbeitete.

»Weißt du, was: Ich glaube, ich werde dich Flipper nennen«, sagte Russell aufgeräumt. »Flipper, mein schwedischer Delfin!«

»Ich heiße Filippa«, sagte Filippa, und wenn sie je daran gezweifelt hatte, ob die meisten in der Klasse mit ihrer Einschätzung Russells richtig lagen, waren diese Zweifel jetzt verflogen.

»Ich weiß«, sagte Russell. »Aber ich finde Flipper schöner ... Flipper!«

Inzwischen waren sie auf den Flur getreten, wo ihnen eine Gruppe Schüler mit Masken aus weißem Gips vor den Gesichtern entgegenkam. Es war, als wären sie von den Hattifnatten aus den Muminbüchern umgeben, nur dass es welche in Menschengröße waren.

»Ich heiße Filippa«, wiederholte Filippa mit Nachdruck.

Und noch in derselben Sekunde entdeckte sie zwischen den Gestalten mit den Gipsgesichtern Alec, zum Glück ohne Gips.

»Alec!«, rief sie.

Jetzt sah Alec auch sie und strahlte.

»Hallo!«

»Hallo!«, hauchte Filippa, während er näher kam.

Die Hattifnatten bogen am Ende des Flurs um die Ecke, und Russell machte ihr Zeichen, dass er in der Bibliothek auf sie warten würde, bevor auch er verschwand. Dass er das tat und auch nichts sagte, rechnete ihm Filippa so hoch an, dass sie beschloss, dass er sie nennen durfte, wie er wollte, und zwar bis ans Ende ihrer Tage.

Filippa und Alec waren allein auf dem Flur. Alec trug dieselbe graue Kapuzenjacke wie am Freitag, und auf seinen Wangen waren dünne helle Bartstoppeln zu erkennen.

»Filippa«, sagte Alec. »Ich überleg mir gerade ...«

»Ja?«

»... ob du mich vielleicht küssen möchtest?«

9

Es war Samstag, und Filippa fuhr zum Oxford Circus. Sie hatte es sich zur Gewohnheit gemacht, dort durch die Boutiquen zu streifen und sich die Kleider auszusuchen, die sie sich später, als international gefeierte, von Kritikern bejubelte, schwerreiche Schauspielerin kaufen würde.

»Hare Krishna, Hare Krishna, Krishna, Krishna, Hare, Hare«, sangen die fröhlichen, ganz in Orange gekleideten Menschen, die, als Filippa ausstieg, an der Haltestelle vorübertanzten.

Ein paar Passanten hoben ihre Kameras, um die fröhliche Gruppe zu fotografieren. Filippa schlenderte lächelnd davon. Sie brauchte Krishna nicht, um glücklich zu sein. Sie hatte Alec.

»Wenn du lächelst, ist es so echt«, hatte er ein paar Abende zuvor gesagt. »It's one of the things I love about you.«

»Fttphmu«, hatte Filippa mit scharlachrotem Gesicht geantwortet, weil sie sich nicht sicher war, ob er gerade ihr oder nur ihrem Lächeln eine Liebeserklärung gemacht hatte. Als ob das wichtig gewesen wäre, solange er überhaupt das L-Wort benutzte.

Filippa betrat einen brechend vollen H&M-Laden, verließ ihn wieder und ging weiter die Oxford Street hinunter.

»Plenty of room at the Hotel California«, lärmte ein Musiker in Jeans, dessen Gitarre unzählige Aufkleber schmückten. »Such a lovely place, such a lovely face ...«

Filippa schenkte ihm ein Lächeln und ging in Gedanken an Alec versunken weiter. Für sie war er nicht nur ein großgewachsener, gut aussehender junger Mann, sondern der interessanteste Mensch auf der Welt. Mit Augen, in denen ein tiefer Schmerz aufschien, hatte er ihr erzählt, dass sein Vater eine Bank überfallen hatte. Drei Jahre war Alec damals alt gewesen, und obwohl der Vater vor acht Jahren aus dem Gefängnis gekommen war, hatten sie keinen Kontakt. Auch dass eine Aufführung von Shakespeares *Richard III.* der Anlass gewesen war, dass er Schauspieler werden wollte, hatte er ihr erzählt, und dass er die Rolle fürs Abschlussstück nach einem Freund seines Stiefvaters angelegt hatte. Sie wusste inzwischen, dass Jaimie mehr oder weniger auf Alecs Sofa wohnte und nur eine Orange am Tag aß, wohingegen Alec zu jeder Tages- und Nachtzeit Toast mit gebackenen Bohnen hätte essen können. Sie selbst wiederum hätte stundenlang nur dasitzen können und Alec zuhören.

Luxury watches! Only twenty metres away!, stand auf einem Schild, das ein Mädchen gelangweilt in die Höhe hielt.

Filippa schenkte auch ihr ein Lächeln und ging weiter. Auf der Oxford Street drängten sich die Menschen, dass kaum noch ein Durchkommen war, und plötzlich klingelte Filippas Handy.

»Hallo, Alec!«

»Hallo!«, sagte Alec. »Hör zu, es sieht aus, als bräuchten wir noch den ganzen Tag für die Probe.«

»Oh«, sagte Filippa traurig.

Eine Gruppe lärmender Jungs kam genau vor ihr aus einem GAP-Laden.

»Wo bist du denn?«, fragte Alec.

Filippa schaute sich um.

»In der National Portrait Gallery.«

»Du hast es gut«, sagte Alec. »Ich ruf dich morgen an, das heißt, wenn wir da nicht auch proben müssen. Genieß die schönen Bilder!«

»Okay«, sagte Filippa und verstaute lächelnd ihr Handy.

Sie schwebte auf einer rosa glitzernden Liebeswolke, der auch der ketchupgetränkte Hamburger, in den sie fast trat, nichts anhaben konnte.

10

»Partner B legt die Hand auf einen Körperteil seines Partners, auf welchen, spielt keine Rolle«, sagte Helen, die heute riesige Ohrgehänge trug und hölzerne Armreifen, die klapperten wie ein mittleres Kastagnettenorchester. »Partner A, ihr sprecht jetzt genau in die Hand eures jeweiligen Partners und sagt: ›Süß ist die Frucht der Widerwärtigkeit.‹«

Alyson hatte ihre Hand auf Filippas Knie gelegt. Filippa fixierte ihr Knie und sagte: »Süß ist die Frucht der Widerwärtigkeit.«

»Partner B, sagt eurem Partner, ob ihr gespürt habt, dass er in eure Hand gesprochen hat!«, sagte Helen.

Filippa sah Alyson an.

»Hab ich durch mein Knie in deine Hand gesprochen?«

»Keine Ahnung, verdammt«, sagte Alyson mit einem Achselzucken.

Wie immer während Helens Stimmstunden gab es außer ihr niemanden im Bewegungsstudio, dem nicht eine gewisse Unsicherheit, wenn nicht Verstörung von den Augen abzulesen war. Es gab einfach noch niemanden, der begriffen hätte, was Helen mit ihren Übungen bezweckte. Und wie ihr Unterricht sie zu besseren Schauspielern machen sollte. Nur Vern behauptete, sie einmal vollkommen verstanden zu haben, gab dann aber zu, dass er sie da nur nach der Uhrzeit gefragt hatte.

»Und jetzt die Hand auf einen anderen Körperteil!«, rief Helen und drehte ungeduldig an einem ihrer Armreifen.

Alyson entschied sich für Filippas linken Fuß, und Filippa, die sich im Raum umschaute, bemerkte plötzlich, dass Paul sie unentwegt anstarrte, aber sofort wegsah, wenn sie seinen Blick erwiderte.

»Süß ist die Frucht der Widerwärtigkeit«, sprach Filippa durch den linken Fuß in Alysons Hand.

»Noch mal!«, sagte Alyson.

»Süß ist die Frucht der Widerwärtigkeit«, wiederholte Filippa etwas lauter und versuchte, sich noch mehr auf ihren Fuß und dessen Fähigkeit zur Übertragung von Sprache in anderer Leute Hände zu konzentrieren.

»Und?«, fragte sie mit einem hoffnungsvollen Blick auf Alyson.

»Ich hab's gespürt«, sagte Alyson sichtlich beeindruckt.

Filippas erschrockene Antwort war: »Wirklich?«

»Natürlich nicht«, fauchte Alyson. »Es ist nur ein verdammter Fuß!«

»Okay, tauscht die Partner!«, rief Helen.

Filippas nächste Partnerin war Ruth, was schön war, weil sie seit dem Wochenende noch keine Gelegenheit gehabt hatten, miteinander zu sprechen.

»Wie war's zu Hause in Newcastle?«, flüsterte Filippa, während Helen von den Stimmbändern als Türen zur Psyche des Schauspielers sprach.

»Fantastisch«, sagte Ruth mit einem breiten Lächeln.

»Wieso? Was ist passiert?«

»Ich hab was mit einem Jungen gehabt«, flüsterte Ruth. »Unter einer Brücke.«

Filippa lächelte, aber nur kurz, dann drehte sie sich zu Helen um. Aus irgendeinem unerfindlichen Grund hatten sie Ruths Worte schockiert.

»Und du? Warst du das ganze Wochenende mit Alec zusammen?«, flüsterte Ruth.

»Nein. Sie haben die ganze Zeit geprobt.«

»Bei Manu steigt am Samstag eine Fete.«

Während sie miteinander flüsterten, zeigte Helen, wie sie in ihre zu einer Schale geformten Hände atmen sollten.

»Eure Hände fangen den kleinen Vogel, der aus eurem Zwerchfell geflogen kommt! Fangt ihn und verschluckt ihn wieder! Fangt ihn und schluckt ihn! Er überlebt es jedes Mal, der kleine Vogel. Fangt ihn!«

Sie fingen den Vogel, bis ihnen schwindlig war, dann flatterte Filippa selbst in den Pub – The Dog & Partridge –, wo schon Alec auf sie wartete. In dem Pub waren um die Zeit ausschließlich Schüler der RoyDram.

Filippa fand Alec an einem der Tische auf der rechten Seite und setzte sich neben ihn. Er beugte sich über sie, und sie küssten sich.

»Hello, gorgeous«, sagte er am Ende des langen Kusses.

»Hello, stranger«, sagte sie.

Sie hatte sich für »stranger« entschieden, weil sie zu schüchtern war, um ihn »gorgeous«, »babe«, »love« oder »darling« zu nennen. Es klang nicht ganz so verliebt, aber sie fand es passend.

Alec nahm ihre Hand und begann, sie zärtlich zu streicheln. Das tat er oft, und manchmal wirkte es fast unbewusst, aber Filippa raubte es den Atem.

»Wie waren die Proben?«, fragte sie.

Alec zögerte einen Augenblick.

»Nicht ganz einfach«, sagte er dann. »Ich dachte, ich hätte die Rolle im Griff, aber plötzlich war alles wie weggeblasen.«

»War's nicht so, dass du sie nach dem Freund deines Stiefvaters angelegt hast?«, fragte Filippa vorsichtig. »Hat das nicht geholfen?«

»Schon. Ich bin mir nur nicht mehr sicher, ob es richtig ist«, sagte Alec mit einem Seufzer.

Dann schwieg er und streichelte weiter ihre Hand.

»Wie wär's, wenn wir nach Soho gehen?«, fragte Filippa. »Uns ein billiges Restaurant suchen oder so.«

Alec sagte nichts. Nur seine Finger bewegten sich sanft über Filippas Hand.

»Ja?«, sagte Filippa. »Unterwegs erzähl ich dir, was Helen wieder alles von sich gegeben hat. Ich glaube, ein paar sind kurz davor zu meutern. Los, komm, der Laden hier ist auf die Dauer langweilig. Hallo? Alec?«

»Können wir nicht trotzdem hierbleiben?«, fragte Alec.

Filippa entzog ihm ihre Hand, damit er sie ansah.

»Eine schlechte Probe macht doch nichts«, sagte sie. »Morgen läuft es bestimmt schon besser. – Übrigens gibt's auch einen spannenden Ort gleich um die Ecke. Hab ich jedenfalls gehört.«

»Und was soll das für ein Ort sein?«

»Manche nennen ihn ... London«, sagte Filippa. »Kann natürlich auch ein Gerücht sein. Jedenfalls soll's da jede Menge Restaurants, Bars, Museen und was nicht alles geben, sogar Leute, die mit der Schauspielerei überhaupt nichts am Hut haben. Aber wie gesagt, vielleicht ist es auch nur ein Gerücht.«

Alec tat, als wäre er schockiert.

»Mit der Schauspielerei nichts am Hut – und was machen die dann die ganze Zeit?«

»Ich weiß ehrlich nicht, ob man's glauben soll«, sagte Filippa kopfschüttelnd, »aber angeblich tun sie wahnsinnige Dinge wie an der Supermarktkasse sitzen oder Bus fahren. Oder Fenster putzen. Es wird sogar behauptet, manche täten nichts anderes, als ganze Tage vor dem Computer zu hocken.«

»O Gott!«, sagte Alec.

»Du sagst es«, sagte Filippa. »Und jetzt schlage ich vor, wir suchen dieses London und schauen uns die seltsamen Leute dort an.«

»Klingt wie eine gute Idee«, sagte Alec, gab Filippa einen Kuss und sagte: »Schön, dass es dich gibt!«

Danach gingen sie mit fest ineinander verflochtenen Händen den ganzen Weg nach Islington, wo sie ein kleines italienisches Restaurant fanden, in dem es fantastisch leckere Pizzen mit hauchdünnem Boden gab. Auch nach Kentish Town gingen sie zu Fuß, und Alec blieb über Nacht. Während des endlos langen Spaziergangs redeten sie ununterbrochen von der Roy-Dram und ihrer beider Kindheit und den Fernsehprogrammen, mit denen sie aufgewachsen waren. Die ganze Nacht lagen sie eng umschlungen, und morgens sagte Alec, dass er seit Monaten nicht mehr so gut geschlafen habe.

Für den nächsten Tag verabredeten sie, dass sie sich zum Lunch in der Cafeteria treffen würden. Aus unerfindlichen Gründen fühlte sich Filippa nach dem gestrigen Tag noch verliebter als zuvor, und die Vormittagsstunden mit Donatella, in denen sie ihre Nacken zu befreien versuchten (»*Spring! Spring aus der Hüfte, ich lenke das Rückgrat ab!«*), vergingen im Schneckentempo. Als endlich Mittag war, rannte sie die Treppe zur Cafeteria hinauf.

Als sie durch die Tür trat, erkannte sie Alec erst gar nicht. Und als sie ihn erkannte, verschlug es ihr erst einmal die Sprache. Alec – oder eigentlich nicht Alec – stand am Fenster und schaute hinaus. Er hatte die Haare streng zurückgekämmt und trug einen dunkelgrauen Frack und schwarz-weiße Schuhe. Heute war Generalprobe, und offenbar behielten die Mitwirkenden ihre Kostüme den ganzen Tag über an. In der Schlange vor der Kasse standen Mädchen in wunderschönen Abendroben in Purpurrot und Schwarz-Weiß und gleich daneben welche in den einfachen grauen Kleidern von Arbeiterinnen. Ein schwerer Duft von Parfüm und frisch frittierten Pommes erfüllte den Raum. Filippa ging langsam zu Alec hin.

»Hello, stranger«, sagte sie beinahe ängstlich angesichts seiner Erscheinung.

Er sah sie an.

»Du siehst unglaublich aus«, sagte Filippa, der auch das schneeweiße Frackhemd und die Fliege imponierten.

»Verzeihung, kennen wir uns?«, fragte Alec.

Filippa lachte.

»So könnte man sagen«, sagte sie lächelnd. »Freilich nur, wenn es nicht die Nachbarin war, die sich heute Nacht in mein Zimmer geschlichen und das Lager mit mir geteilt hat. Angesichts des Umstands, dass sie mindestens achtzig Jahre zählt, keine so tolle Vorstellung …«

»Sie müssen sich dennoch irren. Adieu!«, sagte Alec mit einem angedeuteten Nicken.

Dann ging er davon.

»Filippa hat keinen Freund, Filippa hat keinen Freund, Filippa hat keinen Freund!«, hörte sie hinter sich Vern singen.

Sie starrte dem Fremden noch hinterher, als er den Raum schon längst verlassen hatte.

11

Als sie abends mit Malin und Bridget beim Tee saß, erzählte sie ihnen von der seltsamen Begegnung mit Alec in der Cafeteria. Auf einem Teller brannten drei Teelichter, und sie ließen langsam, aber mit System die große Tafel Marabou-Schokolade (mit ganzen Nüssen) verschwinden, die Malin von einer Schwedenreise mitgebracht hatte.

»Gruselig«, sagte Bridget. »Das klingt wie eine Szene aus *Angriff der Körperfresser*.«

»Ich glaube, er war so in seiner Rolle, dass er mich gar nicht erkannt hat«, sagte Filippa.

»Seine eigene Freundin? – Vergiss es!«, sagte Bridget.

Malin sah Filippa besorgt an.

»Hast du seitdem mit ihm gesprochen?«, fragte sie.

Filippa nickte und nahm einen Schluck Tee.

»Vor einer Stunde. Ich hab ihn angerufen, und er hat nicht mal gewusst, dass er überhaupt in der Cafeteria war. Die Generalprobe muss wahnsinnig intensiv gewesen sein. Er wollte nur noch nach Hause und schlafen.«

»Ich hätte meinem Freund eine runtergehauen, aber echt. So tun, als ob er einen nicht kennt – das ist das Letzte«, sagte Bridget.

Filippa packte ihre Teetasse fester.

»Christian Bale und Daniel Day-Lewis gehen auch immer

total in ihren Rollen auf«, erklärte sie den Freundinnen. »Angeblich sprechen sie noch zu Hause beim Abendessen Südstaatendialekt, wenn sie in dem gerade spielen, und die Familie muss sie mit ihren Rollennamen ansprechen.«

Bridget rollte mit den Augen.

»Wenn du mich fragst, ist das nur typisch Mann. Die Kerle schaffen's einfach nicht, zwei Dinge gleichzeitig zu tun«, schimpfte sie. »Ich finde, die sollen auch als Schauspieler ihre Arbeit tun und sich dann, wenn sie wieder privat sind, nicht wie Arschlöcher aufführen.«

»Alec ist kein Arschloch!«

»Hat er sich wenigstens entschuldigt für die Klassennummer?«, fragte Bridget.

»Nein«, sagte Filippa und spürte, wie ihre Wangen wärmer wurden. »Er hat hauptsächlich über seine Rolle geredet. Und über das Stück. So Sachen halt.«

Filippa sah, dass Bridget kurz davor war, einen weiteren Kommentar abzugeben, es sich dann aber doch verkniff und sich stattdessen ein weiteres Stück Schokolade nahm.

»Wir haben einen Brief vom Wohnungsamt Camden bekommen«, sagte Malin und zog einen Brief hinter dem Toaster hervor.

»Was wollen die? Uns aus der Wohnung schmeißen?«, fragte Bridget.

Im Sommer hatte ihr krimineller Vermieter versucht, in die Wohnung einzudringen, und als die Polizei gekommen war, hatte sich herausgestellt, dass er ihnen die kommunale Wohnung illegal vermietet hatte. Der leitende Polizist hatte sie gewarnt, dass die Behörden ihnen die Wohnung sehr wahrscheinlich kündigen würden, aber bisher war nichts geschehen.

»In dem Brief steht, dass die Gerichtsverhandlung gegen Mister Burke und seine Freundin erst in ein paar Monaten stattfinden kann«, erzählte Malin.

Bridget atmete hörbar aus.

»Gott sei Dank! Solange das Verfahren läuft, können sie nichts machen, und wenn die Gerichtsverhandlung erst in ein paar Monaten ist, haben wir mindestens noch ein Jahr, bevor sie uns rausschmeißen können.«

»Dann seien wir für dieses eine Mal dankbar, dass etwas so lange dauert!«, sagte Filippa erleichtert.

Filippa liebte ihre kleine gemeinsame Wohnung in Kentish Town. Obwohl sie in einem reichlich heruntergekommenen Hochhaus war, hatten sie es darin so gemütlich, dass es sich wie ein richtiges Zuhause anfühlte. Ein Zuhause in London.

»Sie verlangen aber, dass wir von jetzt an die Steuer für die Wohnung bezahlen«, sagte Malin. »Das sind 35 Pfund für jeden im Monat.«

»35 Pfund? Im Monat?«

Filippa, die von einem Studiendarlehen des schwedischen Staates lebte, war entsetzt. 35 Pfund würden ein ganz schönes Loch in ihr Budget reißen, auch wenn das auf London umgerechnet nur sieben Drinks waren. Wieder einmal verfluchte sie die Lebenshaltungskosten in der Stadt.

Es vergingen ein paar Tage, dann betrat Filippa eines Morgens das Bewegungsstudio, und Ruth kam wild gestikulierend auf sie zu.

»Was ist passiert?«

»Okay. Sara ist heute Morgen früher gekommen, um Entspannungsübungen zu machen, und weißt du, wen sie auf dem

Flur im ersten Stock getroffen hat – Geoffrey! Er war auf dem Weg ins Lehrerzimmer, um was zu kopieren. Kopieren, verstehst du?!«

Filippa schüttelte den Kopf.

»Er hat was kopiert«, sagte Ruth ungeduldig.

Filippa schaute sie immer noch verständnislos an.

»Das heißt, wir werden endlich mit Text arbeiten!«, sagte Ruth. »Mit Text! Nicht mehr nur durch die Gegend latschen!«

»Und was denkst du, was er uns für Rollen spielen lässt?«, fragte Filippa.

Als Geoffrey wenig später das Studio betrat, wusste schon die ganze Klasse, dass sie endlich an einem Stück arbeiten würden. Sie hatten sich im Kreis hingesetzt und schauten gespannt zur Tür.

»Was glotzt ihr denn so?«, fragte Geoffrey.

Es stimmte, er hatte einen Stapel Blätter in der Hand.

»Ziemlich flacher Stapel für ein Stück«, flüsterte Filippa Ruth zu.

»Vielleicht ist es ein ganz kurzes«, flüsterte Ruth zurück.

»Hier, weitergeben!«, sagte Geoffrey.

Dann kreiste der Stapel, und es gab für jeden eine Handvoll zusammengeheftete Blätter. Filippas Vorfreude verflog, als sie sah, was es war: ein Gedicht. *Ein Gedicht!*

»Bis Weihnachten ist das hier euer Projekt«, sagte Geoffrey. »*The Song of Hiawatha* von Henry Wadsworth Longfellow, geschrieben 1855 in trochäischen Tetrametern. Es ist ein episches Gedicht, und weil es ausgesprochen lang ist, werden wir uns nur auf einen Teil, nämlich *Hiawatha's Childhood* konzentrieren. – Weiß jemand, was ein trochäischer Tetrameter ist? Paul?«

»Ein antikes Versmaß mit vier Hebungen und Senkungen pro

Zeile, wobei die Betonung immer auf der ersten Silbe liegt«, sagte Paul.

»Genau«, sagte Geoffrey und machte es in die Hände klatschend vor. »DUM-da DUM-da DUM-da DUM-da.«

Das konnte nicht sein Ernst sein, dass sie bis Weihnachten an *einem* Gedicht arbeiten sollten, und noch dazu an einem total unspannenden, 150 Jahre alten über irgendeinen öden Indianer!

Filippa schaute sehnsüchtig zu dem Matratzenstapel in der Ecke und fragte sich, ob sie nicht lieber bis Weihnachten Winterschlaf halten sollte.

»Paul, liest du bitte den Anfang!«

Filippa war in Gedanken bei der Frage, ob Menschen unter bestimmten Umständen – voller Bauch, leere Blase, weiche Matratze, keine unbezahlten Rechnungen – nicht tatsächlich Winterschlaf halten könnten, als Pauls Stimme sie in die Wirklichkeit zurückholte.

»By the shores of Gitche Gumee,
By the shining Big-Sea-Water,
Stood the wigwam …«

Es war das erste Mal, dass jemand aus der Klasse einen längeren Text vorlesen und sich ein bisschen wie ein Schauspieler aufführen durfte, und plötzlich saßen alle mucksmäuschenstill. Mit seiner erstaunlich warmen, irgendwie Nähe erzeugenden und zugleich verletzlich erscheinenden Stimme beschwor Paul eine verschwundene Welt voller Nadelbäume und klarblauem Wasser herauf und in dieser Welt Menschen wie die Großmutter Nokomis, die den kleinen Hiawatha wiegte. Filippa konnte den Blick nicht von Paul wenden. Als er zu Ende gelesen hatte, folgte eine kurze begeisterte Stille, bevor alle zu applaudieren begannen.

»AUFHÖREN, VERFLUCHT NOCH MAL!«, brüllte Geoffrey. »AUFHÖREN, SAGE ICH!«

Schockiert hielten sie inne.

»Ich VERBIETE euch ein für alle Mal, nach einem Vortrag, einer Übung oder was auch immer zu klatschen!«, fuhr Geoffrey fort. »Wir sind hier an der Royal Drama School und nicht in Bozos Clownschule! Verstanden?!«

Fünfundzwanzig Köpfe nickten erschrocken.

»Gut gelesen, Paul!«, sagte Geoffrey mit vollkommen normaler Stimme. »Der oder die Nächste bitte und dasselbe Stück! Jeder soll seine Chance bekommen, sich mit trochäischen Tetrametern vertraut zu machen.«

Nach 45 Minuten waren alle durch, und die Stimmung in der Klasse war nicht wiederzuerkennen. Zum ersten Mal hatten sie eine Ahnung davon bekommen, wer von ihnen am ehesten das Zeug hatte, andere in seinen Bann zu ziehen. Von den Jungs waren es eindeutig Paul und Vern, Paul auf eine gefühlvolle, sich öffnende Art und Vern mit einer Menge Energie und Ausstrahlung. Von den Mädchen hatte Anna Doody am besten gelesen, und Filippa war über Wörter gestolpert wie ein nicht ganz nüchterner Elefant. Sie tröstete sich damit, dass es bestimmt besser gelaufen wäre, wenn sie das Gedicht auf Schwedisch hätte lesen dürfen.

12

Am darauffolgenden Samstag hatte Filippa Front-of-house-Dienst bei dem Stück, in dem Alec mitspielte.

»Dein Freund sieht echt klasse aus«, sagte Relic, als sie danach zusammen in der U-Bahn fuhren. »Ich bin nicht schwul oder so, aber das seh sogar ich. Und er ist ein ekelhaft guter Schauspieler.«

Relic hatte recht. Alec war an dem Abend eindeutig einer der Besten gewesen.

»Danke«, sagte Filippa und bereute es noch im selben Augenblick.

Alle, die Front-of-house-Dienst gehabt hatten, waren auf dem Weg zu Manus Fete, und während sie auf der Circle Line in Richtung Osten und nach Bethnal Green rumpelten, kreiste schon der billige Rotwein. Andere hatten schon leere grüne Bierflaschen im Waggon zurückgelassen, die bei jedem Ruck zwischen den Sitzen herumrollten. Gerade gingen die Türen auf, und eine Gruppe mittelalter Frauen stieg lachend und lärmend ein.

»Warum bist du nicht mit in den Pub?«, wollte das argentinische Mädchen wissen. »Ich meine, es war die letzte Vorstellung, wolltet ihr da nicht zusammen feiern?«

Filippa nahm einen großen Schluck aus der Rotweinflasche und schüttelte den Kopf.

»Heute feiert er mit seiner Klasse«, sagte sie. »Wir treffen uns dann morgen.«

Der bittere, in der Kehle kratzige Wein half beim Lügen. Die Wahrheit war nämlich, dass Alec nicht einmal vorgeschlagen hatte, dass sie sich im Pub treffen sollten. Dabei hatte Filippa ihm eine SMS geschrieben, dass sie am Abend da sein würde, und ihm Glück gewünscht. »Break a leg!«, hatte sie geschrieben, weil man so unter Schauspielern sagte.

Manu aus Spanien wohnte in einer tristen Sackgasse, wo er sich mit vier Jungs aus vier verschiedenen Ländern ein Haus teilte.

Auf dem Weg dorthin kauften sie mehr Alk, viel Chips und ein Mars für Relic. Bevor sie das Haus überhaupt sehen konnten, hörten sie schon dröhnende Musik und kreischende Stimmen. Als Filippa dann eintrat, schlug ihr dichter Zigarettenqualm entgegen, und plötzlich hing ihr Anna Doody am Hals.

»Filippa!«, schrie sie. »Schön!«

Annas Enthusiasmus erschien ihr wie das krasse Gegenstück zu Alecs Schweigen. Verdutzt erwiderte sie Annas heftige Umarmung.

»Wir war's? War Cath zufrieden?«, fragte Anna und gab Filippa einen weißen Plastikbecher, in den sie reichlich Wodka goss. »Und sag, wie war die Vorstellung?«

»Gut«, sagte Filippa. »Wer ist eigentlich alles hier?«

Sie schaute über die Köpfe im proppenvollen Flur hinweg auf die von einer nackten Glühbirne beleuchtete Treppe und an der vorbei ins Innere des Hauses, wo Manu mit nacktem Oberkörper tanzte. Sein Bauch schwabbelte, und sie sah, dass er dunkle haarige Ringe um die Brustwarzen hatte.

»Alle. Außer Paul und noch irgendjemand. Aber sonst: alle!«, sagte Anna. »Klar will niemand die erste richtige Fete der Klasse verpassen.«

Jetzt, wo Anna es sagte, sah Filippa selbst die vielen bekannten Gesichter. Es war ein einziges Gedränge von Leuten, die mit Bierdosen und -gläsern oder weißen Plastikbechern in den Händen aufeinander einredeten.

»Komm mit, das Beste hast du noch gar nicht gesehen!«, sagte Anna und zog Filippa an der freien Hand ins Wohnzimmer. Dort war die Musik am lautesten, und der süßlich-stechende Geruch von Marihuana hing wie ein Nebel im Raum. Anna steuerte auf das Sofa zu.

»Er war kaum da, ist er schon weggekippt«, sagte sie lachend.

Auf dem Sofa hing wie ein Sack Kartoffeln der alte Russell, Filippas Partner in Theatergeschichte. Er hatte in beiden Händen eine Dose Bier, und seine Hose sah nass aus. Jemand hatte ihm die Schuhe ausgezogen, ihm Kippen zwischen die Zehen gesteckt und ihm mit schwarzem Filzstift COCK auf die Stirn geschrieben.

»Vern und Relic wollten ihm noch mehr Bier über die Hose kippen, aber ich hab ihnen gesagt, dass sie's lassen sollen«, sagte Anna.

»Heftig«, sagte Filippa, ohne es wirklich zu meinen.

»Und wie läuft's mit Alec?«, fragte Anna und griff wieder nach Filippas Hand, die sie zwischendurch losgelassen hatte.

Wahrscheinlich war es nach einer schrecklichen Woche der Funkstille, dem billigen Rotwein in der U-Bahn, der dröhnenden Musik und den Kippen zwischen Russells Zehen einfach genug – jedenfalls brach es plötzlich aus Filippa heraus.

»Ich glaube, er will Schluss machen«, sagte sie unter Schluchzen.

Anna zog sie sofort und heftig neben dem Sofa zu Boden. Innerhalb von Sekunden sah sie alles nur noch durch einen dichten Tränenschleier.

»Okay, erzähl mir alles!«, sagte Anna.

Filippa wischte sich die Tränen von den Wangen und versuchte sich zusammenzureißen.

»Es ist nur so ein schreckliches Gefühl«, schluchzte sie. »Als würde was nicht stimmen. Vor ein paar Monaten, im Sommer, war ich mit einem anderen Jungen zusammen, und bevor wir Schluss gemacht haben, hat es sich ganz genauso angefühlt.«

Die grausame Wahrheit war, dass sie und ein gewisser Danny White nicht Schluss gemacht hatten, sondern dass sich dieser Kerl nach einer gemeinsam verbrachten Nacht verkrümelt hatte, aber auf die Wahrheit kam es im Augenblick ja nicht an.

Durch den Tränenschleier schaute Filippa auf eine größere Ansammlung von Beinen in Jeans.

»Irgendwas stimmt einfach nicht«, sagte Filippa und spürte einen neuen Schwall Tränen kommen. »Ich spür's. Einen Monat lang war alles so gut, und jetzt … auf einmal stimmt was nicht.«

»Sieh mich an, Filippa!«, sagte Anna mit einer etwas verwaschenen Aussprache. »Du bist fantastisch, und das meine ich wirklich. Und Alec ist verrückt nach dir. Es ist nur so, dass ihr euch gerade an ganz verschiedenen Punkten in eurem Leben befindet, auf verschiedenen Ebenen. Ich meine, er ist fast fertig mit seiner Ausbildung, und du fängst gerade erst an. Er kann gar nicht anders, als mit dir Schluss machen.«

Filippa sah Anna an und spürte, wie ihr Kinn zu zittern begann. Anna drückte hart ihre Hand.

»Es liegt nicht daran, dass er dich nicht liebt ... Ich hab's ja schon gesagt: Er ist verrückt nach dir. Aber Alec ist Schauspieler, und Schauspieler denken nun mal nur an sich selbst. Das ist unsere Natur. Wir sind Egoisten. *Alle* Künstler sind Egoisten. Und das müssen wir sein, weil uns keiner was auf dem Silbertablett serviert. – Ich denke, du weißt selbst am besten, was du jetzt tun musst.«

Wenig später legte jemand ein schnelles spanisches Stück auf, und die Meute im Zimmer begann, wie wild zu tanzen. Das heißt, bei genauerem Hinsehen waren es nur die Roy-Dram-Leute, die tanzten. Jemand stellte eine Bierflasche voller Kippen neben Filippa ab, und sie nickte, weil Anna recht hatte.

»Ich muss Schluss machen«, sagte sie.

Anna nickte auch und goss ihr mehr Wodka in den Plastikbecher.

»Du musst mit ihm Schluss machen, bevor er mit dir Schluss macht«, sagte Anna. »Sonst hat er die Macht, und du bist der Loser. Reiß die Macht an dich, das ist mein Rat!«

»Ich reiße die Macht an mich«, sagte Filippa.

»Jawohl, die Macht!«, rief Anna.

Es war alles so glasklar, dass Filippa der Gedanke, mit Alec Schluss zu machen, geradezu mit Freude erfüllte.

»Danke, Anna!«, sagte Filippa und umarmte Anna so ungelenk, aber heftig, dass sich ihr Drink auf den schmutzigen Teppichboden ergoss. »Hast du Ruth irgendwo gesehen?«

Anna verzog angewidert das Gesicht.

»Das letzte Mal, als ich sie gesehen habe, hat sie oben mit einem Typ geknutscht, den sie erst ein paar Minuten vorher kennengelernt hatte. Weißt du, was sie mir erzählt hat: Dass sie jedes Mal heulen muss, wenn sie *Die Schöne und das Biest* sieht –

und sie meint nicht mal die Fernsehserie aus den Achtzigern, die wäre ja noch irgendwie Kult. Sie meint den Zeichentrickfilm. Komm, wir tanzen!«

Anna zog Filippa auf die Beine, und gemeinsam warfen sie sich zwischen die Tanzenden.

»Da ist toter Platz!«, schrie Vern plötzlich und zeigte auf eine Ecke des Wohnzimmers, in der sich gerade niemand aufhielt.

Sofort stürzten alle unter hysterischem Gelächter dorthin.

»Da auch!«, schrie jemand, und wie ein Schwarm Bienen änderten sie die Richtung.

Einer der Umstehenden machte die Musik leiser, wahrscheinlich, weil er verstehen wollte, was da gerade vor sich ging.

»Ich geb euch gleich Geoff!«, schrie Relic. »Für euch Weicheier immer noch Geoffrey, fucking hell!«

Filippa musste darüber lachen, bis ihr der Bauch wehtat.

»Pass auf, Helen, ich zeig dir, wie frei mein Atem schon ist!«, rief Eamonn, zog die Hose herunter und ließ einen lauten Furz.

Manche hielten sich die Augen zu, bis er die Hose wieder hochgezogen hatte, aber er hatte es damit nicht eilig. Eugene, der inzwischen von allen, die Lehrer eingeschlossen, Samson genannt wurde, lachte Tränen. Dann trat Vern vor und legte mit ernstem Gesicht die Hände vor der Brust zusammen.

»Der Energielevel erscheint mir heute etwas niedrig«, sagte er in einer erschreckend perfekten Parodie Donatellas. »Ich frage mich, ob ich nicht die erste vollkommen talentfreie Klasse an der RoyDram vor mir habe.«

Als Filippa später in die Küche wankte, um sich ein Glas Wasser zu holen, sprach sie einer der nicht ganz so betrunkenen anderen Gäste an. Die Musik dröhnte jetzt wieder in voller Lautstärke.

»Aus welchem Teil von Irland kommst du eigentlich?«, fragte er.

»Ich komm überhaupt ...«, begann Filippa, konnte dann aber nicht in der eingeschlagenen Richtung weiter. »... aus Dublin«, fuhr sie fort.

»Dublin? Da war ich vor ein paar Monaten ...«

Während der Typ ihr ausführlich erläuterte, welche Mengen Guinness er in Dublin getrunken hatte, schaute Filippa sehnsüchtig in Richtung Wohnzimmer. Schließlich murmelte sie eine Entschuldigung und ging hinüber, um nichts zu verpassen. Sie wollte mit dem Typ nicht reden. Sie wollte zurück zu ihrer Klasse. Und zu Anna.

13

Filippa hatte darauf bestanden, dass sie sich nicht im The Dog & Partridge treffen sollten, weil sie dort unausweichlich von anderen aus der RoyDram gestört würden. Darum saßen sie jetzt an einem Tisch in einer schicken Bar am Bloomsbury Way und lauschten gedämpfter Pianomusik. Es war kurz nach fünf, und draußen war die arbeitende Bevölkerung auf dem Nachhauseweg. Die Besucher der Bar tranken aus idiotisch großen Gläsern, und auf den schwarzen Tischen standen Väschen mit weißen Rosen. Hin und wieder bemerkte Filippa einen neugierigen Blick auf die Miniaturausgabe des Globe Theatre, die sie vor sich auf den Tisch gestellt hatte.

»Sieht gut aus«, sagte Alec und küsste sie auf den Mund.

Filippa war so überrascht, dass sie halb aufsprang.

»Aus Pizzakartons gemacht«, sagte sie, während sie sich wieder hinsetzte. »Von Domino's.«

Alec nahm sich Zeit, um das zirka dreißig Zentimeter hohe maßstabsgerechte Modell von Shakespeares Theater in Augenschein zu nehmen, auf das Filippa in den letzten Wochen viel Mühe verwendet hatte. An langen Abenden hatte sie penibel alles aus Pappe ausgeschnitten, was es bis hin zu den Balkons dafür brauchte. Die Bühne besaß sogar eine kleine Falltür. Die Außenwände hatte sie weiß und schwarz angemalt, das Innere des Theaters war braun wie altes Holz. Am Ende hatte sie rechts vorne auf die Bühne sogar einen Miniaturschauspieler aus Pappe geklebt.

»Cool«, sagte Alec, ohne den Blick von dem Kunstwerk zu wenden. »Und der kleine Totenschädel, den der Schauspieler in der Hand hält, ist der Hammer.«

»Ich wollte es gar nicht so offen herzeigen, aber unter dem kleinen Tisch war kein Platz«, sagte Filippa, um das Thema zu wechseln und zu signalisieren, dass sie nicht hier war, um mit Alec über ihr Basteltalent zu reden.

»Hattet ihr heute euer Referat?«

»Nein, erst morgen«, sagte Filippa. »Ich wollte das Modell irgendwo in der Schule abstellen, aber Geoffrey meinte, die Putzfrauen hätten schon manches nachgemachte Globe entsorgt, also hab ich's wieder mitgenommen.«

Alec lächelte sie an.

»Und hat dein Partner – wie heiß er gleich wieder? Hat er jetzt was Eigenes geschrieben oder tatsächlich nur was von Wikipedia abgekupfert, wie du vermutet hast?«

Filippa hatte die Unterhaltung mit Alec bis ins kleinste Detail geplant, aber den Umweg über die Theatergeschichte hatte sie nicht mit einkalkuliert. Außerdem ärgerte es sie, dass Alec sich Russells Namen nicht merken konnte, obwohl sie wer weiß wie oft über ihn gesprochen hatten.

»Russell. Und nein, ich hab alles geschrieben, weil es so einfacher war«, sagte sie. »Ist jetzt aber auch nicht so wichtig ...«

»Was ist das für eine Farbe, die du da benutzt hast?«, fragte Alec und schaute sich die Außenseite aus nur wenigen Zentimetern Abstand an.

»Acryl, drei Schichten, bis die Fettflecken von den Pizzen verschwunden waren. Hör zu, Alec ...«

Alec schüttelte den Kopf.

»Es ist echt der Wahnsinn«, sagte er.

»Wir müssen Schluss machen«, sagte sie.

Danach versuchte sie verzweifelt, seinen Gesichtsausdruck zu deuten, was sich angesichts der Tatsache, dass sein Gesicht zur Hälfte von einem kleinen Globe Theatre verdeckt war, als schwierig herausstellte. Also wie sah er aus? Traurig, froh, erleichtert, enttäuscht oder irgendwie alles auf einmal? Fest stand, dass seine Augen größer geworden waren.

»Okay«, sagte er ohne nennenswerte Betonung.

Und endlich konnte Filippa den Monolog abspulen, den sie so ausdauernd einstudiert hatte und der ihm keine Chance lassen sollte, den Spieß umzudrehen.

»Ich muss mich einfach ganz auf die Schule konzentrieren«, begann sie. »Ich mag dich sehr, aber es ist der falsche Zeitpunkt. Ich steh erst am Anfang meiner Ausbildung, und du bist mit deiner schon fertig. Das sind zwei verschiedene Punkte im Leben, zwei verschiedene Ebenen. Ich muss mich auf die Schule konzentrieren, und ich hoffe, dass du das verstehst.«

Alec nickte sehr langsam.

»Sicher«, sagte er.

»Ich muss mich konzentrieren. Auf die Schule«, wiederholte Filippa.

Alec strich langsam mit dem Finger über die Außenseite des Theaters, sagte lange nichts und dann:

»Wenn du findest, dass du dich ganz auf die Schule konzentrieren solltest, will ich dir nicht im Weg sein, klar.«

Auf dem Nachhauseweg, im Bus, stand das kleine Globe Theatre neben ihr auf dem Sitz, und ihr war schlecht. Immer wieder ging sie Wort für Wort durch, was sie, aber vor allem was Alec gesagt hatte. Draußen auf der Straße, beim Abschied, hatte er gesagt, dass es tatsächlich das Beste sei, wenn sie Schluss machten, und Filippa hatte so getan, als wäre sie erleichtert, dass er das genauso sah wie sie. Den Teil von ihr, der schrie, dass sie in Wahrheit keineswegs Schluss machen wollte, hatte sie erst zu ignorieren versucht und dann mit dem Argument niedergerungen, dass sie Alec ja nur zuvorgekommen war. Dass sie die Macht an sich gerissen und nur getan hatte, was sonst er getan hätte, vielleicht nicht gleich, aber unvermeidlich irgendwann in naher Zukunft. So wie Anna gesagt hatte. Nein, es würde nicht wieder so kommen wie bei Danny White, nie wieder! Und sie konnte sich jetzt wirklich auf die Schule konzentrieren. Würde nicht mehr einschlafen, wenn sie das *Hiawatha*-Gedicht lernen wollte. Würde immer mit einem entspannten Rückgrat gehen und nicht nur, wenn Donatella zu ihr hersah. Auch die wahnsinnig wichtigen zentrierten Diphthonge würde sie jetzt, ohne Alec, endlich üben. Sie war endlich, endlich in der Lage, der RoyDram hundert Prozent ihrer Aufmerksamkeit, Energie und Zeit zu widmen.

Als sie in Kentish Town aus dem Bus stieg, ging sie zum nächsten Kiosk und kaufte sich eine Schachtel Streichhölzer. Zwischen den riesigen, nach verdorbenen Lebensmitteln und Katzenpisse stinkenden Müllcontainern auf dem Hinterhof ihres Hauses stellte sie dann vorsichtig das Modell des Globe Theatre auf den Boden. Es klappte nicht gleich, aber beim dritten Streichholz fing es endlich Feuer. Zu Russell sagte sie am nächsten Morgen, sie habe das Modell im Bus vergessen.

»Oh, sieh mal!«, flüsterte Anna Doody. »Wie süß!«

Filippa und Anna gingen untergehakt über einen Flur der

RoyDram. Nach der Fete bei Manu war Anna Filippas fester Halt geworden, und es schien vollkommen natürlich, dass sie außerhalb des Unterrichts jede freie Minute miteinander verbrachten.

»Sind das …?«, begann Filippa.

Der Flur vor ihnen war voller junger Leute.

»Genau«, sagte Anna. »Das erste Vorsprechen im neuen Schuljahr …«

»Aber es ist doch erst November«, sagte Filippa. »Fangen die so früh damit an?«

Sie musterten die Wartenden, zumeist Mädchen, deren Gesichtsausdruck zwischen ernst, verkrampft energisch und verlegen kichernd schwankte. Ein Mädchen saß mit einem Blatt in den Händen an die Wand gelehnt und sprach leise vor sich hin. Mehrere andere spielten an ihren Smartphones herum und hörten ihren Kopfbewegungen nach Musik.

»Wie verzweifelte kleine Welpen, die getätschelt werden wollen, findest du nicht?«, fragte Anna.

»Doch«, sagte Filippa, deren Gedanken schlagartig ein paar Monate zurückgewandert waren.

An der Wand gegenüber saß noch ein Mädchen und klammerte sich an seinen Rucksack, während es nervöse Blicke auf die anderen warf. Es erinnerte Filippa so sehr an sich selbst, dass sie einen Kloß im Hals spürte.

»Entschuldigung, wir müssen bitte durch, wir sind spät dran, Entschuldigung …«, sagte Anna, während sie Filippa durch die wartende Menge zog.

Am anderen Ende des Flurs angekommen, drehte sich Anna noch einmal um und rief:

»Break a leg! Zeigt's ihnen! Ihr seid die Besten!«

Auch Filippa war nahe daran, etwas in der Art zu rufen,

schon um zu zeigen, dass sie auch eine Schülerin der Schule war, aber irgendetwas hielt sie davon ab.

»Break a leg!«, rief Anna noch einmal.

»Du mich auch«, hörte Filippa das Mädchen mit dem Rucksack murmeln.

Auf der Treppe nach oben nahmen sie dann drei Stufen auf einmal. Der Anblick all der Bewerber versetzte Filippa verspätet in einen regelrechten Freudenrausch. Noch einmal wurde ihr bewusst, dass sie tatsächlich in London war, eine Schülerin der Royal Drama School und damit eine der gerade mal 0,83 Prozent, die angenommen worden waren. Dass sie jung war und wild (im Kopf jedenfalls) und dass sie eine beste Freundin hatte. Sie war drauf und dran, eine fantastische Schauspielerin zu werden, und alles andere, wie etwa die Liebe (oderwardasmitAlecAlecAlecdocheinFehlergewesen?), war zu viel und nicht wichtig. Vor dem Bewegungsstudio blieben sie stehen und schauten einander an.

»Die Macht an sich reißen«, sagte Anna.

»Die Macht an sich reißen«, sagte Filippa und lächelte.

Kurz bevor Filippa die Tür aufmachte, kniff Anna ihr noch schnell in den Hintern.

»Wo zum Teufel bleibt ihr?«, fragte Geoffrey sauer.

»Oh, was ist denn hier los?«, flüsterte Anna.

Die Klasse saß in kleinen Grüppchen über den ganzen Raum verteilt. Da die Heizung schon seit Tagen nicht mehr funktionierte, hatten die meisten dicke Pullover und Socken an, Kleidungsstücke, die sonst im Bewegungsstudio verboten waren. Die Stimmung schien insgesamt nicht sehr gut zu sein.

»Entschuldigung!«, murmelte Filippa in einer Mischung aus Verlegenheit und Stolz.

Den Gang zur Toilette in die Länge gezogen zu haben war das Rebellischste, was sich Filippa bis zu dem Zeitpunkt an der RoyDram herausgenommen hatte, und insgeheim genoss sie es ein bisschen.

»Entschuldigung, Geoffrey!«, sagte Anna ernst.

»Wie verdammte Vierzehnjährige!«, fluchte er und reichte jeder ein Blatt. »Hier eure zwei Zeilen aus dem *Hiawatha*! Während ihr auf der Toilette die Schweife eurer My Little Ponys verglichen habt, hat hier jeder seine zwei Zeilen bekommen. Irgendwann vor Weihnachten werdet ihr das Gedicht vortragen, und jede Gruppe entscheidet, wie sie's macht. Der Rest der Schule wird das Publikum sein. Kapiert?«

Anna und Filippa nickten.

»Welche Zeilen hast du?«, fragte Anna gleich darauf.

Filippa schaute auf ihr Blatt und las:

»›Minne-wawa!‹, said the pine-trees,

›Mudway-aushka!‹, said the water.«

Dann starrte sie Anna an.

»Was ist das für eine Sprache? Ich weiß nicht mal, was das bedeuten soll«, sagte sie. »Wie soll ich was vortragen, von dem ich nicht weiß, was es bedeutet?«

»Wahrscheinlich hast du's bekommen, weil du Ausländerin bist«, sagte Anna.

»Weil ich Ausländerin bin, krieg ich was, was kein Mensch versteht? Und warum dann nicht Eamonn?«

»Ich finde, es hört sich irgendwie schwedisch an«, sagte Anna. »Minne-wawa – so könnte ein Kinderbuchregal von Ikea heißen.«

»Es klingt überhaupt nicht schwedisch«, murmelte Filippa.

Die Freude, die sie vor ein paar Minuten noch hatte durchs

Treppenhaus schweben lassen, war wie fortgeblasen. Stattdessen verspürte sie wieder die Eiseskälte wie beim ersten Mal, als sie das *Hiawatha*-Gedicht gelesen hatte.

»Frag Geoffrey!«, sagte Anna.

»Damit er mich anschreit, dass ich's gefälligst googeln soll, weil das sowieso das Einzige ist, was meine Generation richtig gut kann?«

»Dann eben Paul«, sagte Anna. »Scheint ja, als ob er alles wüsste.«

Aber Filippa zögerte. Seit der ersten Woche, als er sie mitten in einer Unterhaltung hatte stehen lassen, hielt sie sich von ihm fern. Natürlich hatte sie bemerkt, dass er manchmal verstohlen zu ihr herschaute, aber sie hatte nie mehr mit ihm geredet.

»Okay«, sagte sie. »Ich tu's.«

Sie fand Paul nah bei der Wand mit Manu zusammensitzen. Beide starrten angestrengt auf ihre Blätter.

»Paul?«

Er schaute zu ihr auf, und Filippa kam es so vor, als würden seine Augen dabei größer und lebendiger. Manu starrte weiter düster auf sein Blatt.

»Weißt du zufällig, was das hier bedeutet?«, fragte Filippa.

Sie ging neben ihm in die Hocke und zeigte auf die ominösen Zeilen. Paul las und schüttelte den Kopf.

»Sorry«, sagte er. »Ich weiß, dass der Großteil der Indianersprache in dem Gedicht von den Ojibwa stammt, aber Longfellow hat auch Wörter aus der Sprache der Onondaga, Dakota und Cree benutzt.«

»Woher um Himmels willen weißt du das alles?«, brach es jetzt aus Manu heraus. »Er ist ein wandelndes Lexikon, das ist doch nicht normal!«

Paul lächelte, und Filippa meinte zu bemerken, dass er leicht errötete.

»Und welche Zeilen hast du?«, fragte sie ihn.

»Die beiden ersten.«

»Sie wollen, dass der Beste anfängt«, sagte Filippa. »Danach kann passieren, was will.«

»Der Beste wohl kaum«, sagte Paul, dessen Wangen jetzt deutlich gerötet waren.

Dann hörte Filippa hinter sich jemanden flüstern.

»Pst! Filippa! Pst!«

Filippa drehte sich um und sah ein Stück entfernt Vern auf dem Boden liegen. Er hatte sich ein T-Shirt wie einen Turban um den Kopf gewickelt, und ein Mädchen massierte ihm gerade den Rücken.

»Frag Paul, was er isst!«, sagte Vern grinsend.

»Wie?«

»Frag ihn, was er isst!«, sagte Vern. »Frag ihn, was er zum Frühstück, zum Lunch und zu Abend isst! Du wirst es nämlich nicht glauben! Mach schon, Paul, sag's ihr!«

Paul schaute wieder auf sein Blatt und tat, als hätte er Vern nicht gehört.

»Idiot«, sagte Filippa und rollte mit den Augen.

Aber Paul schaute nur auf sein Blatt.

14

Das The King's Head war so voll, dass Filippa, die mit Malin und Bridget unterwegs war, die kleine Feierrunde an einem der Tische erst gar nicht bemerkte.

»Filippa! Hier sind wir!«, rief Louise über die laute Musik hinweg und wedelte mit der schwarzen Krawatte, die sie um den Hals trug.

»Glückwunsch zu 143 Tagen!«, sagte Filippa, während sie Louise umarmte und ihr ein Päckchen überreichte.

Dann beugte sie sich über den Tisch, um auch Odd zu umarmen.

»Hei, Kjæledegge«, sagte Odd.

»Hei, Kjæledegge«, sagte Filippa und hoffte insgeheim, dass Odd es irgendwann aufgeben würde, mit ihr Norwegisch zu sprechen. Odd glaubte, wie fast alle Norweger, dass die Schweden sein Norwegisch genauso gut verstehen müssten wie er ihr Schwedisch, was zwar ein irgendwie logischer Gedanke, aber leider trotzdem nicht der Fall war. Immerhin wusste sie, dass »kjæledegge« so was wie »Schätzchen« oder »Liebling« hieß.

Odd lächelte zufrieden, und alle begrüßten einander mit Küsschen auf die Wangen. Malin quetschte sich neben Louise auf ein staubiges Sofa, und Filippa und Bridget teilten sich einen freien Hocker. Die Stimmung in dem Lokal war aufgeräumt, die Gäste bestanden etwa zu gleichen Teilen aus älteren Stammgästen in eher gedeckter Kleidung und entschieden bunter gewandeten jungen Leuten. Odds indischer Boyfriend Raj spendierte die nächste Runde, und alle um den Tisch hoben die Gläser.

»Skål! Cheers! Auf Louise und Odd, die seit sagenhaften 143 Tagen verheiratet sind!«

Für die paar Sekunden, in denen sie tranken, war es still. Dann fragte Bridget:

»Und warum feiert ihr ausgerechnet 143 Tage? Hat die Zahl irgendeine Bedeutung?«

»I love you«, sagte Louise, und kurz blitzte dabei ihr Zungenpiercing auf. »I – ein Buchstabe, love – vier Buchstaben, you – drei Buchstaben. Macht 143 – I love you.«

»Wie süß!«, platzte es aus Malin heraus.

»Wobei *hate* auch vier Buchstaben hätte«, sagte Filippa.

»Was genauso gut passen würde, weil ich ihn die meiste Zeit hasse«, sagte Louise.

»Sie lügt, wie immer«, sagte Odd vergnügt. »Genau genommen haben wir nur einen Grund gesucht, mal wieder all unsere Freunde zu treffen, und der 143. Tag unserer Ehe war zufällig ein Samstag. – Filippa, sag, warum haben wir dich eigentlich so lange nicht mehr gesehen?«

Filippa wurde von einer kleinen Welle aus Scham und Schuldgefühlen überrollt.

»Wir sehen sie auch kaum noch«, sagte Bridget, »und wir teilen die Wohnung mit ihr.«

»Es ist wegen der Schule«, murmelte Filippa.

»Dann erzähl doch mal, wie es da ist!«, sagte Louise. »Los, wir sind gespannt!«

Wie auf Kommando lehnten sich alle am Tisch nach vorn und in ihre Richtung. Filippa räusperte sich.

»Es ist ... toll«, fing sie an.

»Wow, ich seh's richtig vor mir!«, sagte Bridget.

»Habt ihr Bäume spielen müssen?«, fragte Raj.

»Nein, echt nicht«, sagte Filippa.

Es war das dritte Mal, dass ihr jemand die Frage nach den Bäumen stellte, und langsam nervte es.

»Aber es stimmt doch, dass sie dort alle total versnobt und arrogant sind?«, fragte Louise. »Wie ist das, steht ihr die ganze Zeit rum und sagt: ›Sein oder Nichtsein, das ist hier die Frage‹?«

»Überhaupt nicht«, sagte Filippa. »Und die meisten an der Schule sind witzige Typen. Wir haben's auch nicht die ganze Zeit mit Shakespeare. Es ist alles mehr ... körperlich. Wir versuchen, die Verspannungen aus dem Körper zu kriegen und Präsenz zu entwickeln. Außerdem lernen wir, in Gruppe zusammenzuarbeiten, und machen viel ...«

Filippa verstummte, als sie merkte, dass ihr niemand mehr zuhörte.

»Ich hatte gestern einen in der Leitung, das glaubt ihr nicht«, sagte Louise. »Der wollte, dass ich ihm beim Sex ins Gesicht spucke. Am Telefon, ich meine, geht's noch ...«

Wenn Louise von ihrer Arbeit bei der Telefonsexfirma anfing, würde Filippa garantiert nichts mehr von der RoyDram erzählen müssen, und sie war darüber kein bisschen traurig. Sie war sogar erleichtert, vor allem deshalb, weil die anderen sie sowieso nicht verstanden hätten.

»Bei uns spielen die Leute auch nur noch verrückt«, sagte Bridget. »Der Weihnachtswahnsinn fängt jedes Jahr früher an ...«

Filippa schaute in die Runde und spürte plötzlich, dass sie anders war, eine Schauspielerin eben. Genauer gesagt, eine tragisch unverstandene Schauspielerin, die wirkliche Nähe nur zu anderen Schauspielern herstellen konnte, weil die sie verstanden und nachvollziehen konnten, wie schwer sie es hatte. Und so würde es von nun an immer sein. Filippa fügte sich mit einem leisen Seufzer in ihr Schicksal.

»Wow, Mülltüten mit Goldfischen drauf!«, rief Louise, als sie endlich das Geschenk auspackte, das Filippa ihr mitgebracht hatte.

»Ich wusste, dass sie dir gefallen würden«, sagte die einsame Weltraumsonde an einem Himmel voller ordinärer Sterne.

»Jetzt wird das Müllwegschmeißen noch mehr Spaß machen«, sagte Louise. »Oder was meinst du, Odd: Sollten wir damit lieber aufhören und stattdessen die Goldfischtüten bewundern?«

Filippas Gedanken schweiften gerade zu ihren zwei Zeilen des *Hiawatha*-Gedichts ab.

»Was denkt ihr, was ein Baum sagen würde, ich meine, wenn er sprechen könnte?«, fragte sie nach einer langen Phase der Abwesenheit in die Runde. »Und wenn jemand verstehen könnte, was er sagt.«

»Ist es das, womit ihr euch an der Schule beschäftigt?«, fragte Bridget.

»›Nicht fällen, bitte!‹, vermut ich mal«, sagte Odd. »Oder: ›Warum nimmst du keinen Weihnachtsbaum aus Plastik?‹«

»Nein, im Ernst«, sagte Filippa. »Ich finde, in so einer Frage liegt Poesie.«

Ein paar Stunden später wollten Louise, Odd, Raj und ein paar von ihren Freunden noch weiterziehen in eine Schwulenbar in Vauxhall, aber Filippa, Malin und Bridget beschlossen, nach Hause zu fahren. Auf dem Weg zur U-Bahn machte sich Filippa immer noch Gedanken darüber, was ein sprechender Baum wohl zu sagen hätte. Oder auch das Wasser, wenn es sprechen könnte. Warum hatte sie eigentlich Freunde von einer solchen Fantasielosigkeit, dass man mit ihnen über solche Fragen so gar nicht reden konnte? Sie waren schuld, wenn sie bei der Hiawatha-Aufführung versagte, so sah's aus. Mit solchen Gedanken beschäftigt, bemerkte sie plötzlich, dass Bridget Malin mit dem Ellbogen anstieß und Malin nickte.

»Was ich dir sagen wollte, Filippa ...«, begann Malin in ihrer gemeinsamen Muttersprache. »Ich hab neulich Danny gesehen ...«

Danny! Eine Welle schmerzhafter Erinnerungen überrollte sie geradezu. Danny White. Der Sänger der Suffering the Sunset mit 571 Likes in Facebook. Filippas erste große Liebe. Ihr erster Liebhaber. Der Erste, der ihr das Herz gebrochen hatte. Danny mit der trendigsten Frisur in ganz NW1.

»Und was macht der Loser jetzt?«, fragte sie teilnahmslos.

»Ich hab ihn mit irgendwelchen zwielichtigen Typen in Camden am Kanal sitzen sehen«, sagte Malin. »Ein Freund von mir kennt den Schlagzeuger der Band, der sich immer bei ihm ausheult, dass Danny nur noch Junk im Kopf hat.«

»Redest du von Müll oder Hamburgern oder beidem?«, fragte Filippa.

Dann tauchte ein Bild von Danny White vor ihrem geistigen Auge auf: Sie sah ihn einen überquellenden Mülleimer durchwühlen.

»Ich rede von Heroin«, sagte Malin. »Und er hat auch wie ein Junkie ausgesehen.«

»Oh!«, war alles, was Filippa herausbrachte.

Vor ihrem geistigen Auge aber sah sie ein zweites Bild, und diesmal war es eins von ihr, wie sie ihn retten würde: Sie kam auf einem weißen Hengst, der sich dann als Bus der Linie 143 nach Archway herausstellte, und sie stieg aus und schloss Danny in die Arme. Er sah ein, wie sehr er Filippa immer noch liebte, und die wiedergefundene Liebe war es auch, die ihn von den Drogen loskommen ließ. Er würde nie wieder rückfällig werden, und den Rest ihres Lebens würden sie in weißen Gewändern vor dem großen Flügel verbringen, an dem Danny seine ihr gewidmeten Lieder komponierte.

»Heroin ist echt nur was für Loser«, murmelte Bridget, und Filippa kehrte schlagartig in die Wirklichkeit zurück. Sie würde Danny White nicht retten können, und sie würden nie wieder zusammenkommen.

Sie fragte sich, ob Alec wohl wieder zu ihr zurückkäme, wenn sie es wollte.

15

»Scheiße! Scheiße! Scheiße!«, rief Alyson ein ums andere Mal.

»Du nimmst mich nicht ernst!«, sagte Manu zu Eamonn, dessen Fingerknöchel immer weißer wurden.

»Ich hau hier ab«, grummelte eine Mädchenstimme.

Filippa sah um sich herum nur noch ein einziges Chaos. Fast drei Stunden arbeiteten sie jetzt schon an dem Gedicht und standen immer noch bei null.

»Du machst dich über meinen Akzent lustig, ja?«, sagte Manu. »Ja? Ja?«

»Ich hab kein Wort über deinen Akzent gesagt«, knurrte Eamonn. »Ich bin Ire und hab selbst einen, falls dir das noch nicht aufgefallen ist.«

»Verdammte Amateure!«, schimpfte Vern.

Relic stieß einen Frustschrei aus, und irgendjemand trat heftig gegen die Wand. Die schöne Verity sah aus, als kämen ihr gleich die Tränen. Ruth stopfte sich ständig Pfefferminzpastillen in den Mund, und Gareth popelte verbissen an seinem grünen Nagellack.

»Es ist wie im *Herr der Fliegen*«, flüsterte Filippa in Annas Richtung.

Die beiden standen nicht weit voneinander entfernt gegen die Wand des Bewegungsstudios gelehnt.

»Nur kälter«, flüsterte Anna zurück.

»Und ohne Aussicht auf Rettung«, seufzte Filippa.

Der Dezember war eine einzige Katastrophe. In den letzten Stimmstunden hatte ihnen Helen demonstriert, wie man, wenn man nur verstopft genug war, selbst einen Toilettenbesuch zur Schulung der Grundstimme nutzen konnte. Filippa, die sich ihre Lehrer lieber nicht auf der Toilette vorstellen mochte, hatte es gegraut, und zu allem Überfluss ließ Hugh sie kurz darauf auch noch ein längeres Stück englischen Text ins phonetische Alphabet transkribieren. Auch Filippas ein bisschen verzweifelter Versuch, die phonetischen Buchstaben so klein und unleserlich wie möglich zu schreiben, hatte nichts genutzt, zumal sie bei der Aufgabe, umgekehrt einen phonetisch geschriebenen Text ins Englische zu bringen, genauso danebenhaute. Hugh hatte ihr ein glattes Ungenügend verpasst. Geoffrey schließlich hatte sie einen 1500 Wörter langen Aufsatz über die Zensur in der neueren Geschichte des Theaters schreiben lassen, was Filippa nächtelange Albträume eintrug, weil man dazu die gruseligen Stücke von Sarah Kane lesen musste. All das hatte sie hinter sich, und was noch fehlte, war die *Hiawatha*-Aufführung.

»Wenigstens bleiben uns für ein paar Wochen die Phonetikstunden erspart«, sagte Filippa und fügte ein geseufztes »I'm so happy« an.

»Süß, wie du immer ›I'm so happy‹ sagst!«, sagte Anna.

»Was? Wie meinst du das?«, fragte Filippa mit glühenden Wangen.

»Wir Engländer sagen eigentlich nie ›happy‹«, sagte Anna. »Die Ausländer denken das nur alle.«

»Und was sagt ihr Engländer stattdessen?«

»›Pleased‹«, sagte Anna. »Oder höchstens noch ›excited‹.«

Filippa schwor sich, nie wieder das Wort »happy« zu verwenden. (»*Pleased birthday to you!*«)

»Hast du übrigens mal gesehen, was Paul so isst?«, fragte Filippa nach einer Weile.

»Wahrscheinlich das, was alle essen«, sagte Anna. »Nur weniger, wenn man sich anschaut, wie dünn er ist. Warum fragst du?«

»Nur so.«

Dann kam Donatella herein und klatschte in die Hände.

»Draußen warten schon die aus der Zweiten und Dritten«, verkündete sie. »Stellt euch so auf, wie ihr's geübt habt!«

Ein kalter Tropfen Schweiß lief Filippa den Rücken hinunter, als ihr einfiel, dass zu den Wartenden auch ein ganz bestimmter junger Mann aus der Dritten zählte. Alec würde sie gleich auftreten sehen! Seit sie mit ihm Schluss gemacht hatte, waren sie sich noch ein paarmal über den Weg gelaufen, hatten sich aber immer nur kurz gegrüßt. Filippa war sich immer noch nicht sicher, ob es richtig gewesen war, mit ihm Schluss zu machen, aber sobald der Gedanke in ihr aufkam, sagte sie sich, dass auf Annas Rat zu hören sicher das Klügste gewesen war, was sie in ihrer Situation tun konnte. Sie brauchte keinen Freund, um glücklich zu sein, und vielleicht trat sie ja irgendwann in eine radikalfeministische Frauengruppe ein.

»Bitte nicht, Donatella!«, sagte Alyson. »Wir haben noch nichts, womit wir vor Publikum auftreten können. Wir sind einfach noch nicht so weit.«

»Ihr müsst euch als Gruppe präsentieren«, sagte Donatella mit ihrer eins a Lehrkraftstimme. »Versucht einfach zu spüren, wohin euch das Gedicht als Gruppe trägt! Arbeitet organisch! Nicht das Ziel ist wichtig, sondern der Weg dorthin, der Prozess an sich. Die aus den höheren Klassen wissen, dass bei euch alles noch am Werden ist. Außerdem ist es nur gut, wenn ihr so schnell wie möglich vor Publikum zu spielen lernt!«

Gegen schwammige Begriffe wie »organisch«, »im Werden« oder »Prozess an sich« war kein Kraut gewachsen, also gaben sie sich ein paar flüchtige Klapse auf die Schultern, sagten »Break a leg!« und verteilten sich im Raum. In die entstehende Stille hinein ertönte ein Furz.

»Vern!«

»Es war ein ›Break a leg!‹ für alle!«, sagte Vern.

»Reiß die Macht an dich!«, flüsterte Filippa, und Anna lächelte.

Donatella öffnete die Tür, und mit einem leisen Murmeln traten die Besucher ein und setzten sich rechts an der Wand auf den Boden. Filippa sah aus den Augenwinkeln, dass Alec mit Jaimie hereinkam. Nach und nach verstummte das Gemurmel, und es wurde still. Schließlich schlug das argentinische Mädchen mit der flachen Hand auf den Boden wie auf eine Indianertrommel. Paul trat einen Schritt vor, während alle anderen auf ihren Plätzen verharrten.

»By the Shores of Gitche Gumee«, begann er.

»By the shining Big-Sea-Water.«

»Stood the wigwam of Nokomis«, übernahm ein Mädchen, und ein paar Minuten lang glaubte Filippa, dass alles gut gehen würde. Dass sie als Gruppe eins werden würden, dass sie wie ein einziges magisches Theaterwesen denken und sich durch den Raum bewegen könnten, obwohl sie 25 Individuen waren, Englands nächste große Schauspielergeneration, die kommenden Stars von Bühne, Film und Fernsehen. Sie würden zeigen, dass sie ihren Platz an der Royal Drama School verdient hatten, und einen Longfellow hinlegen, der sich mit seiner Originalität und Tiefe für immer ins Gedächtnis des Publikums einbrannte. Dafür waren sie auserwählt, das war ihre Bestimmung.

»My boy Lollipop, you make my heart go giddy up«, begann genau da Gareths Handy zu schmettern.

Mit einem Gesicht, so grün wie sein Nagellack, vollführte Gareth einen seltsamen Tanz in Richtung seiner Tasche und schaltete das Handy aus. Alyson, die gerade an der Reihe war, verpasste ihm einen wütenden Blick, sprach aber weiter:

»Many things Nokomis taught him,

Of the stars that shine in heaven;«

Die ganze Gruppe bewegte sich jetzt in einer Traube auf die linke Wand zu. Filippa atmete erleichtert auf. Sie hatten sich von dem Missgeschick nicht aus dem Konzept bringen lassen und gezeigt, dass sie auf unerwartete Ereignisse angemessen reagieren konnten. Sie bewegten sich geschmeidig und elegant, während sie den Rest des Gedichts vortrugen. Filippa sah, dass Donatella ihnen leise lächelnd zuschaute und Geoffrey mit vor der Brust verschränkten Armen neben ihr saß. Auch Geoffreys Blick erschien ihr wach und aufmerksam.

»At the door in the summer evenings,

Sat the little Hiawatha«,

sagte Manu ernst. Nur klang sein »sat« wie ein mit spanischem Akzent gesprochenes »shat«. Wonach der kleine Hiawatha eines schönen Sommerabends an die Tür geschissen hätte. Filippa spürte geradezu körperlich, dass einige in der Gruppe sich innerlich vor Lachen schüttelten.

»Reißt euch zusammen!«, zischte jemand, höchstwahrscheinlich Alyson.

Dann stolperte Eamonn, und alle um ihn herum streckten

wie in einem Reflex die Arme nach ihm aus. Eamonn erhob sich genauso schnell, wie er gestürzt war, sah sich dann aber um, als überlegte er sich, was er jetzt tun sollte. Es gab aber nichts mehr zu überlegen. Von einer Sekunde zur anderen war die Gruppe auseinandergefallen. Die magische Verbindung, die gerade noch zwischen ihnen bestanden hatte, war wie ausgelöscht. Irgendjemand bewegte sich nach links, während sich alle anderen nach rechts bewegten. Das argentinische Mädchen trommelte wieder auf den Boden, obwohl es an der Stelle beim besten Willen nicht passte. Und genau jetzt war Filippa an der Reihe. Und allein, ohne den Halt der Gruppe, wusste sie nicht, was sie tun sollte. Also tat sie intuitiv das, was ihr gerade Indianermäßiges in den Sinn kam: Sie hob die rechte Hand über die Augen und spähte zum Horizont.

»›Minne-wawa!‹, said the pine-trees,

›Mudway-aushka!‹, said the water«,

sagte sie und hielt weiter nach Cowboys oder wer weiß welchen weißen Eindringlingen ins Indianerland Ausschau. Zu ihrem Text passte es wie die Faust aufs Auge.

In der Gruppe brach daraufhin das pure Chaos aus. Sie wechselten panische Blicke. Was gerade noch wie die Creme der künftigen englischen Schauspielerelite ausgesehen hatte, war plötzlich nur noch eine hilflos improvisierende Tanztruppe, die sich an einer Disney-Fassung von *Pocahontas* abmühte, wobei das Stück offensichtlich ins Irrenhaus verlegt worden war. Gareth führte wieder seinen seltsamen Tanz auf, Alyson bedachte alle mit Todesblicken, und Samson stand mit großen ängstlichen Augen da und wusste nicht weiter. Dann endlich:

»Little, dancing, white-fire creature.«

Die letzte Zeile. Die Gruppe kam zur Ruhe. Alle standen still. Geoffrey schlug die Hände vors Gesicht, aber das Publikum klatschte, und Filippa wurde es warm ums Herz, als sie merkte, dass sie es doch mit einigem Eifer taten. Trotzdem traute sie sich nicht, zu Alec hinzusehen.

»Okay, die Zweite und die Dritte raus hier!«, brüllte Geoffrey.

Als alle draußen waren, traute sich niemand, etwas zu sagen. Donatella und Geoffrey steckten lange flüsternd die Köpfe zusammen, bevor sie sich der Klasse zuwandten.

»Setzt euch im Kreis!«, sagte Geoffrey.

Sie taten es mit schweren Gliedern und schauten ihre beiden Lehrer an.

»Manchmal hat es auch sein Gutes, wenn etwas schiefgeht«, begann Donatella. »Man muss nur zusehen, dass man auch aus seinen Fehlern lernt.«

Geoffrey schüttelte nur den Kopf.

»Bis zum nächsten Mal rate ich euch, doppelt so hart zu arbeiten«, sagte er. »Mehr will ich nicht sagen.«

Die Klasse nickte still. Filippa schlang die Arme fester um die Knie und versuchte zu schrumpfen.

»Frohe Weihnachten!«, sagte der Baum.

»Es war nicht gut genug!«, sagte das Wasser.

16

Draußen war es vom Regen so grau und trüb, als käme schon die Dämmerung.

»Hallo, Filippa!«

Filippa, die gerade die Garderobe betreten hatte, schaute auf. Zu ihrer Verwunderung war es Paul, der sie begrüßte.

»Hallo!«, sagte sie ein wenig überrascht. »Hast du ... schöne Ferien gehabt?«

In der Garderobe roch es nach nassen Kleidern und Fußschweiß.

»Meiner Mutter ging's nicht so gut«, sagte er. »Nein, war nicht so schön.«

»Was war mit ihr?«

»Sie hat's auf der Lunge. Und jetzt auch noch was mit den Beinen.«

Sie verließen die Garderobe und gingen zusammen die Treppe hinauf.

»Ist sie im Krankenhaus?«

»Nein. Noch nicht. Und wie war Weihnachten bei dir? Gab's Stockfisch?«

»Woher weißt du, dass es bei uns an Weihnachten Stockfisch gibt?«, fragte Filippa lachend. »Und nein, in meiner Familie gibt's keinen.«

»Du enttäuschst mich«, sagte Paul. »Gleich wirst du mir

noch erzählen, dass ihr weder die ganze Zeit Fleischbällchen esst noch Volvo fahrt noch alle schrecklich freizügig seid … sexuell gesehen, meine ich.«

Kaum hatte er das Wort »sexuell« ausgesprochen, wurden sie beide rot, und vor der Tür des Stimmstudios sagten sie »Bis dann!«, obwohl sie den Rest des Tages im selben Raum verbringen würden.

»Hast du abgenommen?«, fragte das argentinische Mädchen Anna, als sie sich vor der Lunchpause auf der Toilette umzogen.

Filippa schaute sich Anna genauer an und sah, dass sie tatsächlich schmaler geworden war.

»Darmgrippe«, sagte Anna. »Während die anderen sich mit Weihnachtsessen vollgestopft haben, hab ich im Bett gelegen und versucht, nicht dauernd zu scheißen wie Hiawatha.«

»Trotzdem fies«, sagte das argentinische Mädchen. »Andere packen sich in den Weihnachtsferien unnötige Pfunde drauf, und du nimmst noch ab!«

»Dafür ist auch mein Busen weg«, sagte Anna, die dennoch zufrieden schien, dass ihre neue Schlankheit nicht unbemerkt geblieben war.

Zum Lunch nahmen dann alle Mädchen Salat, nur Ruth nicht, die bei ihren Pommes mit Cola blieb. Filippa starrte auf ihren Teller und versuchte, sich Lust auf schlappe grüne Blätter, dünne Karottenstreifen und kleine vertrocknete Tomatenwürfel einzureden. Draußen regnete es immer noch. Salat, Dauerregen und Januar. Und dazu keinerlei Liebesleben. Sowie eine heftige Sehnsucht nach ihrer Mutter und ihrem Vater. Es war das erste Mal, seit sie nach London gezogen war, dass sie ihre Eltern vermisste.

»Vielleicht hab ich doch einen Fehler gemacht«, sagte sie zu Anna.

Anna, die gerade ihr Tablett hatte wegbringen wollen, setzte sich wieder hin.

»Ich hab in letzter Zeit oft an Alec gedacht«, fuhr Filippa fort. »Und jetzt bin ich mir überhaupt nicht mehr sicher, ob's nicht ein Fehler war. Mit ihm Schluss zu machen, meine ich.«

»Filippa«, sagte Anna. »Jetzt hör mir mal genau zu. Es ist nämlich ganz einfach. Wenn du einem Menschen begegnest, brauchst du dir nur eine einzige Frage zu stellen ...«

Anna hob den Zeigefinger.

»... und die Frage lautet: Steht mir dieser Mensch bei meinem Ziel im Weg, ja oder nein? So einfach ist das«, sagte Anna. »*Dein* Ziel ist es, eine große Schauspielerin zu werden. Eine der größten.«

»Vielleicht nicht gerade eine der grö...«, sagte Filippa, dann fiel ihr Anna schon ins Wort.

»Du *hast* das Ziel, eine große Schauspielerin zu werden, genau wie ich. Und Alec hat dir im Weg gestanden, weil er dich nicht mehr glücklich gemacht hat. Du warst auf einmal vollkommen durch den Wind. Du konntest dich nicht auf die Schule konzentrieren. Du ...«

»So schlimm war's auch wieder nicht ...«

Anna schüttelte den Kopf.

»Steht mir dieser Mensch bei meinem Ziel im Weg, ja oder nein?«, wiederholte sie. »Und Alec *hat* dir im Weg gestanden. Auch wenn wir erst im ersten Jahr sind, müssen wir uns Gedanken machen, wie es weitergehen soll, wenn wir mit der RoyDram fertig sind. Ich hab schon mit einer Liste von allen Agenten angefangen, die ich kontaktieren will. Und von den

Produzenten, die interessante Fernsehserien machen. Sogar von spannenden neuen Regisseuren. Und ich geh seit Neuestem jeden Morgen um sechs ins Fitnessstudio. Ich rühr keinen Alkohol mehr an und fass mir nur noch mit Seidenhandschuhen ins Gesicht. Und du? Denkst du wenigstens daran, Reitstunden zu nehmen?«

»Du gehst *morgens um sechs* ins Fitnessstudio?«, brach es aus Filippa heraus.

»Ich hab's dir schon mal gesagt: In dem Job wird dir nichts auf dem Silbertablett serviert«, sagte Anna. »Es war richtig, dass du mit Alec Schluss gemacht hast.«

Als Filippa nickte, fühlte sie sich schon ein bisschen besser. Wie immer hatte es Anna geschafft, dass alles, was sie sagte, vollkommen richtig und logisch klang.

Am Nachmittag begannen sie dann mit einem ganz neuen Fach bei einem neuen Lehrer, einem drahtigen Mann mit Namen Ronnie.

»Vor ein paar Jahren hatte er eine große Rolle in *Coronation Street*«, flüsterte Anna.

»Erstens: Willkommen zu dem, was wir hier *stage combat* nennen!«, sagte Ronnie mit einem einladenden Lächeln. »Und zweitens: Sollte ich merken, dass jemand bewusst unvorsichtig oder gar eine Gefahr für seine Mitschüler ist, werfe ich ihn hochkant raus. – Wir fangen mit ein paar Grundübungen an.«

Am Ende der Doppelstunde konnte Filippa nicht nur jemanden am Ohr und an den Haaren ziehen, sondern ihm auch die Finger brechen und mit voller Wucht auf die Zehen steigen, und all das, ohne dem anderen im Geringsten wehzutun. Das Geheimnis war, dass das vermeintliche Opfer den aktiven und der vermeintliche Täter den passiven Part hatte. Aber natürlich schleiften sie einander nicht nur an den Haaren durch den Raum, sondern nutzten die Gelegenheit, in passende Rollen zu schlüpfen. Filippa und Gareth, die Partner waren, taten zum Beispiel so, als wären sie ein prolliges Paar aus dem Londoner Osten.

»Ich geb dir, dich volllaufen zu lassen und mit jedem hergelaufenen Fuzzy ins Bett zu steigen!«, brüllte Gareth und brach Filippa einen Finger.

»Au!«, schrie Filippa und bohrte ihm den Absatz in den Fuß. »Wenn mein Mann keine schwule Sau wär, bräucht ich nicht für andere die Beine breitzumachen!«

Jetzt kriegte Gareth ihr Ohr zu fassen.

»Ich bin schwul, weil du so hässlich bist, Nutte!«

Filippa gelang es, sich von ihm loszureißen und ihn an den Haaren zu packen. Sie schleifte ihn einmal quer durch den Raum, während er wild mit den Beinen auskeilte.

»Hässlich?«, schrie Filippa. »Wenn Hässlichkeit ein Verbrechen wär, hätten sie dich längst auf dem elektrischen Stuhl gegrillt!«

Filippa konnte sich nicht erinnern, wann sie zuletzt so viel Spaß gehabt hatte. Darüber hinaus hatte sie zum ersten Mal das Gefühl, hinter ein paar echte Geheimnisse der Schauspielerei gekommen zu sein.

Als sie an dem Abend nach Hause kam, warteten allerdings erst einmal Gummihandschuhe und der Eimer mit den Putzmitteln von unter der Spüle auf sie. Es war nämlich so, dass Malin, Bridget und sie Neujahrsgelübde abgelegt hatten: Sie wollten mindestens einmal in der Woche die Küche und das Badezimmer putzen, jeden dritten Tag staubsaugen und den Müll grundsätzlich raustragen, *bevor* er über den Rand des Eimers quoll. Am Küchenschrank hing sogar ein Plan in Excel, den Bridget angefertigt hatte.

Seufzend warf Filippa einen Blick ins Bad und fragte sich, ob sie sich erst dem Waschbecken oder erst der Badewanne widmen sollte. Doch statt überhaupt zu putzen, begann sie, Malins ein ganzes Wandschränkchen füllende Kosmetika zu beschnuppern. Malin, die Mode studierte, hatte ein Faible für Kosmetika. Filippa identifizierte Mandel, Lavendel, Kokosnuss, Mango und eine Art Karamell, dann klopfte es plötzlich an der Wohnungstür.

»Louise!«, staunte Filippa, nachdem sie die Tür geöffnet hatte.

»Hast du einen Bonsaibaum?«, stieß Louise hervor.

Ihr Gesicht war vor Wut verzerrt, und sie zitterte am ganzen Körper. Die Haare trug sie gerade lila.

»Wie?«, fragte Filippa.

»Ob du einen Bonsai hast?«

»Einen ... wieso?«

»Ich hab's gewusst!«

Louise stürmte an Filippa vorbei, und die folgte ihr. In Filippas Zimmer angekommen, schnappte sich Louise das Bonsaibäumchen, das auf dem Fensterbrett stand.

»Japanische Folter!«, schrie Louise, den Tränen nahe. »Ist dir nicht klar, dass das hier *Folter* ist?«

Filippa war viel zu schockiert, um zu antworten.

»In der U-Bahn ist mir plötzlich eingefallen, dass du einen Bonsai hast«, sagte Louise. »Und jetzt bin ich hier. Weil ich nicht anders konnte. Weißt du denn nicht, dass die Japaner solche Pflanzen nur verkrüppeln, damit gefühllose Menschen ihren Spaß daran haben! Ich könnte diese Japaner umbringen, wenn ich nur dran denke!«

Louise verschwand in der Küche und kam mit dem Kochtopf zurück, den die Mädchen mit Abstand am meisten in Gebrauch hatten. Sie löste das Bonsaibäumchen vorsichtig aus seiner flachen rechteckigen Keramikschale und setzte es stattdessen in den Topf.

»Morgen kaufst du ihm bitte mehr Erde!«, sagte sie schon etwas weniger aufgeregt. »Viel Erde! Und sprich mit ihm! Es kann lange dauern, bis er sich erholt, und es kann sein, dass du ihm Mozart vorspielen musst. Aber wenigstens kann er frei atmen.«

Sie wischte sich ein paar Blumenerdekrümel von den Händen, dann fuhr sie fort: »Für diesmal kann ich dir noch verzeihen, aber kauf *nie wieder* einen Bonsai! Ich hab eine Befreit-die-Bonsais-Gruppe gegründet, und am Samstag stürmen wir Kew Gardens, kommst du mit?«

Filippa schüttelte den Kopf.

»Du musst es wissen«, sagte Louise. »Wir werden ja sehen, wie lange du die Ohren davor verschließen kannst, dass überall auf der Welt Bonsais weinen. Doch, auch kleine Bäume können große Tränen weinen!«

Sie war wie ein pazifischer Wirbelwind gekommen, und genauso verschwand sie wieder.

17

Niemand konnte übersehen, wie sehr die hübsche Verity an diesem Morgen strahlte. Im Schauspielstudio, wo sie ihre nächste Stunde haben sollten, hatte sich sogar ein kleiner Kreis um sie versammelt.

»Was ist passiert?«, fragte Filippa.

Verity errötete und strahlte noch mehr.

»Meine Stiefmutter kennt zufällig eine Frau, die gerade für einen Steven-Spielberg-Film castet und ...«

»Warte, warte, warte!«, rief Relic. »Du sprichst von *dem* Steven Spielberg? Dem weltberühmten Regisseur Steven Spielberg? Nicht von irgendeinem Kerl, der zufällig auch Steven Spielberg heißt und der Dame den Wagen wäscht oder so?«

Vern verpasste ihm genervt einen Stoß mit dem Ellbogen.

»Steven Spielberg also. Und weiter?«

»Meine Stiefmutter hat der Frau gegenüber erwähnt, dass ich an der RoyDram bin«, sagte Verity. »Und da hab ich letzte Woche vorgesprochen, und ... ich hab die Rolle bekommen!«

Es folgten Ahs und Ohs ohne Ende. Verity hatte eine Rolle im nächsten Steven-Spielberg-Film, das musste man sich vorstellen! Filippa wurde so neidisch, dass ihr schlecht wurde. Anna umarmte Verity, aber Filippa hätte ihr am liebsten die Hände um den Hals gelegt und zugedrückt. Andererseits war Verity nicht nur hübsch, sondern auch ausgesprochen nett. Sie war vielleicht nicht das größte Talent in der Klasse, aber man konnte sie für ihr Glück unmöglich hassen. Sowieso war es bei ihrem Aussehen absehbar gewesen, dass ihr so was irgendwann passierte. (»*Kaum hatten die von Elite Models bei mir angerufen, kam auch noch die Nachricht von dem Millionengewinn im Lotto – und das alles am Tag, als Robert Pattinson und ich geheiratet haben!*«)

»Es ist eine kleine Rolle«, sagte Verity, und es klang fast wie eine Entschuldigung. »Ich hab nur zwei Sätze.«

»Und worum geht's in dem Film?«

»Es ist ein Thriller, der in den Sechzigerjahren spielt«, erzählte Verity. »Daniel Craig spielt die Hauptrolle und ich die Tochter des Mannes, den er tötet, das heißt, eigentlich weiß man nicht, ob er's getan hat, bis es ihm ganz zum Schluss …«, Verity errötete wieder, »… die Figur, die ich spiele, auf den Kopf zusagt. Es ist eine wahnsinnig dramatische Szene.«

Steven Spielberg UND eine wahnsinnig dramatische Szene – es war eindeutig zu viel.

»Wann war das Vorsprechen eigentlich?«, fragte das Mädchen, mit dem Verity meistens zusammen war, mit belegter Stimme.

»Der Anruf kam total überraschend letzte Woche!«, sagte Verity. »Ich hab's gerade noch geschafft, mich in ein Taxi zu schmeißen, damit die Agentin und Steve mich sehen konnten, bevor sie in die USA zurückgeflogen sind. Sonst hätt ich dir natürlich davon erzählt …«

»Steve?«, fragte jemand, der ihre Stimmlage ziemlich gut traf.

»Steven. Spielberg«, sagte Verity, die nicht mehr ganz so sehr strahlte.

»Glückwunsch, Verity!«, brachte Filippa mit einiger Mühe über die Lippen. »Du machst das bestimmt toll.«

Verity quittierte es mit einem dankbaren Lächeln.

»Oh, danke!«

Ein paar Minuten später war immer noch keine Lehrkraft aufgetaucht, und Filippa, Anna und Ruth setzten sich nebeneinander an die Wand. Das Gesprächsthema war immer noch Veritys Glück. Ein Stück von ihnen entfernt saß Vern vor Verity und ließ sich alles noch mal erzählen. Er sah aus, als käme ihm gleich der Sabber.

»Das heißt, sie ist noch nicht mal mit dem ersten Jahr fertig und dreht schon ihren ersten Film«, sagte Anna, die gleichzeitig sprach und auf dem Nagel ihres Zeigefingers herumbiss.

»Einen Steven-Spielberg-Film«, ergänzte Filippa. »Mit Daniel Craig.«

»Der Unterschied ist, ihre Stiefmutter lebt die Hälfte des Jahres in Los Angeles, und meine Mutter arbeitet in Newcastle in einer Kuchenfabrik«, sagte Ruth.

Sie saßen eine Weile schweigend da, und Anna, die nicht mehr auf ihrem Nagel herumbiss, spie ein kleines Stück davon aus.

»Alles geschieht aus einem bestimmten Grund«, sagte sie schließlich. »Immer. Also gibt's auch einen Grund dafür, dass zu dem Zeitpunkt Verity mit Spielberg arbeitet und nicht ich.«

»Heißt das, du glaubst, dass du eines Tages auch mit Steven Spielberg arbeiten wirst?«, fragte Filippa.

Anna schaute Filippa in die Augen.

»Ich *weiß* es«, sagte sie.

»Ich glaub nicht dran«, sagte Ruth düster. »Dass alles aus einem bestimmten Grund geschieht, meine ich. Ich glaub, das Leben ist manchmal nur ganz schön Scheiße und ungerecht. *Ohne* einen bestimmten Grund.«

Dann kam Hugh herein und klatschte in die Hände. Er trug

ein graues Jackett mit dazu passender Weste und hatte einen Stapel Blätter unter dem Arm.

»Nein, nicht wieder Phonetik, keine Angst!«, sagte er.

Sie versammelten sich um ihn, und er fuhr fort: »Ich habe hier für jeden eine Rolle in der Szene eines Shakespeare-Stücks. Ihr arbeitet dabei zu je zweien zusammen. Sucht eure Szene heraus und gebt den Stapel dann weiter!«

Der Stapel kreiste, und sie hätten froh sein können. Eine Rolle! Nach Monaten des Wartens war es endlich so weit. Da war nur auch die Sache mit dem Spielberg-Film und Daniel Craig, und dagegen fühlte sich alles andere armselig an.

»Hier«, sagte Alyson. »Gib weiter!«

Filippa nahm den dünner gewordenen Stapel und fand die für sie bestimmten drei Seiten. Es handelte sich um eine Szene aus *Ende gut, alles gut*, und sie sollte eine gewisse Diana spielen. Ihre erste Rolle. Und plötzlich verspürte sie doch etwas wie Aufregung. Sie würden *spielen*. Filippa durchrieselte ein regelrechter Freudenschauer, als sie sich vorstellte, wie sie zu Hause ein Lineal und einen gelben Marker nehmen, sich an den Küchentisch setzen und vorsichtig ihren Text markieren würde. Das hier war eindeutig das Aufregendste, was ihr bisher an der RoyDram passiert war.

»Welches Stück hast du?«, fragte sie Anna.

»*Romeo und Julia*«, sagte Anna. »Ich soll die Julia spielen.«

»Und wer ist Romeo?«

»Russell«, seufzte Anna. »Irgendjemand an der RoyDram hat einen ganz speziellen Humor – die einzigen Jungs, die den Romeo spielen sollen, sind Russell und Samson.«

»Wenigstens musst du dich nicht von Eamonn verführen lassen«, sagte Filippa. »Das muss *ich* nämlich.«

Dann wandte sie sich an Ruth: »Und du?«

»*Hamlet*, die Ophelia«, sagte Ruth. »Und das mir, wo ich das Stück nicht mal gelesen habe.«

Anna starrte Ruth an.

»Du hast *Hamlet* nicht gelesen? Machst du Witze?«

»Ich hab nur den Film gesehen«, sagte Ruth. »Gareth ist mein Hamlet und hat das Stück auch nicht gelesen.«

»Ich fass es nicht«, murmelte Anna und rollte in Filippas Richtung mit den Augen.

Es war schon Nachmittag, als plötzlich ein schmächtiger dunkelhaariger Mann vor ihnen stand. Donatella war mit ihm hereingekommen, und beide schienen gleich nervös.

»Das hier ist Dimitri Aksakow«, stellte Donatella den Fremden vor. »Er ist künstlerischer Leiter und Regisseur am Moroschkin-Theater in Sankt Petersburg. Ihr habt die Ehre, bis zum Ende des Schuljahres parallel an euren Shakespeare-Szenen und mit ihm zu arbeiten. Dimitri, bitte!«

Donatella verließ den Raum, und Dimitri blieb eine ganze Weile stumm vor ihnen stehen.

»Hallo!«, sagte er zum Schluss.

»Hallo!«, sagten sie.

»Hört ihr zu!«, sagte er und hob den Zeigefinger in die Höhe.

Sie standen brav mucksmäuschenstill und lauschten, weil es offenbar das war, was Dimitri von ihnen erwartete. Filippa schloss die Augen, aber alles, was sie hörte, waren die Autos, die draußen vorüberfuhren, und eine innere Stimme, die fragte, wann endlich Pause war, ob sie auf dem Heimweg einkaufen sollte und ob es nicht Zeit für ein Waxing oberhalb der Bikinilinie wäre. Vielleicht konnte sie das Waxing aber auch lassen, wo sie sowieso mit niemandem zusammen war. Ob Malin wohl gemerkt hatte, dass etwas von ihrer nach Mango riechenden Bodylotion fehlte?

»Nein, nein, nein!«, sagte Dimitri. »Nicht die Augen schließen, um zu hören. Sollt ihr mit Ohren hören!«

Filippa öffnete die Augen und sah zu ihrer Erleichterung, dass sie sie nicht als Einzige geschlossen hatte. Dimitri ließ sie weiter lauschen und schaffte es tatsächlich, dass sie sich aufs Hören konzentrierten. Eine geschlagene Stunde lang konzentrierten sie sich allein auf ihre Sinne, lauschten erst jedem noch so kleinen Laut drinnen und draußen, betasteten die Wände und den Fußboden und betrachteten jeden kleinen Gegenstand im Raum.

»Das ist Stanislawski«, hörte Filippa Vern flüstern.

»Ich dachte Dimitri«, flüsterte Relic zurück.

Dimitri selbst hob gerade wieder den Zeigefinger.

»Und jetzt schmeckt Wand!«, sagte er. »Schmeckt, wie Wand schmeckt!«

Sie sahen einander an, aber niemand rührte sich.

»Wand ist da! Schmecken! Lecken! Leckt Wand!«

Aus purer Neugier tat Filippa, was Dimitri verlangte. Sie leckte an der Wand. Es fühlte sich an wie Papier und schmeckte nach einer Chemikalie, an deren Namen sie sich nicht erinnerte. Sie leckte noch einmal und gründlicher. Jetzt stellten sich Erinnerungen an den Kindergarten ein. Sie drehte sich zu den anderen um und sah, dass sie die Einzige war, die Dimitris Anweisung gefolgt war. Alle starrten sie an.

»Das ist eklig«, sagte jemand.

»Ich leck an keiner Wand«, sagte Alyson. »Nie im Leben.«

»Ich auch nicht«, ging es durch den Raum.

Dimitri zuckte die Achseln.

»Gut«, sagte er. »Verteilt in Raum! In ganzen Raum!«

Filippa wischte sich unauffällig den Mund ab.

»Jetzt spürt Füße wie Wurzeln in Boden wachsen!«, sagte Dimitri. »Ihr könnt nicht Beine bewegen, nur Arme! Arme bewegen, und Finger sind wie Blätter an Baum!«

Nein! Jetzt war es doch passiert! Dimitri wollte sie zwingen, Bäume zu sein! Nie wieder würde Filippa von sich weisen können, dass Schauspielschüler derart alberne Sachen machten. Sie warf Dimitri einen Blick zu, der besagen sollte, dass sie ihm das nie verzeihen würde.

»Wind kommt!«, fuhr Dimitri ungerührt fort. »Spürt ihr Wind! An Baum. Spürt, wie hart ist Wind! Und Schnee. Kalter Schnee. Und Eis. Spürt, wie alles anfühlt! Spürt ganz genau, nicht irgendwie! Spürt Einzelheit. Immer Einzelheit!«

Als Filippa am Ende des Schultags das Gebäude verließ, war sie immer noch so empört über die Nummer mit den Bäumen, dass sie erst gar nicht sah, dass Verity auf der Treppe vorm Eingang saß und weinte. Ein anderes Mädchen aus der Klasse saß neben ihr und hielt sie im Arm.

»Was ist passiert?«, fragte Filippa schon zum zweiten Mal an diesem Tag.

Das Mädchen antwortete für Verity.

»Sie war gerade bei Donatella und Geoffrey, um ihnen das mit dem Spielberg-Film zu erzählen, und jetzt stellt sich heraus, dass wir, solange wir hier noch Schüler sind, keine Rolle außerhalb der Schule annehmen dürfen.«

»Aber warum denn nicht?«, fragte Filippa. »Ich hätte gedacht, dass sie das nur gut finden.«

»Tun sie aber nicht«, sagte das Mädchen. »Sie sagen, es könnte unserer Ausbildung an der RoyDram schaden. Wir dürfen nebenbei bei Starbucks arbeiten, aber nicht bei Steven Spielberg.«

»Oh!«, war das Erste, was Filippa dazu einfiel. Dann sagte sie: »Wenn das so ist, solltest du vielleicht einfach an der RoyDram aufhören. Wer weiß, ob du so eine Chance noch mal bekommst? Ich meine, von Leuten wie Steven Spielberg kannst du doch wahrscheinlich mehr lernen als von ... Dimitri!«

Verity schüttelte den Kopf.

»Wegen zwei Sätzen erlaubt mir mein Vater nie, an der RoyDram aufzuhören«, schniefte sie. »Niemals. O Gott, ich kann's nicht glauben, wie gemein und verständnislos sie sind. Ich würde doch nur ein paar Tage fehlen ...«

Sie weinte jetzt so heftig, dass sie sich an das Mädchen anlehnen musste.

Auf dem Heimweg dachte Filippa, dass auch Verity würde akzeptieren müssen, dass alles aus einem bestimmten Grund geschah. Sie lächelte dabei.

18

»Sweet Mary and Joseph!«, stöhnte Eamonn und rieb sich den Unterkiefer. »Geoffrey hat keine Witze gemacht: Shakespeare ist wirklich Stress.«

»Ich hab jeden Abend das Gefühl, als wäre ich einen Marathon mit dem Mund gelaufen«, sagte Filippa.

Sie saßen zusammen in einer Ecke des Schauspielstudios und gönnten sich fünf Minuten Pause, während um sie herum die anderen unter Lärmen und gelegentlichem Schreien an ihren Szenen arbeiteten.

»Findest du nicht, dass wir das Ganze irgendwie spannender machen sollten?«, fragte Eamonn plötzlich. »Es ein bisschen aufpeppen?«

Filippa hob den Blick von ihrem zerfledderten, vollgekritzelten Skript. Sie hatte sich eine Theorie zurechtgelegt, wonach jede Randnotiz sie als Schauspielerin weiterbrachte. Eine ähnliche Theorie besagte, dass Süßigkeiten, nach denen man Obst verzehrte, nicht als Süßigkeiten zählten.

»Findest du, was wir machen, langweilig?«

»Bertram versucht doch, Diana zu verführen«, sagte Eamonn und kratzte sich an seinem Ziegenbart. »Und Diana tut so, als würde sie sich verführen lassen, weil sie seiner Frau helfen will. Nur darum bittet sie ihn ja ins Schlafzimmer. Aber es *passiert* nichts in der Szene. Da ist irgendwie null Action.«

Hatte Eamonn womöglich recht? Filippa schaute zu den anderen und stellte fest, dass es da tatsächlich mehr Action gab als bei ihnen.

»Und Bertram ist ja nicht dumm«, bohrte Eamonn weiter. »So leicht würde der sich bestimmt nicht hinters Licht führen lassen. Vielleicht wär's besser, wenn Diana ihm mehr zeigt, dass sie scharf auf ihn ist – obwohl wir natürlich immer noch wissen, dass sie nur so tut als ob.«

»Und wie stellst du dir das konkret vor?«, fragte Filippa.

Eamonn lächelte und zeigte auf die entsprechende Stelle im Skript. »Da, wo sie sich einig werden, dass er um Mitternacht in ihr Schlafzimmer kommen soll, sagt er: ›Give thyself unto my sick desires ...‹ Ich finde, da sollte sie ihn küssen.«

»Ich weiß nicht ...«, sagte Filippa.

Ihr erster Impuls war, Eamonns Vorschlag abzulehnen, weil ihr schon bei dem Gedanken, sich seinem Gesicht mit dem Ziegenbart und dem grauen Zahn zu nähern, übel wurde. Andererseits sagte sie sich, dass er womöglich recht hatte und ein Kuss tatsächlich mehr Leben in die Szene brachte. Aber vielleicht reichte es ja auch, wenn sie einander an den Händen fassten. Oder sich scheu, aber herzlich umarmten? Sich abklatschten ...

»Küsschen könnte ich mir vorstellen«, sagte sie schließlich. »Auf die Wangen ...«

»Damit würde sich Bertram nie zufriedengeben«, sagte Eamonn. »Er ist doch richtig scharf auf sie. Sie müssen sich küssen, sonst kannst du die Szene vergessen.«

»Aber dann so, wie's uns Ronnie gezeigt hat«, sagte Filippa. »Du stehst mit dem Rücken zum Publikum und hältst dir die Hand vor den Mund.«

Eamonn schüttelte den Kopf.

»Auf keinen Fall, das wirkt einfach nicht echt. Wir drücken nur die Lippen aufeinander und halten die Köpfe schief, damit es leidenschaftlicher aussieht, okay?«

»Okay«, sagte Filippa mit einem leisen Grauen, dass es nun doch zu einer Art Kuss kommen würde. Aber wenn die Szene es nun mal verlangte, hatte sie wohl keine andere Wahl.

Filippa goss in Annas Tee etwas mehr Milch als in ihren eigenen. Sie hatte endlich gelernt, mit der richtigen Menge Milch die perfekte Tasse Tee zuzubereiten. Sie sollte genau die Farbe der Quality-Street-Toffees in dem gelb-goldenen Bonbonpapier haben, alles andere konnte man nur weggießen, um noch mal von vorn zu beginnen.

»O Gott, ich kann nicht glauben, dass es schon die letzte Woche ist!«, sagte Filippa, als sie Anna einen der beiden Plastikbecher in ihren Händen reichte. »Ich bin ganz aufgeregt!«

Anna lächelte.

»Du hast so einen wunderbaren jugendlichen Enthusiasmus«, sagte sie. »Manchmal komm ich mir neben dir wie eine alte Tante vor.«

»Aber wir sind doch gleich alt«, sagte Filippa und wurde ein bisschen rot dabei.

Es gab immer noch Augenblicke, wo sie vor Anna, die ihr so viel tiefer, klüger und disziplinierter erschien als sie selbst, zum schüchternen kleinen Mädchen wurde.

»Ich bin so froh, dass du auch an der Schule bist«, sagte Anna.

»Gleichfalls«, sagte Filippa und hob ihren Becher.

Auch Anna hob ihren Becher, und sie prosteten einander zu.

»Lass uns zurückgehen!«, sagte Filippa schließlich. »Nur noch die Generalprobe, und dann ... Publikum!«

»Ich würde Donatella, Geoffrey und Hugh nicht unbedingt ›Publikum‹ nennen, aber bitte!«

»Komm, Großmütterlein!«, sagte Filippa und kniff Anna scherzhaft in den Hintern. »Zum Bingo kannst du später noch.«

Gleich darauf spürte sie das Handy in ihrer Tasche vibrieren.

Odd Raj u ich gehen heute Abend aus. Viel auch Bridget. Kommst du mit

Eine SMS von Louise.

»Was Wichtiges?«, fragte Anna, während das Handy ein weiteres Mal vibrierte. Diesmal war es Bridget.

Hab Louise aus Versehen versprochen, in eine Siebzigerjahre-Retrodisco mitzugehen. Sag, dass du auch kommst! Burn baby burn!

»Nicht wirklich«, beantwortete Filippa Annas Frage und verstaute das Handy wieder in der Hosentasche.

Im Schauspielstudio herrschte eine nervöse, aber gute Stimmung. Als Anfänger hatten sie noch keinen Anspruch auf Kostüme und Kleider aus dem Fundus der RoyDram, darum hatten sie beschlossen, alle in Weiß aufzutreten. Weiß, weil es professioneller wirkte. Schwarz war für Amateure.

»Könnten wir uns nicht mal gegenseitig vorspielen?«, fragte Alyson. »Ich hab langsam Angst, wir proben die Szenen kaputt.«

Die meisten fanden, das war eine prima Ausrede, um mit der endlosen Proberei aufzuhören.

Filippa setzte sich so aufrecht wie möglich auf den Boden, um die von Malin ausgeliehene weiße Hose nicht schmutziger als nötig zu machen. Filippa und Eamonn waren als Dritte an der Reihe. Als es so weit war, setzte sich Filippa mit zusammengekniffenen Beinen auf einen Stuhl. Eamonn stand schräg hinter ihr.

»They told me your name was Fontibell«, sagte Eamonn.

Filippa schüttelte den Kopf und schaute lächelnd zu Boden.

»No, my good lord, Diana.«

Es lief gut. Und Filippa war gut. Sie wusste, dass sie gut war. Sie fühlte, wie Diana gefühlt hätte, und ihre Aussprache war tadellos. Sogar der Kuss ging gut. Sie hielten die Lippen fest geschlossen und brachten die anderen dazu, erst die Luft anzuhalten und dann zu kichern. Als die Szene zu Ende war, nutzten alle die Gelegenheit, dass keine Lehrer dabei waren, und applaudierten. Filippa nahm wieder zwischen den Zuschauern Platz. Anna lehnte sich zu ihr nach vorn und flüsterte:

»Fantastisch!«

»Spitze!«, sagte Ruth.

Filippa flüsterte »Danke!« und merkte erst jetzt, wie heftig ihr Herz klopfte. Die Freude über ihr gutes Spiel und den Applaus wärmte, und sie spürte ein Kribbeln bis in die Zehen.

Dann vergingen ein paar Stunden, bis es Zeit war, den Lehrern vorzuspielen. Die Stimmung im Schauspielstudio war jetzt ernster, und allen war die Anspannung vor dem Auftritt anzusehen.

»Ich bin so nervös, dass ich beim Lunch keinen Bissen runtergekriegt habe«, sagte Paul.

Filippa horchte auf. Sie wusste immer noch nicht, was Vern mit seiner Anspielung auf Pauls Essgewohnheiten gemeint hatte.

»Was wolltest du denn essen?«, fragte sie.

»Nichts Besonderes«, antwortete Paul. »Ich wusste, dass ich besser was essen sollte, aber es ging einfach nicht. – Was meinst du, reden sie gleich danach mit uns, oder warten sie bis morgen?«

»Wahrscheinlich erst morgen«, sagte Filippa und beschloss, das Thema »Paul und Essen« auf sich beruhen zu lassen.

Es war halb drei, als Donatella, Geoffrey, Hugh und völlig überraschend auch ihr *Stage-combat*-Lehrer Ronnie das Schauspielstudio betraten. Sie setzten sich auf Stühlen an die Wand, und Hugh zückte ein Notizbuch. Diesmal waren Filippa und Eamonn die Ersten.

Filippa setzte sich auf den Stuhl und legte die gekreuzten Hände in den Schoß.

»They told me your name was Fontibell«, sagte Eamonn.

Filippa schüttelte den Kopf und schaute lächelnd zu Boden. Aber schon bevor sie das erste Wort sagte, spürte sie, dass ihr Lächeln nicht so natürlich kam wie vorhin bei dem kleinen Probelauf. Auch Eamonn wirkte nervöser.

»No, my good lord, Diana.«

Sie spielten die Szene weiter, aber sie merkten beide, dass es diesmal nicht so gut lief.

»Stand no more off«, sagte Eamonn. »But give thyself unto my sick desires!«

Und wie sie es so oft geprobt hatten, riss er Filippa an sich und küsste sie. Nur war diesmal alles anders. Filippa begriff erst gar nicht, was los war, bis sie merkte, dass Eamonn ihr die

Zunge tief in den Hals steckte und wild darin herumfuhrwerkte. Es fühlte sich hart und rücksichtslos an und so, als ob man daran ersticken könnte. Dann spürte sie, dass er sogar nach ihrer rechten Brust griff und sie drückte. Erst danach ließ er sie los.

»I see that men make ropes in such a scarre«, sagte Filippa und wandte sich lachend ab. Das Lachen klang so falsch, dass sie sich dafür schämte. Ihr zitterten die Knie, und sie hörte, ohne es ändern zu können, wie schwer ihr der Text von da an fiel und dass sie ein paarmal über schwierige Wörter stolperte. Sie wusste, dass das Lächeln, mit dem sie Eamonn/Bertram ermutigte, gezwungen wirkte, und als die Szene zu Ende war, brannte ihre rechte Brust, als wäre Eamonns Hand aus Feuer. Auch den Geschmack seiner Zunge wurde sie nicht los.

An das Spiel der andern erinnerte sie sich später nicht mehr. Sie wusste nur noch, dass, gleich nachdem die Lehrer den Raum verlassen hatten, Eamonn ankam und sie stürmisch umarmte.

»Du warst echt gut!«

»Du auch«, murmelte Filippa.

»Es ist doch gut gelaufen, oder? Was denkst du? *Ich glaube, wir waren gut*«, faselte Eamonn aufgedreht. »Vielleicht nicht ganz so gut wie bei der letzten Probe, aber gut. Oder?«

Filippa quälte sich ein Lächeln ab.

»Es macht dir doch nichts aus, dass ich dich richtig geküsst habe?«, fragte Eamonn. »Ich hab's einfach gespürt, dass die Szene das braucht.«

»Nein, klar. War schon in Ordnung«, sagte Filippa.

»Du küsst gut. Gute Technik«, faselte Eamonn. »Sicher, dass es in Ordnung war?«

»Klar«, sagte Filippa. »Vollkommen.«

Sie hasste, hasste, hasste sich für die feige Lüge.

Am nächsten Tag hatte sie ihr Jahresabschlussgespräch mit den Lehrern. Vern, der vor ihr an der Reihe gewesen war, kam mit einem breiten Grinsen heraus. Als Filippa eine Viertelstunde später herauskam, saß ihr ein dicker Kloß im Hals.

»Du musst mehr aus dir herauslassen, loslassen«, hatte Geoffrey begonnen.

Donatella und Helen hatten genickt.

»Du hast Tiefe, aber du willst es nicht zeigen«, sagte Hugh mit Blick in seine Notizen. »Sogar bei den Atemübungen fällt es dir schwer loszulassen.«

Filippa verstand wenig, bis sie von der Shakespeare-Szene anfingen.

»Eamonn war gut, aber du …«, sagte Hugh. »You were acting with a capital A.«

Filippa hörte den Satz und stellte sich vor, wie er sie für den Rest ihres Lebens verfolgen würde. *Acting with a capital A.* Filippa Acting Karlsson. War Eamonn wirklich besser als sie? Sollte sie sich vielleicht auf den Boden werfen und ihnen unter Tränen erzählen, wie er ihr einen Zungenkuss aufgezwungen und dass es das gewesen war, was sie für den Rest der Szene aus dem Konzept gebracht hatte? Sollte sie ihnen sagen, dass es nicht ihr Fehler gewesen war?

»Mir ist in letzter Zeit aufgefallen, dass du dich oben in der Brust sperrst«, sagte Helen. »Das müssen wir nächstes Jahr in den Griff bekommen.«

Wie gewöhnlich hatte Filippa keinen Schimmer, wovon Helen redete. Fest stand nur, dass die Kritik an ihr kein Ende nahm.

»Filippa, ich sehe in dir einen Anker«, sagte Donatella. »Genauso wie in Paul.«

Filippa fragte sich erst, ob es gut oder schlecht war, ein Anker zu sein, aber dann fiel ihr ein, dass es über Paul wohl kaum etwas Schlechtes zu sagen gab.

»Gleich als ich dich das erste Mal gesehen habe, dachte ich, *die* müssen wir haben«, sagte Donatella lächelnd.

Zum ersten Mal während des Gesprächs hatte jemand etwas eindeutig Positives und Nettes gesagt. Wenn Donatella jetzt nicht mit einem »Aber ich habe mich getäuscht, komm im September bitte *nicht* mehr zurück und lass dich zur Zugbegleiterin umschulen« fortfuhr, würde sie den Sommer über etwas haben, woran sie sich festhalten konnte.

Später, im The Dog & Partridge, versuchte Anna, sie zu trösten. Die Klasse hatte sich dort versammelt, um zu feiern und den Kummer über die Gespräche mit den Lehrern zu ertränken. Nur Paul war schon gegangen, nachdem er und Filippa einander noch schnell umarmt und einen schönen Sommer gewünscht hatten.

»Wenn sie uns nach dem ersten Jahr zu sehr loben würden, wär's ja, als könnten sie uns in den restlichen zwei Jahren nichts mehr beibringen«, sagte Anna.

»Aber dich haben sie nur gelobt«, murmelte Filippa. »Bei mir ging's immer nur bla bla bla schlecht, bla bla bla schlecht, bla bla bla mehr loslassen, bla bla bla schlecht ...«

»Sie haben mich nicht nur gelobt, ich schwör's.«

Filippa starrte eine Weile stumm in das Glas Whisky und Ginger Ale, das vor ihr auf dem Tisch stand.

»Ich bin hier, um was zu lernen, also muss ich drauf hören,

was sie mir sagen, und versuchen, besser zu werden, so sieht's aus«, sagte sie schließlich.

»That's the spirit«, sagte Anna.

»No, that's the spirit«, sagte Filippa und zeigte lächelnd auf ihr Glas.

Wieder herrschte für eine Weile Schweigen. Dann sagte Anna:

»Schlechter Witz.«

»Ich weiß«, sagte Filippa. »Ich kann nicht mal mehr Witze, und *sie* sind schuld.«

Die Kritik schmerzte immer noch, als sie für die Sommerferien nach Schweden fuhr. Trotzdem wuchs in der Zeit ihr Wille durchzuhalten. Sie würde es ihnen allen zeigen: Donatella, Geoffrey, Hugh, Helen, den anderen in der Klasse und der ganzen Welt. Sie würde ihnen beweisen, dass sie Kritik vertragen, zuhören, lernen und es immer besser machen konnte. Jawohl, sie würde es ihnen zeigen. Hoffte sie.

Das zweite Jahr

19

»Filippa, ich hab dich so vermisst!«, rief Anna und fiel Filippa um den Hals.

»Und ich dich erst!«, rief Filippa und schlang die Arme um Anna.

Die Szene spielte sich auf der Straße vor der Bibliothek ab.

»Wie braun du bist!«, sagte Anna.

»Wir hatten tolles Wetter«, sagte Filippa. »Aber ich hab mich so sehr danach gesehnt, wieder in London zu sein!«

Dann entdeckte sie Paul.

»Paul!«, rief sie erstaunt. »Du siehst ja ganz verändert aus!«

In den drei Sommermonaten hatte sich Paul in der Tat verändert. Er sah aus, als hätte er endlich ein paar Kilo zugelegt, sein Gesicht hatte Farbe bekommen, und er machte eindeutig einen lässigeren Eindruck als zuvor. Außerdem trug er ein dunkelgrünes T-Shirt, das Filippa noch nie an ihm gesehen hatte.

»Danke. Ich hab im Sommer gearbeitet«, sagte Paul. »Bin kreuz und quer durch die Gegend gefahren und hab sämtliche Pflanzen vor sämtlichen Londoner Kneipen gewässert. Ihr wisst schon, die in den Körben, die überall auf den Gehwegen stehen. – Aber du siehst auch gut aus. Ganz schön braun!«

»Danke«, sagte Filippa lächelnd. Sie freute sich genauso sehr über das Kompliment wie darüber, Paul so gut gelaunt zu sehen. »Und wie geht's deiner Mutter?«

»Viel besser. Sie hat sogar wieder angefangen zu arbeiten.«

»Super. Und was ...«

»Wir sehen uns!«, sagte Paul.

Ihr Gespräch war beendet, und er verschwand im Gebäude. Filippa schaute ihm nach. Offenbar hatte sich nicht alles geändert.

»Filippa!«

Diesmal stürzte sich Ruth auf Filippa, und sie umarmten sich auch. Nach unendlich langen Monaten in Schweden war es wunderbar, an der RoyDram zurück zu sein und die anderen wiederzusehen. Alle schienen neue Frisuren zu haben und sahen gut erholt aus. Dass das Wetter in England nicht so gut gewesen war wie in Schweden, sah man nur daran, dass Filippa und Verity als Einzige richtig braun waren. Verity hatte den Sommer mit ihrer Familie auf Barbados verbracht und beklagte sich, dass ihr Vater sie gezwungen habe, jeden Tag fünf Kilometer zu joggen, sogar an Feiertagen und bei strömendem Regen. Dafür hatten Bill Clinton, Mick Jagger und Bruce Willis bei ihnen vorbeigeschaut, allerdings nicht gleichzeitig. Bruce Willis hatte angeblich so schneeweiße T-Shirts getragen, dass man davon geblendet wurde.

»Kommt jetzt!«, sagte Anna. »Es ist fast neun.«

Sie drängelten in den zu kleinen Lesesaal der Bibliothek, wo sie warteten, dass eine der Lehrkräfte auftauchte und sich um sie kümmerte. Sie alberten herum, und das wichtigste Thema waren ihre Nachfolger als Neuankömmlinge im ersten Jahr. Jemand erzählte, gleich zwei von ihnen seien Amerikaner, und es klang, als wäre es eine kleine Sensation.

»Wahrscheinlich, weil sie an den amerikanischen Schauspielschulen die ganze Zeit nur improvisieren«, vermutete jemand.

»Improvisieren wird vollkommen überschätzt«, sagte Anna. »Genau darum kommen die besten Schauspielerinnen und Schauspieler aus England und nicht aus den USA.«

Filippa sagte sich wieder einmal, dass es ein Glück war, Anna zur Freundin zu haben. Das mit dem überschätzten Improvisieren würde sie sich merken, falls wieder mal jemand von der tollen amerikanischen Schauspielerausbildung anfing.

Es war schon neun Uhr vorbei, als Geoffrey mit seinem üblichen Becher Kaffee hereingestürmt kam. Sie begrüßten ihn mit einem ehrlich gemeinten Jubel.

»Willkommen, Schüler des zweiten Jahres!«, sagte Geoffrey und schenkte ihnen eines seiner seltenen Lächeln.

Filippa und Anna schauten einander an und lächelten auch. »Schüler des zweiten Jahres« klang gut.

»Im ersten Halbjahr werden wir uns mit Brecht beschäftigen«, sagte Geoffrey und hielt ein Buch in die Höhe. »Ihr geht heute Morgen gleich los und besorgt euch den *Kaukasischen Kreidekreis*. Das ist das Stück, an dem wir arbeiten werden. Bis zur nächsten Stunde seid ihr bitte zurück, der neue Stundenplan hängt am Schwarzen Brett.«

Filippa hatte wenig von Brecht und noch gar nichts vom *Kaukasischen Kreidekreis* gehört, aber so wie Geoffrey davon sprach, klang es nach etwas, womit man die Leute beeindrucken konnte. Wenn jemand sie fragte, was sie an der Schule gerade machten, würde sie sagen können: »Brecht, den *Kaukasischen Kreidekreis*. Du weißt schon.« Das Ganze in dem leicht gelangweilten Ton, als müsste man selbstverständlich wissen, was das ist.

»Und was ist der *Kaukasische Kreidekreis*?«, fragte Ruth, als sie schon mit ein paar anderen aus der Klasse die Tottenham Court Road hinuntergingen.

»Kaukasien ist da, wo die Georgier und Tschetschenen leben«, sagte Anna.

Auf der Tottenham Court Road tobte wie üblich der Verkehr, und Filippa merkte, dass sie sich an die graue, zum Ersticken dreckige Londoner Luft erst wieder gewöhnen musste. Während des Sommers schienen noch mehr neue Kettencafés und -restaurants aufgemacht zu haben, und auf den Doppeldeckerbussen wurden die neuesten Musicals und Hollywood-Filme beworben.

»Gibt's denn noch andere Kreidekreise?«, fragte Filippa.

»Keltische, könnte ich mir vorstellen«, sagte Ruth nach einigem Nachdenken.

»Oder pygmäische, die sind allerdings winzig«, sagte Filippa ein bisschen enttäuscht darüber, dass niemand ihren Witz verstanden zu haben schien.

Auf der Straße fuhr ein Mann mit nacktem Oberkörper auf dem Fahrrad vorbei.

»Okay, aber was *ist* ein Kreidekreis?«, fuhr Ruth fort. »Ich meine, abgesehen von dem, was man vor sich sieht, wenn man das Wort hört.«

»Lies einfach das Stück!«, sagte Anna.

Aber Filippa fragte sich auch, ob Brechts Kreidekreis nun bloß ein mit Kreide irgendwohin gezeichneter Kreis war oder ob er symbolisch für etwas anderes, irgendwie Tieferes stand. Und natürlich traute sie sich nicht, danach zu fragen, weil sich sonst womöglich herausstellte, dass sie neben Ruth die Einzige war, die selbst von derart einfachen Dingen keine Ahnung hatte. (*»Der Kreidekreis steht für die nicht-funktionelle Sehnsucht nach zweierlei: einer janusköpfigen Emanzipation und einer nationalen Erhebung, wobei beides von der fehlenden Vaterfigur in einer hieroglyphischen Gesellschaft herrührt. Offensicht-*

licher geht's ja wohl nicht.«) Im Übrigen verstand sie Annas Feindseligkeit gegenüber Ruth nicht.

Als sie ihre Bücher gekauft hatten, gingen sie zur RoyDram zurück. Filippa konnte es immer noch nicht fassen, wie gut es Paul zu gehen schien. Es war eine Freude zu sehen, wie er auf dem ganzen Rückweg mit Samson scherzte. In der RoyDram angekommen, hatten sie noch eine halbe Stunde Zeit, bis sie sich im Bewegungsstudio einfinden sollten.

Die erste richtige Stunde hatten sie dann bei Ronnie, der ein Bündel Degen anschleppte.

»Wow, krass!«, riefen alle, die offenbar wussten, was es damit auf sich hatte.

Es klirrte, als Ronnie das Bündel auf dem Boden ablegte.

»Tja, Freunde«, sagte er, »höchste Zeit, die Kämpfe mit bloßen Händen hinter uns zu lassen! Ab heute lernen wir fechten.«

Noch im selben Augenblick sprangen fünfundzwanzig junge Menschen auf, um sich jeder eine Waffe zu schnappen und einander zu zerstückeln. Aber Ronnie trat dazwischen.

»Stopp!«, sagte er ruhig, aber bestimmt. »Ihr werdet sie nicht mal berühren, bevor wir nicht über Sicherheitsvorkehrungen und die Regeln des Fechtens gesprochen haben.«

Fünfundzwanzig junge Menschen stöhnten, weil sie sich etwas Langweiligeres als Sicherheitsvorkehrungen und Regeln überhaupt nicht vorstellen konnten. Immerhin durfte bis zum Ende der Stunde jeder schon mal einen Degen in der Hand halten und dabei versuchen, die klassische Fechtposition mit dem seitlich gestellten Körper und der kokett in die Luft gehaltenen freien Hand einzunehmen.

»En garde!«, sagte Filippa und kam sich ein bisschen komisch vor, weil sie tatsächlich eine Art kindisches Musketiergefühl dabei hatte.

Es kamen in diesem zweiten Jahr noch weitere neue Fächer hinzu, und manche waren genauso witzig wie das Fechten. So hatten sie zum Beispiel Unterricht bei einer Dame, die ihnen einen Tanz aus dem 17. Jahrhundert beibrachte. Er trug den schönen Namen »Contredanse Anglaise«, und wenn man glauben durfte, was die Dame erzählte, brauchte man ihn für nahezu alle Fernsehproduktionen der BBC. Später im ersten Halbjahr würden sie auch noch Foxtrott und Walzer lernen sowie die Mazurka und den Galopp. Auch eine Gesangslehrerin bekamen sie, mit der sie zu Klavierbegleitung unter anderem *Gee, Officer Krupke* aus der *West Side Story* schmettern lernten. Noch vor der ersten Stunde war Filippa zu der Lehrerin nach vorn gegangen, um sie zu warnen.

»Ich bitte jetzt schon um Verzeihung, weil ich leider vollkommen unmusikalisch bin«, sagte sie lächelnd.

Die Gesangslehrerin erbleichte.

»Um Himmels willen, du Arme!«, sagte sie.

Filippa, die ihre mangelnde Musikalität nicht ganz so tragisch fand, ruderte vorsichtshalber ein Stück zurück: »Vielleicht nicht vollkommen unmusikalisch. Ich singe einfach nur grauenhaft schlecht.«

Vielleicht hatte sie es etwas zu gut gelaunt gesagt, denn die Gesangslehrerin reagierte, als wollte man sie auf den Arm nehmen, und setzte erst Filippa und dann der ganzen Klasse mit hochroten Wangen auseinander, dass mangelnde Musikalität ein schweres Gebrechen sei und nichts, worüber man sich lustig mache.

Danach massakrierten sie zur Einstimmung *Do You Hear the People Sing?* aus *Les Misérables*, und die Gesangslehrerin fragte, ob es in der Klasse eigentlich jemanden gebe, der ein Instrument spiele.

»Ich, Cello«, sagte Verity.

»Klavier«, sagte Vern mit nach oben gestrecktem Arm.

»Luftgitarre«, sagte Eamonn.

Auch Manu konnte Klavier spielen und das argentinische Mädchen Gitarre.

»Wunderbar«, sagte die Gesangslehrerin. »Das ist etwas, was ihr unbedingt in euren Lebenslauf aufnehmen solltet, wenn ihr eure Ausbildung hier einmal abgeschlossen habt. – Sonst noch jemand, der ein Instrument spielt?«

Filippa schluckte und meldete sich dann doch.

»Du?«, sagte die Gesangslehrerin.

»Ich kann Dudelsack spielen«, sagte Filippa.

Sie bereute es noch im selben Augenblick, denn die ganze Klasse brach in Gelächter aus.

»Ungewöhnlich«, sagte die Lehrerin mit großen Augen.

»Das hast du nie erzählt!«, sagte Anna, die beinahe beleidigt klang.

»Dudelsack!«, stöhnten welche, die sich gar nicht mehr einkriegen konnten.

Vern und Relic lachten, dass ihnen die Tränen kamen.

»Ich find's echt cool«, sagte Ruth. »Ich würde dich gern mal spielen hören.«

»Danke«, murmelte Filippa.

Bald nach dieser ersten Stunde hatte jeder einen Plan für seinen individuellen Gesangsunterricht bekommen. Jetzt gerade saßen

Filippa und Vern auf dem Flur und warteten, dass Sara mit den rattenfarbenen Haaren mit ihrer Stunde fertig war. Filippa starrte auf das blaugrüne Linoleum, das den Boden des Flurs bedeckte, und fragte sich, wie alt es wohl war. Ein Stück von ihnen entfernt an der Wand hatte jemand eine halb volle Flasche Wasser stehen lassen.

»Trägst du eigentlich einen Kilt?«, fragte Vern. »Wenn du Dudelsack spielst, meine ich?«

»Gespielt *habe*«, sagte Filippa. »Und nein, ich hab keinen Kilt getragen.«

»Dudelsack!«, brach es aus Vern heraus. »Ich meine, auf so was muss erst mal einer kommen!«

»Wahrscheinlich«, sagte Filippa, während sie auf die Uhr schaute und sah, dass Sara schon länger als die vorgesehenen fünfzehn Minuten bei der Gesangslehrerin war.

»Dudelsack!«, wiederholte Vern. »Gab's eigentlich kein hässlicheres und noch weniger sexy Instrument?«

Filippa verpasste ihm einen giftigen Blick und sagte: »Weißt du, dass du manchmal ein echter Arsch sein kannst, Vern?«

Er schlug zum Zeichen, dass er nichts mehr sagen würde, die Hände vor den Mund, und sie saßen mehrere Minuten still wartend nebeneinander. Dann ging ein paar Meter weiter eine Tür auf, und Hugh kam mit einem älteren Mann mit weißgrauen Haaren und einem ebensolchen Bart heraus.

»O mein Gott!«, flüsterte Vern. »Das ist Mike Leigh!«

Filippa drehte sich schnell auch nach dem Mann um.

»Was? Bist du sicher?«

Sie hatten in Theatergeschichte von dem großen Film- und Theaterregisseur gesprochen, dem man nachsagte, dass er besonders gut mit Schauspielern umgehen könne. Filippa hatte sich danach gleich mehrere seiner Filme aus der Bibliothek ausgeliehen und war von ihrem Realismus und ihren unglaublichen Schauspielern schwer beeindruckt gewesen.

»Es ist Mike Leigh«, sagte Vern. »Er ist ein ehemaliger Schüler der RoyDram, also warum sollte er nicht ab und zu vorbeischauen?«

Eine Weile saßen sie einfach nur da und beobachteten, wie Mike Leigh etwas erzählte, das Hugh zum Lachen brachte.

»Geh hin und sag was zu ihm!«, flüsterte Vern und stieß Filippa in die Seite.

»Nein. Ich finde so was unhöflich«, flüsterte Filippa zurück.

Aber Vern ließ nicht locker.

»So schnell kriegst du so eine Chance nicht wieder. Da vorne steht einer der bekanntesten Regisseure der Welt.«

Vern hatte recht. Das Leben war kurz, und Mike Leighs Filme hatten sie wirklich sehr beeindruckt. Filippa stand auf und bewegte sich mit zittrigen Beinen auf Hugh und den alten Herrn zu.

»Ja, Filippa?«, fragte Hugh.

Mike Leigh drehte sich um und sah sie mit runden blauen Augen an.

»Entschuldigung, ich möchte nicht stören«, begann Filippa. »Ich wollte nur sagen, dass ich Ihre Arbeit sehr bewundere.«

Der alte Herr strahlte.

»Du erinnerst dich an meine Arbeit?«, fragte er.

»Ja, natürlich«, sagte Filippa. »Sie haben etwas Unvergängliches geschaffen. Es gibt keinen Größeren als Sie.«

Hugh sah Filippa mit hochgezogenen Brauen an.

»Filippa«, sagte er. »Rod war vierzig Jahre lang einer unserer Putzleute und ging vor zwei Jahren in den Ruhestand. Er ist vorbeigekommen, um Hallo zu sagen, weil er seitdem in Devon lebt.«

»Aber ... das ist ja toll«, war alles, was Filippa herausbrachte.

Dann ging sie zurück, um Vern in handliche Stücke zu reißen, aber er war leider schon in seiner Gesangsstunde. Die Tür zu dem Raum, in dem sie stattfand, war geschlossen, aber Filippa war sich hundertprozentig sicher, noch eine ganze Weile sein Lachen zu hören.

20

»Brecht, Brecht, Brecht«, murmelte Filippa. »Ich kann mich immer noch nicht entscheiden, ob ich ihn mag oder nicht.«

Sie drehte das schmale Bändchen mit dem Stück um und schaute sich das Schwarz-Weiß-Foto auf der Rückseite an. Der Mann darauf erinnerte an einen ernsten Fabrikarbeiter, der sich die Lesebrille seiner Tante ausgeliehen hatte. Dann kam Geoffrey und ließ sie die Stühle und ovalen Tische aus dem Nachbarzimmer holen, was bisher noch nicht vorgekommen war. An der RoyDram an einem Tisch zu sitzen fühlte sich fremd an, erwachsen irgendwie und nicht ganz richtig.

»Holt das Stück und einen Stift heraus!«, sagte Geoffrey.

Danach saßen sie zwei Stunden über den Text gebeugt und strichen die Szenen, die sie im *Kaukasischen Kreidekreis* für entbehrlich hielten.

»Gut, legt das Zeug weg!«, sagte Geoffrey. »Wir haben noch was anderes vor.«

Die Klasse schaute auf. Filippa hoffte im Stillen, dass Geoffrey sie ein Rudel schlafende Löwen spielen ließ. Doch er ließ nur seinen Blick über die Köpfe schweifen, bis er bei Relic innehielt.

»Relic«, sagte er. »Was hat Relic für gute Eigenschaften? Als Schauspieler, meine ich. Als Privatperson geht er mir am Arsch vorbei.«

Niemand traute sich, etwas zu sagen.

»Er sieht ziemlich gut aus«, sagte schließlich eins der Mädchen.

Relics Wangen wechselten die Farbe, und sein Blick wurde leicht flattrig.

»Seit wann ist gut auszusehen eine Eigenschaft, du Nase?«, sagte Vern.

»Schon immer«, hielt Paul dagegen.

»Stimmt«, sagte Geoffrey. »Stimmt genau. Für einen Schauspieler ist Relics Aussehen ganz klar von Vorteil. Aber mich interessiert weniger das Äußerliche.«

»Er ist zuverlässig«, sagte jemand. »Man kann sich auf ihn verlassen.«

»Er kommt nie zu spät.«

»Es ist hilfsbereit.«

»Er ist kein Tagträumer. Er ist eigentlich immer bei der Sache.«

»Gut«, sagte Geoffrey. »Und wie steht's mit Alyson?«

Einen nach dem anderen gingen sie die Klasse durch, und jeder erfuhr, was die anderen für seine positiven Eigenschaften hielten. Und irgendwann war auch Filippa an der Reihe.

»Und Filippa? Ihre guten Seiten?«

Filippa dachte erst, die darauffolgende Stille werde niemals enden. Es war fast noch schlimmer als damals, als Donatella die ganze Klasse ihre Art zu gehen nachmachen ließ.

»Sie ist intelligent«, sagte Ruth.

Filippa sah sie mit großen Augen an. Intelligent! Das war das größte Kompliment, das sie sich überhaupt vorstellen konnte. In Geschichte hatte sie mal Napoleon und Bonaparte für zwei verschiedene Personen gehalten, und jetzt das! Intelligent! Sie,

Filippa, die »bonkers« so lange für ein anderes Wort für »tired« gehalten hatte, bis Bridget sie eines Abends höflich fragte, ob sie nicht eher müde von der RoyDram nach Hause komme als durchgeknallt. Noch vor Kurzem hatte sie Tasmanien für ein Fantasy-Land gehalten …

»Stimmt, sie ist klug«, sagte Alyson.

»Und arbeitet hart«, sagte jemand.

Filippa war kurz davor, in Tränen auszubrechen.

»Sie ist immer positiv«, sagte Anna lächelnd.

»Man kann auch gut mit ihr zusammenarbeiten«, sagte Russell.

Filippa spürte einen dicken Kloß im Hals und hatte plötzlich großes Verständnis für alle, die bei der Entgegennahme der Oscar-Statue hemmungslos heulten.

Dann war es endlich vorbei, und Geoffrey sagte:

»Ich möchte, dass ihr euch morgen, wenn wir das Stück ernsthaft zu proben beginnen, an all diese guten Eigenschaften eurer Mitschüler erinnert. Wir sehen uns!«

Filippa war immer noch tief berührt, als sie nach der Stunde mit knapp der Hälfte der Klasse in den Pub ging. Intelligent. Klug. Jemand, mit dem man gut zusammenarbeiten konnte. Immer positiv. Sie!

»Komische Stunde«, sagte Eamonn.

Mit ihnen waren ein paar aus der Dritten da, die seit Beginn des neuen Schuljahrs etwas auffallend Gekünsteltes an sich hatten, fast so, als wären ständig irgendwelche Scheinwerfer auf sie gerichtet. Filippa hatte außerdem bemerkt, dass sie dauernd seufzten. Trotzdem erschienen sie ihr merkwürdigerweise attraktiver.

»Aber interessant«, sagte Anna. »Ich wundere mich nur, dass Geoffrey sich auf einmal von einer so netten und fürsorglichen Seite zeigt.«

»Es heißt, dass er manchmal was mit Schülerinnen anfängt. Vielleicht ist er verliebt, der alte Bock.«

»Geoffrey ist doch niemals so bescheuert, was mit einer Schülerin anzufangen«, sagte Samson. »Wenn das rauskäme, würde er doch seinen Job verlieren. Und wohin will er gehen, wenn er mal an der RoyDram unterrichtet hat?«

»Ins richtige Leben vielleicht?«

Sie kauften ihre Getränke und verteilten sich auf drei kleine Tische. Ruth ging an einem der einarmigen Banditen neben den Toiletten spielen.

»Es wäre besser gewesen, wenn wir über unsere schlechten Eigenschaften gesprochen hätten«, sagte Vern. »Daraus hätten wir mehr gelernt.«

Filippa nippte an ihrem Drink, und ihr Körper begann sich zu versteifen. Sie hoffte, dass niemand Vern zustimmte.

»Ich geb dir recht«, sagte Relic. »Es wäre in jedem Fall spannender gewesen.«

Vern wandte sich an Eamonn, der schon die Hälfte seines Biers getrunken hatte, und sagte: »Du bist ein fauler Ire.«

Eamonn lächelte nervös.

»Wenn jemand faul ist, dann Manu«, sagte jemand.

»Stimmt! Faul wie alle Spanier. Kein Wunder, dass ihr Land bankrott ist.«

»Und Gareth?«

Filippa schaute zu den Nachbartischen und sah, dass Gareth gar nicht mitgekommen war, so wenig wie Manu, Paul, Alyson und ein paar andere.

»O Gott, bei Gareth weiß man gar nicht, wo man anfangen soll!«, stöhnte Vern. »Habt ihr schon gehört, dass Geoffrey ihn eigentlich rausschmeißen will?«

»Woher willst du das wissen?«, fragte Filippa.

»*Alle* wissen es«, sagte Vern. »Es war ein Fehler, ihm überhaupt einen Platz zu geben. Angeblich müssen sie eine bestimmte Waliser-Quote erfüllen und hatten keine andere Wahl.«

Ein paar in der Runde lachten.

»Genauso gut hätten sie ein Schaf aufnehmen können, mehr Talent hätte es in jedem Fall. Außerdem ist er so stockschwul, dass er nie normale Rollen wird spielen können. Man fragt sich echt, was Donatella sich dabei gedacht hat.«

»Hasst mich bitte nicht dafür, dass ich Schwänze liebe!«, sagte Relic mit walisischem Akzent.

»Will Geoffrey Gareth wirklich von der Schule schmeißen?«, fragte Filippa die neben ihr sitzende Anna.

Anna zuckte lächelnd die Achseln und wandte ihre Aufmerksamkeit wieder Vern zu.

Dass Geoffrey Schülerinnen angraben sollte, war Filippa ebenso neu wie dass er angeblich Gareth auf dem Kieker hatte. Sie fand beides in etwa gleich seltsam – wenn denn überhaupt etwas dran war. Erst vorige Woche war es wie ein Lauffeuer durchs Haus gegangen, dass angeblich der berühmte ehemalige RoyDram-Schüler und Kurt-Wallander-Darsteller Kenneth Branagh in der Cafeteria sitze. Tatsächlich hatte irgendein Scherzkeks ein Gesicht auf eine Kartoffel gemalt und sie aufrecht auf einen Tisch gestellt.

»Und Paul?«, fragte Anna.

Vern tat so, als würde es ihn schütteln.

»Der ist so strange, dass ich Gänsehaut kriege«, sagte Vern.

Wieder lachten ein paar in der Runde.

»Außerdem ist er für einen Schauspieler zu weich«, fuhr Vern fort. »Typen wie er schaffen's keine fünf Minuten in der Branche. Und mal ehrlich: Bin ich eigentlich der Einzige, der ihn manchmal ein bisschen *eklig* findet?«

Filippa zuckte zusammen.

»So was kannst du noch nicht sagen!«, sagte sie unter Herzklopfen, aber niemand reagierte darauf.

»Und Russell?«, fragte jemand, und Russell, der mit in der Runde saß, gab die erste Antwort selbst.

»Da solltet ihr mal meine Ex hören«, sagte er.

»*Ich* sage, du bist scheißalt«, sagte Relic. »Und so hässlich, wie Samson fett ist.«

»Ihr werdet euch noch wundern!«, sagte Samson. »Ich werde mehr Jobs bekommen als ihr alle zusammen. Dicke Kerle brauchen sie immer.«

Filippa mochte nicht mehr zuhören und war immer noch empört darüber, wie Vern von Paul gesprochen hatte. Paul wirkte vielleicht ein bisschen eigen und verschlossen, aber sie ahnte, dass er damit nur seine angeborene Schüchternheit überspielen wollte. Und wahrscheinlich auch die Intelligenz, die ihm schon in der Schule nur Ärger mit seinen Mitschülern eingetragen hatte. Und dann »eklig«? Jemanden eklig zu nennen war so brutal und in Pauls Fall außerdem so fies, dass es garantiert niemand aus der Runde je wieder vergessen würde. Plötzlich wollte Filippa nur nach Hause in ihre Wohnung in Kentish Town.

»Ruth nicht zu vergessen«, seufzte Vern. »Das Einzige, worüber sie die ganze Zeit redet, ist ihr verdammter Fußball. Vielleicht glaubt sie ja, dass es sie für unsereinen interessant macht, aber du liebe Zeit, das tut es genau nicht!«

»Was will sie eigentlich an der RoyDram, wenn sie viel lieber Fußball spielen würde?«, fragte Relic.

Filippa war froh zu sehen, dass Ruth immer noch an dem einarmigen Banditen spielte und zum Glück nicht wissen konnte, dass und wie gerade über sie gesprochen wurde.

»Und Filippa?«

Die Stimme kam von ganz nah. Es war die von Anna. Filippa klammerte sich an ihr Glas und versuchte, möglichst unbeteiligt auszusehen.

»Manchmal scheint sie zu schrumpfen.«

»Und sie ist komisch«, sagte Vern und lächelte mit dem Mund, aber nicht mit den Augen. »Komisch und anstrengend. Was wahrscheinlich daran liegt, dass sie Ausländerin ist.«

»Sie hat keinen Humor. Oder eben einen ausländischen.«

»Sie vergisst gern das ›please‹.«

»Und kann ganz schön nerven.«

Dass sie in ihrer Anwesenheit in der dritten Person von ihr sprachen, ließ Filippa erschauern.

»Aber wir lieben sie trotzdem«, sagte Anna und umarmte sie.

Filippa lächelte, während sie einen Brechreiz aufsteigen spürte. Komisch. Anstrengend. Hat keinen Humor. Vergisst gern das »please« und nervt.

Nach einer halben Stunde fand sie, es sei genug Zeit vergangen, dass niemand mehr auf die Idee kommen konnte, sie breche wegen des vorangegangenen Gesprächs als Erste auf. Die Runde hatte längst das Thema gewechselt und redete jetzt darüber, wer in dem Brecht-Stück welche Rolle bekommen sollte.

Noch den ganzen Heimweg über musste Filippa an die blutrünstige Stimmung denken, die so plötzlich unter ihnen geherrscht hatte. Immer wieder fielen ihr die hässlichen Dinge ein, die über Gareth, Paul, Russell, Ruth und eigentlich alle, sie selbst eingeschlossen, gesagt worden waren. Wie hatte sie jemals eine fast schon leidenschaftliche Liebe für diese Klasse empfinden können? Wie hatte sie glauben können, dass sie eine coole verschworene Gemeinschaft waren? Dass die anderen ihre Freunde waren und sie mochten?

Sie ging mit schnellen Schritten die Kentish Town Road hinunter, und es kam ihr selbst so vor, als versuchte sie, sich so schnell und weit wie möglich von der RoyDram und ihrer Klasse zu entfernen. Sie rannte fast. Und hasste Vern, der eine eben noch so positive Stimmung in eine negative umgebogen hatte. Sie fühlte sich erniedrigt und war dennoch froh, dass sie mit in den Pub gegangen war, weil sonst womöglich noch schlechter über sie gesprochen worden wäre.

Filippas Hände zitterten immer noch vor Zorn, als sie sich aus fünf Fischstäbchen, einer Ofenkartoffel und zwei rohen Möhren ein Abendessen zubereitete. Als sie eben damit fertig war, kam Bridget mit mehreren vollen Einkaufstüten nach Hause. Draußen war es schon dunkel, und Bridgets glänzende dünne Zöpfe und ihr nasser Mantel verrieten, dass es zu regnen begonnen hatte.

»Wie nennt sich das?«, fragte sie mit einem Blick auf Filippas Teller. »Das garantiert leckerste Abendessen der Welt?«

Filippa heulte daraufhin so heftig los, dass sie das Gesicht in den Händen vergraben musste, und Bridget stellte erschrocken die tropfenden Tüten ab.

»Aber Liebes!«, sagte sie. »Ich hab's doch nicht böse gemeint. He, Filippa!«

Aber Filippa heulte weiter.

»Du isst manche Sachen nur so komisch zusammen«, sagte Bridget und tätschelte ihr den Rücken. »Entschuldige! Es war wirklich nur ein dummer Scherz.«

Filippa schüttelte den Kopf, schaffte es aber doch, sich wieder ein bisschen zu sammeln.

»Entschuldigung«, sagte sie. »Es liegt nicht an dir. Es war einfach nur ein langer Tag.«

Bridget tätschelte ihr weiter den Rücken.

»Du siehst auch müde aus«, sagte sie.

»Bonkers«, sagte Filippa.

Dann aß sie, während Bridget ihre Tüten auspackte. Die Kartoffel war zu kurz im Ofen gewesen und in der Mitte noch nicht gar, und die rohen Möhren schmeckten, als hätten sie nicht Tage, sondern Wochen vor dem Gemüseladen in der Kentish Town Road gelegen und dabei sämtliche Abgase Londons in sich aufgesogen. Denkbar wäre das durchaus gewesen.

21

Filippa fragte sich, ob irgendwas mit ihr nicht stimmte, weil sie sich trotz allem über die Nachricht freute, dass sie sich für das Brecht-Stück Kostüme aus dem Fundus der RoyDram ausleihen durften. Sie würde sich verkleiden dürfen. Verkleiden!

»Hallo! Ich heiße Sheila«, sagte eine freundlich lächelnde dunkelhaarige Frau mit einem Maßband um den Hals.

Filippa streckte die Hand aus.

»Filippa. Hallo«, sagte Filippa. »Geoffrey hat mich hergeschickt, damit ich mir die Kleider der Gouverneursfrau anschaue.«

Sie hatten endlich ihre Rollen zugeteilt bekommen, und Filippa war überrascht gewesen, dass sie die Gouverneursfrau spielen sollte, die eine mittelgroße und ziemlich wichtige Rolle war.

»Komm rein!«, sagte Sheila.

Mit pochendem Herzen ging Filippa durch die dunkelgrüne Tür mit dem Schild »Kostümschneiderei« im Keller der Roy-Dram.

»Ist es das erste Mal, dass du hier unten bist?«, fragte Sheila.

Filippa nickte. Der Raum, den sie betrat, war klein, und als sie sich umschaute, sah sie zwei Nähmaschinen, einen Schreibtisch voller Papierkram und Mappen, eine Ankleidepuppe ohne Kopf, eine Menge Bilder, Fotos und Postkarten an den Wänden und ein kleines Radio, das leise Musik spielte. Auch wenn es darin keine Fenster gab, war es einer der gemütlichsten Räume, die Filippa je gesehen hatte.

»Ich schließe hier so lange zu, dann haben wir Ruhe«, sagte Sheila. »Komm mit!«

Bevor sie den Raum verließen, machte sie das Radio aus und griff sich einen großen Schlüsselbund. Sie schloss die Tür ab, und sie gingen zusammen den langen Kellergang entlang. Die Luft war warm, und außer ihren hallenden Schritten war kein Laut zu hören. Sie passierten Türen mit faszinierenden Aufschriften: »Männer 1600–1800«, »Frauen um 1800«, »Perücken und Hüte«, »Lose Körperteile« oder »Männer – Erster und Zweiter Weltkrieg«. An der Tür, vor der sie anhielten, stand »Frauen 1900–1950«. Sheila schloss auf, suchte ein paar Sekunden nach dem Lichtschalter und knipste das Licht an. Der Raum wurde hell, und Filippa traute ihren Augen nicht. In zehn, wenn nicht fünfzehn Meter langen Reihen hing ein Kleid neben dem anderen. Die Lampen an der Decke surrten, als wollten sie sich beschweren, dass man sie geweckt hatte.

»Ich erinnere mich doch richtig: Geoffrey möchte, dass das Stück in den Dreißigerjahren spielt?«, fragte Sheila.

Filippa kam sich vor wie das Snorkfräulein in *Sturm im Mumintal*, wenn es all die schönen Kleider auf dem schwimmenden Theater sieht. Sie nickte und hätte vor Glück platzen können. Fast anderthalb Jahre war sie jetzt schon an der RoyDram, und endlich hatte sie den Weg zu diesem Goldschatz im Keller gefunden.

Während Sheila zwischen den Reihen verschwand, strich Filippa vorsichtig über ein dunkelblaues Samtkleid mit großen weißen Ärmeln, das sie aus dem Stück über die Hunger leidenden Iren kannte. Sie wollte für immer hierbleiben. Sie wollte jedes Kleid im Raum anprobieren. Es hatte Augenblicke des Zweifels gegeben, ob die Schauspielerei und die RoyDram das Richtige für sie waren, aber jetzt zweifelte sie nicht mehr. Das hier war der Grund, warum sie Schauspielerin werden wollte: Sie würde sich verkleiden dürfen!

»Wie gefällt dir das?«, fragte Sheila und zeigte ihr ein langes hellgrünes Abendkleid aus einem seidenweich fließenden Material. »Wir könnten es mit einem falschen Pelz und einer Perlenhalskette kombinieren ...«

Es war fast zu viel für Filippa. Ein langes Abendkleid! Ein falscher Pelz! Eine Perlenkette! Alles mit großen Ausrufezeichen. Das ganze Leben wäre von nun an ein großes Ausrufezeichen!

»Ja, sicher«, sagte sie im Flüsterton.

»Okay, dann schauen wir nach passenden Schuhen«, sagte Sheila.

Sie gingen in einen anderen Raum, an dessen Tür »Frauen – Schuhe« stand.

Auf meterlangen frei stehenden Regalen standen dort, nach Größen sortiert, alle nur vorstellbaren Damenschuhe. In dem Raum hing allerdings auch ein starker Körpergeruch, und Filippa bemerkte außen an den Wänden mehrere gelb-rote Rattenfallen.

»Schau mal, ob die hier passen!«, sagte Sheila und hielt ihr ein paar weiße Schuhe mit hohen Absätzen hin.

Filippa zog die Schuhe an und betrachtete ihre Füße in einem Spiegel neben der Tür.

»Sie sind perfekt«, sagte sie, obwohl ihr die Schuhe eigentlich ein bisschen zu klein waren. Sie wollte sich den schönen Augenblick nicht mit kleinlichen Klagen kaputt machen.

»Ausgezeichnet«, sagte Sheila. »Dann bring ich dir alles zum Kleiderständer am Ende des Flurs. So könnt ihr die Kostüme auch holen, wenn ich mal nicht hier bin und euch aufschließen kann. Der Name des Stücks steht drangeschrieben.«

»Danke«, sagte Filippa.

»Viel Glück bei den Proben!«, sagte Sheila und lächelte.

»Danke!«

Filippa nahm nur deshalb die Treppe nach oben, weil Sheila es bestimmt gemerkt hätte, wenn sie einfach im Keller geblieben und für immer in einen der Räume mit den Kostümen eingezogen wäre. Aber das wunderbar warme und leicht schwindelerregende Gefühl, das ihr die Kleider beschert hatten, würde sie sich noch für eine Weile bewahren. Eine vergleichbar unschuldig süße Freude hatte sie zuletzt als Kind verspürt, wenn sie davon träumte, sich für eine ganze Nacht in einer Schokoladenfabrik einschließen zu lassen.

Filippa überlegte. Die Probe lief zwar schon, aber sie selbst hatte noch ein paar Stunden Zeit. Geoffrey ließ mit Szenen beginnen, in denen die Gouverneursfrau nicht dabei war, und sie hätte zwar zuschauen können, hatte aber keine Lust dazu. Sie wollte Anna, Vern und die andern jetzt nicht treffen, nicht in der Hochstimmung, in der sie sich befand.

Filippa verließ das Gebäude und ging quer über die Straße in die Bibliothek. Ihr war eingefallen, dass es dort Sessel und sogar ein großes weiches Sofa gab – der ideale Ort, wenn man ungestört sein wollte. Doch als sie ankam, saß schon jemand auf dem Sofa und las.

»Hallo«, sagte Filippa.

Paul sah auf.

»Hallo«, sagte Paul und lächelte.

»Ich wusste gar nicht, dass du eine Brille trägst.«

»Nur zum Lesen.«

Filippa setzte sich in einen der Sessel neben dem Sofa. Paul nahm vorsichtig die Brille ab und faltete sie zusammen.

»Paul, möchtest du eine Tasse Tee?«, rief jemand aus dem Raum nebenan.

Filippa erkannte die Stimme der Frau, die ihnen in der ersten Woche die Bibliothek gezeigt hatte und so unglaublich stolz auf die darin verwahrte Videosammlung Freddie Mercurys gewesen war.

»Nein, danke, Elsie!«

Irgendwo wurde eine Tür geschlossen.

»Ich wusste gar nicht, dass man in der Bibliothek so laut sein darf«, sagte Filippa. »Und schon gar nicht, dass sie einem Tee servieren.«

Paul lächelte noch ein bisschen mehr.

»Normalerweise ist ja außer Elsie oder Fran und mir niemand da«, sagte er.

Filippa schaute sich in dem stillen, gemütlichen Raum voller Bücher und Zeitungen um und fragte sich, warum sie nicht schon öfter hierhergekommen war. Zwischen Büchern konnte man sich geborgen fühlen. Sie waren wie Freunde, von denen man immer wusste, wo sie sich aufhielten, und auf die man sich verlassen konnte.

»Wann hast du deine Probe?«, fragte Paul.

»Auf dem Plan steht halb vier«, sagte Filippa.

»Weißt du, was man über halb vier sagt?«, fragte Paul, der überhaupt nicht mehr aufhörte zu lächeln.

Filippa schüttelte den Kopf.

»Dass es die schlimmste Zeit des Tages ist – noch zu früh,

um was abzuschließen, und zu spät, um noch was anzufangen.«

Filippa musste lachen.

»Bist du so nett und erzählst das auch Geoffrey?«, sagte sie. »Gestern hab ich drei Stunden gewartet, dass wir meine Szene proben, und dann haben wir's nicht mehr geschafft. Übrigens, wie geht's deiner Mutter?«

Paul schaute auf die Brille, die er immer noch in der Hand hatte. »Schlechter.«

Mehr sagte er nicht, und Filippa spürte, dass es besser war zu schweigen, als krampfhaft nach den richtigen Worten zu suchen. Sie schaute Paul ruhig an. Eigentlich gab es eine Menge Dinge, die sie ihn gern gefragt hätte. Zum Beispiel wie ihm die RoyDram gefiel. Oder wie er ihre Klasse sah. Dass er nie Kommentare über andere abgab, war einer der Gründe, die es angenehm machten, mit ihm zusammen zu sein. Paul würde nie über jemand herziehen, und Filippa schämte sich fast ein bisschen dafür, dass sie ihn mit den anderen auf eine Stufe hatte stellen wollen.

Paul schaute wieder auf und fragte: »Soll ich deine Szene mit dir durchgehen?«

»O ja, gern«, sagte sie. »Ich meine, nur wenn's dir nichts ausmacht natürlich.«

»Überhaupt nicht«, sagte Paul. »Und das hier ist der ideale Platz. Wo sowieso nie jemand herkommt, können wir so laut sein, wie wir wollen.«

Den Rest der Zeit bis halb vier saßen sie zusammen in der Bibliothek und probten Filippas Szene. Und wie es der Zufall wollte, hatte diesmal auch Geoffrey Zeit für sie, als sie auf die Minute pünktlich ins Schauspielstudio kam.

22

»Im Fernsehen ...«, sagte Anna und hatte dabei etwas Lüsternes im Blick, »... im Fernsehen liegt der Ruhm. Und das Geld.«

Die Mädchen saßen in der Cafeteria und warteten auf den Beginn der nächsten Unterrichtsstunde. Anna hatte sich gerade eine zweite Tasse Tee gekauft, Ruth lag auf einer der Holzbänke ausgestreckt, und Filippa stützte den Kopf in die Hände und versuchte verzweifelt, die Augen offen zu halten. Obwohl die Cafeteria fast menschenleer war, war es laut. Die Uhr an der Wand tickte, der Getränkeautomat brummte, und der Wasserautomat an der Tür ließ in regelmäßigen Abständen ein Gurgeln hören. Draußen ging ein Schneeregen nieder, der die Stadt noch hässlicher aussehen ließ als sowieso schon, anstatt sie gnädig unter einer weißen Decke zu verstecken.

Ein ziemlich gut aussehender Schüler aus dem ersten Jahr kam eine Flasche Wasser kaufen, und Filippa fragte sich müde, ob sie sich nicht in ihn verlieben sollte, um wenigstens einen Funken Romantik in ihr Leben zu bringen. Gleich darauf wanderten ihre Gedanken wieder einmal zu Alec. Sollte sie ihm eine harmlose kleine SMS schreiben, um zu sehen, wie er reagierte?

»Meinst du, es macht wirklich so einen großen Unterschied, ob man Theater spielt oder im Fernsehen auftritt?«, fragte Ruth.

Anna schaute sie ungehalten an.

»Denk doch nur mal logisch!«, sagte sie. »Wenn du Theater

spielst, sitzen vielleicht 25 Personen im Publikum. Wenn du Glück hast, vielleicht sogar ein paar Hundert. Und im Fernsehen sehen dich Millionen! *Darum* werden die Schauspieler im Fernsehen so viel besser bezahlt. Bei den Hauptdarstellern in *Friends* war's eine Million pro Folge. *Eine Million!*«

»Aha«, sagte Ruth, die sich jetzt aufsetzte. Sie reckte die Arme über den Kopf und gähnte wie ein Nilpferd.

Anna schaute immer noch ungehalten.

»Du kriegst bestimmt einen Job im Fernsehen«, sagte sie.

Filippa und Ruth hoben gleichzeitig die Brauen. Anna machte selten Komplimente.

»Wenn sie da was brauchen, sind es süße mollige Mädchen«, fuhr sie fort. »Du könntest sogar noch zulegen, dann wärst du *noch* gefragter. Samson hat recht, wenn er sagt, dass sie beim Fernsehen jede Menge Dicke brauchen.«

Filippa sah, wie Ruths linkes Auge zuckte. Sie war eins der letzten Mädchen, die mittags noch Pommes aßen.

»Ich find's bewundernswert, echt«, sagte Anna.

»Was?«, fragte Ruth.

»Dass du dir überhaupt keinen Kopf darüber machst, was du isst«, sagte Anna. »Und dein Körper! Himmel, ich wünschte, ich könnte auch so sein. Das Leben wäre so viel einfacher.«

»Ich mach mir schon Gedanken, wie ich aussehe«, sagte Ruth leise.

Aber Anna hatte sich schon Filippa zugewandt.

»Übrigens find ich's genauso bewundernswert, dass du manchmal immer noch Nachtisch isst«, sagte sie.

»Entschuldigung?«

»Ich selbst genehmige mir seit Weihnachten nur noch getrocknete Aprikosen«, sagte Anna.

»Ich finde das Leben schon deprimierend genug, da brauch ich nicht noch die Selbstkasteiung mit Salat und nach Pappe schmeckenden Reiswaffeln«, sagte Filippa leicht genervt.

In der Lunchpause an dem Tag bemerkte Filippa, dass Ruth fehlte. Das argentinische Mädchen erzählte später, sie habe Ruth allein im House of Pizza an der Warren Street sitzen und mit Heißhunger zwei Pizzen hintereinander in sich hineinstopfen sehen.

»Wir sind in derselben Gruppe! Wir sind in derselben Gruppe!«, jubelte Anna und schlang die Arme um Filippa.

Die Klasse stand vor dem Schwarzen Brett und studierte eine Liste, die Donatella dort hingehängt hatte. Es ging um Stücke, die in unterschiedlichen Gruppen fürs Fernsehen umgesetzt werden sollten.

»Ja!«, jubelte Filippa, und sie hüpften zusammen auf und ab.

Dann schaute sich Filippa die Liste genauer an, und ihre Freude wurde etwas getrübt, als sie sah, dass die beiden anderen in ihrer Vierergruppe Vern und Gareth waren.

»Und wir machen *Look Back in Anger*«, jubelte Anna. »Das ist ein Klassiker! Vern! Gareth! Ihr seid auch in meiner Gruppe! Wir machen *Look Back in Anger*!«

Gareths Augen wurden doppelt so groß.

»Den Oasis-Song?«, fragte er mit zittriger Stimme.

Vern boxte ihn auf den Arm.

»Der Oasis-Song heißt *Don't Look Back in Anger*, Blödmann! Das hier ist *Look Back in Anger* von John Osborne. – Und wen spiel ich?«

»Jimmy. Und ich Alison«, sagte Anna.

Die beiden Hauptrollen waren: Jimmy und Alison. Filippa und Gareth würden die kleineren Rollen spielen, Helen und

Cliff. Helen war Alisons beste Freundin, und ihre Persönlichkeit stellte sich als ungefähr so aufregend heraus wie spülwasserfarbene Tapete. Filippa fragte sich, ob so wohl auch ihr restliches Berufsleben aussehen würde.

Das Fernsehprojekt war dann auch sonst nicht so lustig, wie Filippa gehofft hatte. Es begann mit fürchterlichen Probeaufnahmen, bei denen immer nur ihre Gesichter und Körper aus der Nähe gefilmt wurden, damit sie sahen, wie sie auf dem Bildschirm wirkten. Filippa selbst hätte sich beim Betrachten der Bilder die Ausstrahlung und Schönheit einer Tüte Innereien bescheinigt und verfluchte insgeheim Verity und ein paar andere, die dabei jetzt schon wie Filmstars rüberkamen. Ihre eigene Stimme zu hören war ungefähr so genussvoll, wie Glassplitter zu schlucken, und tröstlich war nur, dass sie offensichtlich nicht die Einzige war, der es so erging.

»Ich hör mich an wie Minnie Maus«, sagte Ruth den Tränen nah. »Warum hat mir nie jemand gesagt, dass ich mich wie Minnie Maus anhöre?«

»Was soll *ich* da sagen?«, sagte Samson entsetzt. »Ich hör mich genauso an.«

Auf die Kameraproben folgte eine endlose Zeit des Wartens in einem glühend heißen Studio, während der die Schüler des Fernsehzweigs – schmale Jungs mit Jeansjacke und Pferdeschwanz / Mädchen mit Brille und Pferdeschwanz – immer neue winzig kleine Änderungen an den Scheinwerfer- und Kameraeinstellungen vornahmen.

»Hör auf damit, Gareth!«, fauchte Anna.

Sie saßen in ihren Kostümen in dem Raum im Fernsehstudio, der Alisons und Jimmys Wohnung darstellen sollte, und die Scheinwerfer strahlten eine Hitze ab, dass es kaum noch auszuhalten war. Filippa schwitzte so sehr, dass das weiße Jäckchen aus dem Fundus schon länger die Körpergerüche vergangener Schülergenerationen absonderte. In der Szene, die sie irgendwann spielen sollten, aßen Alison, Jimmy, Cliff und Helen zu Abend. Weil die vom Fernsehzweig sich aber kein ordentliches Essen leisten konnten, stand nur das billigste Toastbrot aus dem Supermarkt bereit, und Gareth hatte gerade begonnen, sich darüber herzumachen.

»Hör auf!«, sagte Anna noch mal. »Nachher ist nichts mehr für die Szene übrig!«

Gareth fuhr trotzdem fort, die kreideweißen Brotscheiben zusammenzufalten und sich in den Mund zu stopfen.

»Nur noch ein paar Minuten!«, sagte ein Jeansjackenjunge, dessen Gesicht von den Scheinwerfern verdeckt wurde.

»Schon gut«, sagte Filippa.

Anna stand vor einem Bügelbrett und hielt ein altmodisches Bügeleisen in der Hand, Vern saß ein Stück von ihr entfernt auf einem Stuhl und sah aus, als wäre er mit seinen Gedanken irgendwo weit weg, Gareth kaute mit vollen Backen, und Filippa fragte sich, ob sie sich statt in den gut aussehenden Jungen aus dem ersten Jahr nicht doch lieber in einen der Fernsehjungs verlieben sollte.

»Pst, Filippa!«, sagte Anna.

Filippa drehte sich zu ihr um und lächelte.

»Weißt du, was Donatella gestern nach der Stunde zu mir gesagt hat? Dass ich mit meiner Persönlichkeit ein Stück tragen kann und nach der Schule bestimmt gleich eine Menge gute Rollenangebote bekomme.«

»Ehrlich, Donatella? Glückwunsch!«, sagte Filippa und schaute wieder dorthin, wo die blendenden Scheinwerfer standen.

In ihrem Hals steckte ein mittelgroßer Kloß. Hatte Donatella das wirklich so gesagt? Meinte sie wirklich, dass Anna schon reif für Hauptrollen war und sie folgerichtig auch bald bekommen würde? Selbst wenn sie es nicht gesagt hätte, stimmte es ja. Anna war eindeutig die beste Schauspielerin in der Klasse, und Filippa war, wenn's hochkam, ihre langweilige beste Freundin. Sie gehörte zur selben Gruppe der Nebendarsteller wie der Toastbrotfalter Gareth.

»Okay, wir wären dann bereit für die Aufnahme!«, sagte einer der Fernsehjungs hinter der Kamera.

Filippa, Anna, Vern und Gareth erwachten wieder zu vollem Leben, und ein Fernsehmädchen sprintete in die Cafeteria, um einen Salat zu besorgen, damit sie das Abendessen nicht ganz simulieren mussten, denn Gareth hatte das trockene Toastbrot tatsächlich bis zum letzten Krümel aufgegessen.

»Hör zu, Alison!«, sagte Filippa.

Es war der Beginn der Szene, und Filippa spielte sie konzentriert und ohne einmal in den Text zu schauen.

»Mann, ich krieg meine Jeans nicht mehr zu!«, stöhnte Gareth hinterher beim Umziehen. »Und heute Abend hab ich ein Date. Warum habt ihr Fieslinge mich das ganze Brot aufessen lassen?«

An dem Tag ging Filippa den ganzen Weg nach Hause zu Fuß. Das tat sie manchmal, um sich über gewisse Dinge klar zu werden. Heute war es zum Beispiel Zeit, sich einzugestehen, dass sie auf eine Menge Menschen tödlich eifersüchtig war.

Zum Beispiel auf Mark Zuckerberg, weil der sich keinen Kopf zu machen brauchte, ob sein Studiendarlehen bis zum Monatsende reichte, wobei sie zugeben musste, dass ihr auch kaum etwas mit Facebook Vergleichbares eingefallen wäre. Oder auf Carrie Fischer, weil sie die Prinzessin Leia in *Die Rückkehr der Jedi-Ritter* hatte spielen dürfen. Hier war das Problem der Goldbikini, für den sie wohl nie infrage käme, weshalb auch die Hoffnung auf einen Retter wie Harrison Ford nicht realistisch war. Sie war eifersüchtig auf Mark Zuckerberg und Carrie Fischer. Und auf solche wie Anna. Vor allem auf Anna, die so unglaublich klug, interessant und begabt war. Jetzt hatte sie auch noch die ersten Hauptrollen so gut wie in der Tasche, und Filippa kriegte höchstwahrscheinlich die des Topfs, in dem auf der Bühne die Plastikpelargonien wuchsen. Aber noch war es nicht zu spät, Dinge zu ändern. Und es gab immer noch den Alkohol, in dem man seine Sorgen ertränken konnte.

»Heute Abend gehen wir aus«, sagte sie, kaum dass sie zu Hause angekommen war.

»Ich bin schon mit Keith verabredet«, sagte Malin. »Wir wollen ins Kino. Aber du kannst gern mitkommen, wenn du möchtest.«

Keith war Malins neuer Freund. Malins Freunde hießen immer entweder Keith oder Darren, und der neueste Keith würde sich wahrscheinlich bedanken, wenn Filippa sich mit einer Riesenpackung Popcorn und einer Tüte M&Ms zu ihnen setzte.

»Wenn *wir* was vorschlagen, hast du nie Lust«, sagte Bridget.

»Aber jetzt«, sagte Filippa.

»Und warum gehst du nicht mit ein paar von deinen Roy-Dram-Freunden aus?«

»Weil ich lieber mit euch zusammen bin«, sagte Filippa.

Bridget schüttelte den Kopf.

»Ich geh mit ein paar alten Klassenkameraden zum Essen«, sagte sie. »Warum rufst du nicht Louise an? Fürs Ausgehen ist sie immer zu haben.«

Bridget hatte vollkommen recht. Wie hatte sie nur Louise vergessen können? Louise, die eines Nachts so betrunken gewesen war, dass sie nicht mehr wusste, wo sie wohnte, und in ihrer Verzweiflung bei einer wildfremden alten Dame in Highgate klingelte und fragte, ob sie vielleicht dort übernachten dürfe. Am nächsten Morgen hatte ihr die alte Dame ein original englisches Frühstück mit gebratenen Tomaten und allem serviert, und zum Abschied bekam sie eine Zwanzig-Pfund-Note zugesteckt. Wenn Louise die Geschichte erzählte, machte sie gern die alte Dame nach, die jeden Satz dreimal wiederholte.

»Jaaa!«, schrie Louise ins Telefon, als Filippa anrief, und eine Stunde später saßen sie, jede mit einem Drink, in einer Bar an der Old Street. Die Wände in dem Lokal waren aus dunkelbraunem Holz, und sie hatten auf hohen Barhockern Platz genommen. Ohne groß darüber nachzudenken, hatte Filippa beschlossen, sich weder anmachen noch abschleppen zu lassen, normalerweise der Hauptgrund, weshalb man abends die Wohnung verließ. Sie wollte nur mit einer Freundin zusammen sein, die so gut wie nichts über das Theater, den Film und das Fernsehen wusste und der auch die Frage, wer wann die besten Rollen bekam, vollkommen gleichgültig war.

»Wovor hättest du mehr Angst: dass dich ein Roboter angreift oder ein Monster?«, fragte Louise.

Filippa dachte eine Weile darüber nach.

»Wahrscheinlich hätte ich mehr Angst vor einem Roboter«, sagte sie schließlich. »Ein Monster ist irgendwie menschlicher. Vielleicht könnte man sich sogar mit ihm hinsetzen und reden. Ihm klarzumachen versuchen, dass Gewalt etwas Falsches ist. Ein Roboter wäre zum Töten programmiert und Ende.«

»Genau!«, platzte es aus Louise heraus. »Genau das hab ich auch Odd klarzumachen versucht. Aber er begreift es nicht!«

Louise schüttelte traurig den Kopf.

»Er sagt, er würde lieber von einem Roboter als von einem Monster angegriffen werden«, fuhr sie fort. »Hab ich dir erzählt, dass sie bei der Arbeit die Räume c und d geöffnet haben?«

Filippa verneinte. Überhaupt schien ihr die Zeit, als sie Kolleginnen gewesen waren, unendlich weit entfernt. Ihre kurze Karriere als Wahrsagerin kam ihr inzwischen vor wie ein schöner einfacher Traum. Es war die Zeit, als sie sich noch nicht auf einem kalten, schmutzigen Boden herumwälzen musste, um ihre ominöse innere Stimme zu finden. Und als ihr nach der Abbuchung der Miete noch Geld übrig geblieben war.

»Sie haben eine Computer-Hotline drin untergebracht, aber für Vollpfosten«, sagte Louise. »Leute, die sich anderswo nicht anzurufen trauen, weil sie wissen, wie blöd ihre Fragen sind.«

»Und was sind das für Typen, die dort arbeiten?«

»Erst waren's nur ein paar von den indischen Mädchen, mit denen du gearbeitet hast. Sogar ich bin für einen Nachmittag eingesprungen, als sie mal zu wenig Leute hatten. War kein Problem. Die sagen den Anrufern nur, dass sie den Computer neu starten sollen, das funktioniert fast immer. Bei mir hat's jedenfalls immer funktioniert. Irgendwann haben die von der Firmenleitung nur gemerkt, dass die Leute es nicht mögen, wenn bei einer Computer-Hotline Mädchen drangehen. Sagen sie jedenfalls. Weil Männer, wenn's um Computer geht, angeblich glaubwürdiger sind. Das übliche vorsintflutliche Geblubber eben ...«

Als Filippa nach Hause kam, war es fast zwei Uhr nachts.

Trotzdem wachte sie am nächsten Morgen um halb sieben vollkommen ausgeruht auf. Louise und sie hatten beschlossen, von nun an öfter was zusammen zu machen.

»Du siehst so gut gelaunt aus«, sagte Anna, als sie später vor dem Fernsehstudio warten mussten.

Es war der letzte Tag, an dem sie vor der Kamera stehen würden. Ohne dass Filippa darum gebeten hätte, hatte Sheila das weiße Jäckchen gewaschen und gebügelt. Statt nach eingetrocknetem Schweiß roch es nur noch sauber und schwach nach weißen Lilien.

»Weil ich es bin«, sagte Filippa. »Das Leben ist schön.«

»Dann stimmt vielleicht gleich mein Timing nicht«, fing Anna an.

»Timing wofür?«

»Um dir zu erzählen, dass ich mich mit Alec treffe.«

23

Weil kurz darauf das Fernsehstudio geöffnet wurde und sie gleich ihre Positionen einnehmen sollten, konnten Filippa und Anna ihr Gespräch nicht fortsetzen. Anna stellte sich ans Bügelbrett und warf Filippa, die neben Gareth am Tisch saß, nervöse Blicke zu.

Filippa starrte erst geradeaus und versuchte sich dann ganz auf die Szene zu konzentrieren, aber die darauffolgenden Stunden waren mit die längsten und quälendsten, die sie je erlebt hatte. Sie spielte ein paarmal in die falsche Kamera, und zweimal mussten ihr die Pferdeschwanzmädchen helfen, weil sie ihren Text vergessen hatte.

Als sie endlich wieder ihre normalen Kleider anziehen durften, fragte Anna leise: »Können wir nicht in den Pub gehen und reden?«

Filippa nickte und schwieg auch dann noch, als sie schon an einem der Tische des The Dogs & Partridge Platz genommen hatten. Anna ging zur Theke und brachte einen Whisky mit Ginger Ale, den sie vor Filippa auf den Tisch stellte.

»Mag ich jetzt nicht«, grummelte Filippa und bereute noch im selben Augenblick, dass sie sich wie eine Dreijährige aufführte. Vielleicht sollte sie versuchen, das Kind mit bunten Bällchen und Kinderzeitschriften in sein Zimmer zurückzulocken.

»Was möchtest du denn sonst?«, fragte Anna vorsichtig.

»Mineralwasser«, sagte Filippa.

Sie trank nie Mineralwasser, einfach weil sie es nicht mochte, aber es erschien ihr als genau das, worum man in so einer Situation bat.

Nach kaum einer Minute kam Anna mit einem Glas zurück, in dem das Wasser sprudelte und zischte.

Filippa schwieg hartnäckig weiter.

»Erinnerst du dich, dass ich letzte Woche ein Stück im Young Vic gesehen habe?«

Filippa nickte.

»Ich schwöre, dass ich's vorher nicht wusste, aber Alec hat in dem Stück mitgespielt.«

Alec. Schon seinen Namen zu hören machte Filippa traurig. Aber natürlich freute sie sich auch, dass ihn ein so bedeutendes Theater wie das Young Vic engagiert hatte. Alec. Mit dem Filippa aus welchem Grund noch mal Schluss gemacht hatte?

»Hinterher ist er dann in den Pub gekommen, in den die vom Vic immer gehen, und wir haben geredet. Ja, und jetzt treffen wir uns. Heute Abend.«

Für eine Weile saßen sie einander schweigend gegenüber. Filippa starrte auf das Wasser, das immer noch sprudelte.

»Ich finde, wir sollten uns wie Erwachsene benehmen, darum wollte ich's dir nicht verheimlichen«, sagte Anna schließlich. »Mir geht's auch schon den ganzen Tag richtig schlecht. Oder eigentlich schon die ganze Woche.«

Genau da begann Filippas Hass auf Anna. Sie hasste sie, weil sie sich zum Opfer stilisierte, obwohl sie in Wirklichkeit die Täterin war.

»Dann triff ihn eben nicht«, sagte Filippa. »Kann ja kein so großes Problem sein.«

»Ich muss«, sagte Anna, als wäre sie als eine unter Tausenden für eine Reise zum Mond ausgesucht worden. Oder für den Kampf gegen Naziterroristen.

Filippa stand auf und nahm ihre Tasche.

»Viel Spaß dann!«, sagte sie und wollte gehen.

»Filippa! Nicht!«

Anna packte sie am Arm, und Filippa sah überrascht, dass sie weinte. Ein paar aus dem ersten Jahr schauten neugierig vom Nachbartisch herüber.

»Sag, dass wir Freundinnen bleiben! Wir bleiben doch Freundinnen?«

Filippa war fassungslos. Was machte Anna da? Und wo waren die vom Fernsehzweig, die ihren Auftritt filmten?

»Filippa, bitte, bitte …!«, schluchzte Anna mit von Tränen nassen Wangen.

Filippa entwand sich ihrem Griff.

»Hör auf mit dem Schmierentheater!«, sagte sie und ging.

Als sie sich am nächsten Morgen begegneten, redete Filippa kein Wort mit Anna. Anna sah ein bisschen blasser und müder aus als sonst, und Filippa hoffte von Herzen, dass es die Nachwirkungen ihres starken gestrigen Abgangs waren. Mit ihrem tödlichen letzten Satz hatte sie ausnahmsweise genau das Richtige im richtigen Moment gesagt. Normalerweise fiel ihr so was nämlich erst Stunden später ein, wenn sie sich im Bett herumwälzte und vor Wut nicht schlafen konnte.

»Habt ihr euch gestritten, Anna und du?«, fragte Ruth, als sie vorm Beginn der Fechtstunde ihre Dehnübungen machten.

Filippa nickte.

»Sie hat sich gestern mit Alec getroffen«, sagte sie.

»Oh!«, war alles, was Ruth dazu sagte, auch wenn Filippa noch eine Weile auf einen ausführlicheren Kommentar wartete.

Ruth dehnte ruhig die Arm- und dann die Nackenmuskulatur.

»Ich kapier's nur nicht«, sagte Filippa, die Augen starr auf das Blatt mit den Fechtanweisungen gerichtet, das Ronnie ihnen vor der Stunde gegeben hatte. »Ich kapier auf einmal überhaupt nichts mehr.«

Sie starrte weiter auf das Blatt.

Person A	Person B
Turn L.Tondo dir	Parry 4te dagger
Duck	Slice R > L
Up riposte dir > chest	1me dag/sidebackstep L.
Low sword/duck	Step L. fend riv
2 hand push to floor	Lean forward/present head
L.hand push to head	Fall back

Ruth vertiefte sich jetzt ebenfalls in die Anweisungen und ging sie, noch ohne Waffe, Schritt für Schritt durch.

»Ist eigentlich nicht so schwer, wie's aussieht«, sagte sie. Und dann zu Filippa: »Komm, wir legen los!«

Um sie herum hatten die anderen schon angefangen.

»Erst die zwei Lektionen von letzter Woche«, sagte Ruth. »Danach dann das hier.«

»Ich krieg das alles nicht in meinen Kopf«, stöhnte Filippa.

In Gedanken ausschließlich bei Anna und Alec griff sich Filippa einen Dolch und einen Degen und nahm vor Ruth Aufstellung. Dann attackierte sie Ruth von links mit dem Dolch, und Ruth sprang zur Seite. Anna und Alec. Hatten sie sich geküsst? Waren sie miteinander im Bett gewesen? Ruths Angriff mit dem Degen kam genau von vorn, und Filippa parierte ihn mit dem Dolch. Wann würden sie sich wieder treffen? Heute Abend? Filippa griff ihrerseits mit dem Degen an. Anna und Alec. Sogar ihre Namen passten zusammen!

Ruth starrte sie an.

Ruth starrte sie so seltsam an.

Ruth starrte sie mit vor Schreck geweiteten Augen an.

Warum tat Ruth das?

Sie kämpften nicht mehr.

Warum kämpfen sie denn nicht mehr?

»Guter Gott!«, rief Ronnie und kam auf sie zugestürzt. »Bist du okay?«

Ruth fasste sich an den Hals und starrte dann auf ihre Hand. Zweimal Blut: am Hals und an der Hand.

»Ich ... ich ... glaub schon«, stammelte sie.

Filippa ließ ihren Degen und ihren Dolch fallen und schlug die Hände vor den Mund.

»O nein, Ruth!«, rief sie. »O Gott! Das tut mir so leid! O Gott! O Gott! Was hab ich getan?«

Die ganze Klasse hatte aufgehört zu kämpfen und starrte zu ihnen her.

»Es ist nur ein Kratzer«, sagte Ruth. »Das macht nichts.«

»Du da, bring Ruth zur Schulschwester im ersten Stock!«, sagte Ronnie zu einem der Mädchen. »Alle anderen machen da weiter, wo sie aufgehört haben! Hier gibt's nichts zu sehen. An die Arbeit!«

Ruth und das Mädchen verließen den Raum, und nach und nach fingen alle wieder an zu fechten. Aber immer wieder schielten sie zu Filippa hin, die wie eine Statue noch am selben Fleck stand. Einmal machte Anna ein paar Schritte auf sie zu, als wollte sie etwas zu ihr sagen, doch dann machte sie kehrt und ging wieder zurück zu ihrer Fechtpartnerin. Vern und Relic tuschelten miteinander und brachen dann in Lachen aus. Paul war der Einzige, der zu ihr kam. Er legte ihr die Hand auf den Arm und fragte:

»Filippa, bist du okay?«

Sie schüttelte den Kopf.

»Es war ein kleiner Unfall«, sagte Paul. »Das hätte jedem von uns passieren können.«

»Ruth wird mich hassen«, flüsterte Filippa.

»Niemand wird dich hassen«, sagte Paul.

Filippa starrte teilnahmslos ins Leere.

»Ich hab sie fast geköpft. *Alle* werden mich hassen.«

»Niemand hier wird dich hassen. Und selbst wenn, gibt's immer noch jemanden, der das *niemals* tun wird.«

Filippa sah Paul an.

»Meine Mutter?«, fragte sie.

»Sie vielleicht auch nicht, stimmt«, sagte Paul und lächelte. »Aber ich rede von mir. *Ich* werde dich nie hassen, versprochen.«

Dann näherte sich Ronnie.

»Paul, Gareth wartet auf dich«, sagte er verärgert. »Und du, geh zur Schulkrankenschwester und sieh nach, wie es Ruth geht! Du warst unaufmerksam und leichtsinnig, Filippa. Das ist inakzeptabel. Geh jetzt!«

»Schon gut«, sagte Filippa mit Tränen in den Augen.

»Mach dir keine Sorgen!«, sagte Paul und drückte schnell noch ihre Hand, bevor er wieder zu Gareth zurückging.

Auf dem Weg zur Schulschwester machte sich Filippa darauf gefasst, das Blut wie eine Fontäne aus Ruths Hals spritzen zu sehen, doch als sie mit schweren Schritten dort ankam, klebte die Schwester gerade zwei Pflaster über die Wunde, die sich weder als besonders tief noch als lebensbedrohlich erwiesen hatte.

»Ruth, es tut mir so leid«, brachte Filippa gerade noch heraus, bevor sie heulen musste.

»Jetzt heul doch nicht!«, sagte Ruth. »Es ist nicht schlimm, und ich weiß doch, dass du's nicht gewollt hast.«

Aber Filippa war untröstlich. Am Ende war sie es und nicht Ruth, der die Schulschwester zwei Beruhigungspillen verordnete.

24

»Dekadenz!«, rief der großgewachsene neue Lehrer, der ihnen Molière und den Klassizismus nahebringen sollte. »Der französische Klassizismus handelt von Dekadenz. Wir sind gelangweilt! Wir haben gerade mehrere Jahre hinter uns, in denen das Theater wie überhaupt alles, was Spaß macht, verboten war. Aber jetzt haben wir einen neuen König. Neue Regeln! Neue Möglichkeiten! Wir wollen feiern. Wir leben in der Gegenwart. Ich bin der Mittelpunkt des Universums. L'État, c'est moi. Wir tratschen, wir sind neugierig, wir sind immer in der Stadt und nie draußen auf dem Land, wir vergessen leicht, aber wir vergeben nie.«

Im hell-nüchternen Bewegungsstudio gingen 25 Schülerinnen und Schüler herum und taten so, als befänden sie sich tief im 17. Jahrhundert in einem der riesigen goldglänzenden Räume Versailles. In den Strahlen der Nachmittagssonne tanzte glitzernd der Staub, und aus der Stereoanlage erklang höfische Musik. Der großgewachsene neue Lehrer stampfte mit einem langen Stock auf den Fußboden und rief:

»Die Damen denken daran, dass sie Korsetts tragen, und halten den Rücken gerade! Noch gerader, bitte!«

Filippa korrigierte ihre Haltung und fühlte sich schön und attraktiv wie lange nicht mehr.

»Und Sex!«, rief der Lehrer. »Wir *lieben* Sex! Wir denken ständig an Sex. Wir reden ständig darüber. Wir wollen genießen. Wir verabscheuen Kinder, aber leider muss die Welt nun mal bevölkert werden. Und denkt daran, dass die Jagd wichtiger ist als der Akt an sich! Zügellosigkeit wird bei Frauen geduldet und von Männern erwartet. Vergesst nicht den Augenkontakt! Sex! Wir wollen spielen. Wir wollen verführen. Wir wollen verführt werden. Wir sind verrucht und wollen es auch sein!«

Als Paul und sie einander begegneten, nahm er ihre Hand, beugte sich darüber und küsste sie. Filippa durchfuhr ein wohliger Schauer, aber sie tat beleidigt und zog die Hand zurück.

»Nicht so draufgängerisch, mein Herr!«

»Ich konnte nicht widerstehen, Mademoiselle«, sagte Paul mit einem Lächeln.

Dann war er auch schon weiter, und Filippa fand sich unverhofft Anna gegenüber. Sie machte, schneller als Anna den Mund öffnen konnte, einen Schwenk nach links und stieß um ein Haar mit Samson zusammen. Es war Wochen her, dass Anna von ihrem Date mit Alec erzählt hatte, und sie hatten immer noch nicht miteinander gesprochen.

»Und jetzt geht bitte raus!«, rief der Lehrer. »Raus!«

Verdutzt blieb die ganze Klasse stehen.

»Raus auf die Straße! Nehmt eure Sachen und verlasst das Gebäude! Wir gehen alle in den Pub, aber die Stunde ist nicht zu Ende. Geht raus und prahlt! Ihr seid die schönsten Menschen auf der Welt. Die interessantesten! Die wunderbarsten! Und vergesst nicht den Tratsch, den ihr so schnell wie möglich bei egal wem loswerden müsst! Raus! Raus! Geht raus und spielt! Ich werde auch da sein, um zu sehen, ob ihr wirklich weitermacht. Raus! The Dog & Partridge lautet die Parole – wir sehen uns!«

Lachend und froh, zur Abwechslung schon während des

Unterrichts in den Pub zu dürfen, nahmen sie ihre Taschen und Jacken. Filippa hielt sich weiter kerzengerade und verteilte scheu-verführerische Blicke. Von Anna hielt sie sich so weit wie möglich entfernt. Quasselnd und kichernd überquerten sie die Straße und drängten in den Pub.

Es war erst vier Uhr nachmittags, und der Pub war fast leer. Filippa ging zur Theke und überlegte noch, was sie als Nächstes tun sollte, als sie bemerkte, dass jemand zu ihr trat. Mademoiselle warf einen schnellen Blick über die Schulter und sah, dass es der Ire Eamonn war.

»Hallo, die schöne Dame!«, sagte Eamonn und lächelte, was zur Folge hatte, dass man seinen grauen Zahn besonders deutlich sah.

»Hallo!«, sagte Mademoiselle mit einer deutlich mädchenhafteren Stimme als sonst.

»Wie ist das werte Befinden?«, fragte Eamonn.

Filippa lächelte.

»Wunderbar. Insbesondere jetzt.«

Filippa musste sich eingestehen, dass sie schon lange nicht mehr so viel Spaß gehabt hatte. Vielleicht sollte sie jeden Tag Molière spielen.

»Möchten Mademoiselle etwas trinken?«, fragte Eamonn mit einem Nicken in Richtung der Flaschen hinter der Theke.

»Ja. Ihr seid zu freundlich, Monsieur. Ich nehme ... Whisky und Ginger Ale. Danke.«

Da der Pub keinen französischen Champagner aus dem 17. Jahrhundert hatte, durfte es wohl das Übliche sein. Sie prosteten einander zu.

»Auf uns!«, sagte Mademoiselle Filippa.

»Auf uns!«, sagte Eamonn mit großen Augen.

Als sie ausgetrunken hatten, nickte Eamonn noch einmal zu den Flaschen hin.

»Ob ich Mademoiselle wohl zu mehr verlocken kann?«, fragte er.

»Aber ja«, antwortete Mademoiselle Filippa, in deren Kopf sich gerade ein Karussell in Bewegung setzte.

Drei Stunden später, also gerade mal um sieben Uhr abends, standen Filippa und Eamonn vor dem Pub und begrapschten sich nach allen Regeln der Kunst.

Filippa hasste Frankreich, und sie hasste Molière. Sie hasste Ludwig XIV., hasste Versailles, hasste Perücken und Korsetts, aber vor allem hasste sie die Franzosen und ganz besonders die französische Aristokratie des 17. Jahrhunderts, diese verfluchten unmoralischen, tratschsüchtigen, perversen, Cremetorten verschlingenden, lüsternen, promisken Affen. Kein Wunder, dass die Köpfe ihrer Nachfahren in einem Korb gelandet waren und die armen sittsamen Bauern dazu »*Vive la République!*« gejubelt hatten.

»Also du und Eamonn …?«, sagte Verity, die sie am Fuß der Treppe traf, mit einem süffisanten Lächeln.

»Nein«, sagte Filippa und tat erheitert. »Wir sind doch nicht … Das war doch nur … Nein wirklich. Hahaha!«

Sie schlich die Treppe hinauf und war nur noch sauer auf sich selbst. Was sie jetzt tun sollte, wusste sie nicht.

»Hallo, Filippa! Hab schon gehört, dass du und Eamonn … Wann ist das denn passiert?«, rief Russell, als sie sich an ihm vorbeimogeln wollte.

»Wir sind nicht zusammen!«, rief Filippa. »Du hast was Falsches gehört.«

Sie hörte Russell noch glucksen, als sie schon den Flur hinunter war und ins Stimmstudio schlüpfte. Die Sache mit Eamonn war am Freitag passiert, und genauso lange hatte sich Filippa vor diesem Montag gefürchtet. Zu Recht, wie sich nun herausstellte. Die Neuigkeit über sie und Eamonn hatte sich schneller ausgebreitet als ein mit Benzin getränktes Lauffeuer.

»Filippa!«, rief Vern, der kurz nach ihr ins Studio kam. »Ich hab gehört, du bist mit Eamonn zusammen!«

»Wir sind nicht zusammen«, knurrte Filippa. »Gibt's nichts Wichtigeres, worüber ihr euch unterhalten könnt? Ich bin doch wohl kaum die Erste, die ... der so was passiert?«

»Die Erste nicht, aber die, von der man's am wenigsten erwartet hätte«, sagte Vern. »Du und Eamonn – darauf wär ich im Leben nicht gekommen.«

Zu Filippas Erleichterung betrat genau da Ruth den Raum und kam auf sie zu.

»Und ...?«, fragte sie erwartungsvoll.

»Nein, sind wir nicht«, sagte Filippa sauer, dass Ruth so etwas auch nur denken konnte.

»Hast du schon mit ihm drüber gesprochen?«, fragte Ruth.

Filippa schüttelte den Kopf und sah dann Anna kommen, die ihr einen langen Blick zuwarf. Sie schaute weg.

»Am Wochenende gab's ein paar Anrufe von einer unbekannten Nummer, aber ich hab mich nicht dranzugehen getraut.«

Hugh kam, und ausnahmsweise hatte Filippa nichts gegen Phonetik einzuwenden, zumal sie erleichtert registrierte, dass Eamonn die Stunde zu schwänzen schien. Hugh schlug das braune Phonetikbuch auf, hielt dann aber plötzlich inne und schaute in die Runde.

»Wie ich höre, hat sich am Freitag überraschend ein neues Paar zusammengetan«, sagte er mit einem Lächeln.

Sogar Hugh! Ob gleich auch noch Sir Ian McKellan hereinspazierte, um das neue Paar zu beglückwünschen? (»*Here's one Ring to bind you!*«)

»Eamonn und ich *sind* nicht zusammen«, sagte Filippa.

»Ach nein?«, sagte Hugh enttäuscht. Dann drehte er sich um und begann, an die Tafel zu schreiben. »Wenn das so ist, werden wir wohl arbeiten müssen. Ihr erinnert euch sicher, dass sich θ von s dadurch unterscheidet, dass es dental und nicht alveolar gebildet wird ...«

Alles, woran Filippa während der Phonetikstunde denken konnte, war, wie um Himmels willen sie vor allen Leuten mit Eamonn hatte herummachen können. Sie hatte es doch schon gehasst, wie er sie während der Shakespeare-Szene zu einem Zungenkuss genötigt hatte. Und jetzt hatte sie freiwillig mit ihm herumgeknutscht. Vielleicht war er als Person ja gar nicht so schrecklich, wie er aussah, aber mit ihm zusammen sein wollte sie auf keinen Fall. Echt nicht. Sie war auch nicht daran interessiert, aus purem Mitleid mit jemandem zusammen zu sein. Wenn es einen Verein »Girlfriends ohne Grenzen« gab, konnte er ihr gestohlen bleiben. Das Problem war nur, dass die kokette Mademoiselle vom Freitag darauf keine Rücksicht genommen hatte. Zu betörend war die Atmosphäre von Spitzenkleidern, Cremetorten, heimlichem Lachen hinter geschlossenen Türen, einschmeichelnder Musik und ein paar Drinks zu viel gewesen. – War es Einbildung, oder vermied Paul den Augenkontakt mit ihr?

»Wenn du gleich wieder mit ihm Schluss machen willst, dann solltest du's heute machen«, sagte Ruth nach der Stunde.

Filippa nickte und machte sich auf den Weg zur Cafeteria. Es war Lunchzeit, und die halbe Schule rückte an, um geschmacklose Pizza, Pommes oder dicke, vor Fett glänzende Würste zu essen. Die ältere Cafeteriadame mit den lockigen Haaren sah Filippa als Erste.

»Du und Eamonn, hört man!«, rief sie laut. Dabei hob sie mahnend den Zeigefinger und entblößte breit lächelnd ihr Gebiss. »Schlimmes Mädchen!«

Filippa wusste nicht, was sie sagen sollte, also lächelte sie nur kurz zurück und starrte dann auf ihr Tablett. So stand sie noch, als ihr jemand auf die Schulter tippte. Sie drehte sich um, und Eamonn pflanzte ihr einen dicken Kuss auf den Mund.

»Hallo!«, sagte er und strahlte bis zu den Ohren.

Seine Wangen sahen frisch rasiert aus, und Filippa fand, dass auch sein Hemd einen frischen Eindruck machte. Es war das erste Mal, dass sie ihn überhaupt ein Hemd tragen sah.

»Hallo«, sagte Filippa.

In der Cafeteria wurde es totenstill. Niemand aß oder sprach mehr. Alle starrten Filippa und Eamonn an.

»Können wir rausgehen? Und reden?«

Eamonns Strahlen erlosch so schnell, als hätte jemand alles Licht in seiner Welt ausgeknipst. »Sicher.«

Sie gingen zusammen auf den Flur und dann ein Stockwerk tiefer. Dort fanden sie einen kleinen Raum, in dem Filippa noch nie gewesen war. Der Raum roch nach abgestandener Luft, und die Raffrollos vor den Fenstern waren zur Hälfte heruntergelassen. Filippa wandte sich Eamonn zu, aber bevor sie etwas sagen konnte, sagte er:

»Wenn du sagen willst, dass wir nicht zusammen sein werden, sag ich's lieber zuerst.«

»Okay«, sagte Filippa.

Eamonn wirkte nervös.

»Ich meine, das war's doch, was du sagen wolltest?«, sagte er. »Zu dem, was am Freitag passiert ist?«

Filippa nickte.

Draußen ging eine lärmende Gruppe vorbei – vermutlich auf dem Weg zur Schulvollversammlung, die in der Cafeteria über sie beide abgehalten wurde.

»Es ist einfach nicht der richtige Zeitpunkt«, sagte Filippa Klischee-Karlsson.

»Ich kann hier sowieso keine Freundin gebrauchen«, sagte Eamonn. »Du bist auch absolut nicht mein Typ, und ich hab schon zehn Freundinnen zu Hause in Cork. Dass du gut küsst, war übrigens auch gelogen. Ich find nicht mal, dass du besonders gut aussiehst. Und vielleicht denkst du in Zukunft drüber nach, bevor du mit Jungs rummachst, mit denen du gar nicht zusammen sein willst. Du bist echt nicht mein Typ, vergiss es!«

Eamonn war schneller aus dem Raum, als Filippa ihn zur Hölle wünschen konnte. Nie wäre sie so blöd gewesen, mit Eamonn rumzumachen oder Ruth fast zu köpfen, wenn Anna und sie Freundinnen geblieben wären, dachte sie wütend. Nie.

25

Wie immer am Dienstagnachmittag hatte Filippa ihren Einzelunterricht bei der Gesangslehrerin. Diesmal versuchte sich Filippa quälende fünfzehn Minuten lang an *Mein Herr* aus *Cabaret*, und je länger sie sang, desto tiefer wurde die Falte zwischen den Augen der Gesangslehrerin und desto heftiger haute sie in die Tasten des Klaviers, an dem sie Filippa begleitete. Noch bevor sie sich zu dem Gehörten äußern konnte, versprach ihr Filippa, mehr zu üben, und huschte hinaus. Als sie auf den Flur trat, stand dort Anna.

»Hallo«, sagte sie.

Filippa sagte nichts.

»Klang gut«, sagte Anna und zeigte auf die Tür, hinter der sich die Gesangslehrerin wahrscheinlich gerade eine Pianosaite um den Hals schlang.

»Lügnerin«, sagte Filippa leise.

»Das Date war eine Katastrophe«, sagte Anna.

Filippa schaute auf. Sie war fest davon ausgegangen, dass das Date fantastisch gewesen sein musste, was nun mal bedeutete, dass Anna und Alec seitdem unsterblich verliebt waren. Sie würden heiraten, drei bildhübsche Kinder in die Welt setzen und das neue Schauspielerpromipaar im West End werden. Die Regenbogenpresse würde sie interviewen, und sie würden immer wieder betonen, wie sehr sie einander bei ihrer Karriere unterstützten, aber auch ihren kleinen Garten liebten, in dem sie ausschließlich Biogemüse anpflanzten. Die detailgenaue Vorstellung von Annas und Alecs wunderbarem Leben hatte ihr ein kleines masochistisches Vergnügen bereitet.

(»*Es ist eine taffe Branche, da ist es einfach fantastisch, dass Alec auch auf mich wartet, wenn ich mal erst spätabends nach Hause komme. Wir trinken dann ein Glas Wein zusammen und erzählen uns gegenseitig von unserem Tag*«, *sagt Anna und schenkt Alec einen Blick, bei dem deutlich wird, wie stark die Liebe zwischen den beiden nach all den Jahren immer noch ist.* »*Anna ist mein Fels in der Brandung*«, *sagt Alec und nimmt Annas Hand. Ihre jüngste Tochter, Francis-Jo, kommt ins Wohnzimmer gerannt, um zu verkünden, dass die Muffins fertig sind. Anna und Alec lachen, und Anna verstrubbelt liebevoll Francis-Jos Korkenzieherlocken.* »*Meine zwei BAFTA Awards sind nichts im Vergleich zu dem Hühnchen hier*«, *sagt Anna mit einem glücklichen Seufzen.*)

»Was ist passiert?«

»Ich sag doch: Katastrophe, von Anfang bis Ende. Wir haben nichts gemeinsam, und die ganze Zeit gab's mehr Gesprächspausen als sonst was. Es war nur anstrengend, und wenn er mal geredet hat, dann aber auch ausschließlich von sich und seiner Karriere. Der hat nur seine Rollen und tausend Projekte im Kopf. Nein danke, einmal hat mir gereicht.«

Filippa ließ das Gehörte einen Augenblick einsinken.

»Hat er was von mir gesagt?«

Anna schüttelte den Kopf.

»Ganz ehrlich jetzt«, sagte sie. »Es war gut, dass du mit ihm Schluss gemacht hast. Der wird hundertprozentig einer von den Schauspielern, die nur zuhören, wenn man über *sie* spricht. Hattest du ehrlich nie das Gefühl, dass er vielleicht ein bisschen egozentrisch ist?«

»Schon möglich«, murmelte Filippa.

Sie schaute auf den blaugrünen Linoleumfußboden, der ihr heute besonders staubig und schmutzig vorkam.

»Was habt ihr gegessen?«

»Wir sind in kein Restaurant gegangen«, sagte Anna. »Nur in eine Bar.«

»Welche?«

»Long Chill Bar hieß die, glaube ich. Oder Long Chilli Bar. So ähnlich jedenfalls.«

»Und was habt ihr getrunken?«

Aus Gründen, die ihr selbst nicht klar waren, fand sie es wichtig, alles ganz genau zu wissen.

»Er Bier und ich Weißwein.«

»Was hattest du an?«

»Dunkle Jeans, ein weißes Top und meine Burberry-Jacke.«

»Gute Wahl«, sagte Filippa leise. »Und er?«

»Weiß ich nicht mehr so genau. Jeans, glaub ich, und irgendein T-Shirt. Nichts Besonderes.«

Es folgte eine Pause, in der Filippa schwankte, ob sie immer noch sauer, enttäuscht und verletzt sein sollte oder doch eher erleichtert, dass das Date so schlecht gelaufen war. In jedem Fall war es, als könnte sie plötzlich wieder freier atmen. Sie überlegte immer noch, wie sie sich verhalten sollte, als am Ende des Flurs Erstklässler aus einem Unterrichtsraum kamen und eine versaute Version von Shirley Basseys *Goldfinger* grölten. Dann machte Anna einen Schritt auf Filippa zu.

»Ich will dich nicht verlieren.«

Filippa spürte einen Kloß im Hals.

»Ich dich auch nicht.«

»Die letzten Wochen waren schrecklich.«

»Für mich auch«, sagte Filippa.

»Ich hab dich vermisst!«, sagte Anna.
»Ich dich auch!«
Dann fielen sie sich um den Hals und drückten sich halb tot.

26

Es herrschte eine Gluthitze, draußen auf der Straße, aber genauso drinnen im Bewegungsstudio, dessen Fenster weit offen standen. Die frühe Sommerhitze machte schlapp und antriebslos, und der von der Straße hereindringende Verkehrslärm tat ein Übriges, um die Konzentrationsfähigkeit gegen null zu senken. Es war die letzte Stunde des Jahres, und alle zählten nur noch die Minuten, bis sie das stickige Gebäude verlassen konnten. Filippa schielte so diskret wie möglich nach Donatellas Armbanduhr.

»Und jetzt lasst euch wieder fallen!«, sagte Donatella. »Aber legt den Schwerpunkt auf einen anderen Teil des Körpers!«

Den Körper wie in einer Spirale eindrehend, sank Filippa gefühlt zum tausendsten Mal zu Boden. Am besten dachte man bei solchen Übungen weder an die schmerzenden Muskeln und die vielen blauen Flecken, die schon diverse Körperteile zierten, noch an den Schmutz auf dem Fußboden, der sich geradezu danach zu sehnen schien, tief in ihre Poren und Haare einzudringen.

Donatella klatschte in die Hände.

»Und die letzte Übung für heute!«, sagte sie. »Ich möchte, dass ihr euch der Person zuwendet, die am nächsten bei euch steht. Es spielt keine Rolle, ob es ein Mädchen oder Junge ist.«

Filippa drehte sich um und sah, dass Paul am nächsten bei ihr stand. Sie lächelte ihn an, und er lächelte nicht zurück.

»Legt euch bitte Kopf an Kopf auf den Bauch!«, sagte Donatella.

Filippa und Paul taten es. Der PVC-Belag war schmutzig, aber angenehm kühl.

»Jetzt schaut einander in die Augen!«

Filippa schaute Paul in die Augen.

»Und jetzt möchte ich, dass ihr euch ineinander verliebt«, sagte Donatella.

Natürlich fingen ein paar in der Klasse an zu kichern. Jemand lachte sogar lauthals los. Filippa spürte, wie ihre Wangen sich dunkelrot färbten. Sie schluckte hart, fuhr aber fort, Paul in die Augen zu schauen. Wieder einmal bemerkte sie, wie lang seine Wimpern waren. Und zum ersten Mal sah sie, dass seine Augen in der Mitte grün und an den Rändern braun waren. Er hatte ein kleines Muttermal genau unter dem rechten Auge und unter dem linken etwas, was wie eine dünne Narbe aussah.

»Als Schauspieler ist es leicht, sich auf sich selbst und seine Rolle zu fokussieren«, sagte Donatella, die zwischen den Paaren herumging. »Aber der Fokus muss auf denen liegen, mit denen ihr spielt! Ihnen gegenüber müsst ihr großzügig sein. Die mit euch spielen sind das Wichtigste!«

Pauls Augen waren jetzt hypnotisch, und Filippa spürte, wie sich ihr ganzer Körper entspannte. Sie erinnerte sich an das erste Mal, als sie ihn gesehen hatte, beim zweiten Vorspielen war das gewesen, als er allein in der Ecke gesessen und gelesen hatte, der Einzige, der weder nervös wirkte noch wie jemand, der andere beeindrucken wollte. Er hatte etwas in sich Ruhendes, Harmonisches an sich, trotz seiner seltsamen Angewohnheit, einen mitten im Gespräch stehen zu lassen. Und was für ein interessantes, beinahe schönes Gesicht er hatte!

»Seid Eamonn und du jetzt zusammen oder nicht?«, flüsterte er plötzlich.

»Nein! O Gott, nein!«, flüsterte Filippa erschrocken zurück. »Das war nur ... Nein!«

Jetzt lächelte auch Paul. Und nur gelegentlich hörte man noch jemanden kichern. Filippa schaute Paul immer weiter in die Augen. Und plötzlich wollte sie nicht, dass die Übung zu Ende ging. Die Stunde zu Ende ging. Das Schuljahr.

»Ihr könnt den Augenkontakt beenden!«, sagte Donatella. »Habt schöne Sommerferien! Und vergesst nicht, im August auf eure Mails zu achten, falls sich irgendwelche Änderungen ergeben! Wir sehen uns im September wieder.«

Paul setzte sich auf und wischte sich eine Staubflocke aus den Haaren. Filippa fühlte sich seltsam schwach und verwirrt.

»Das ist gut gelaufen, oder?«, sagte sie.

Paul schaute sie immer noch lächelnd an.

»Alles ist einfach, wenn man sich nicht verstellen muss«, sagte er.

Dann stand er auf und ging.

Das dritte Jahr

27

Der Himmel war blau, und die Septembersonne schien. Filippa war auf dem Weg von der U-Bahn zur RoyDram, und es fühlte sich irgendwie an, als schwebte sie in Zeitlupe dahin. Ihre Füße berührten kaum den Boden, und sie war sich sicher, dass die Leute sich nach ihr umdrehten, weil sie wissen wollten, wer dieses zauberhafte Wesen mitten unter ihnen war. Hätte jemand sie gefragt, hätte sie sanft lächelnd geantwortet:

»Ich besuche im dritten und letzten Jahr die RoyDram. Sie haben richtig gehört: im dritten Jahr. Aber tun Sie mir bitte den Gefallen und stehlen Sie mir nicht meine kostbare Zeit. Ich habe Wichtigeres zu tun, als mit dem Mann auf der Straße zu reden. Wenn Sie mögen, können Sie aber gern meinen Schatten küssen.«

Sie trug eine Sonnenbrille, damit sie nicht von ihrem eigenen kühlen Glanz geblendet wurde. Das dritte Jahr. Was für ein Wahnsinnsgefühl! Filippa hielt das Gesicht in die Sonne und genoss die Wärme. Sogar die Sonne wusste, dass Filippa …

»TUUUUUUUUT!«

»Pass doch auf, Tussi!«, schrie der wütende Taxifahrer, der sie fast über den Haufen gefahren hätte.

Filippa sprang von der Fahrbahn zurück auf den Gehweg und wurde vor Verlegenheit dunkelrot. Die Sonnenbrille war schuld an dem Beinahe-Unfall, weil sie ihr das gesamte seitliche Sichtfeld nahm. Von der Schultreppe auf der anderen Straßenseite ertönte schallendes Gelächter. Filippa hoffte, dass wenigstens niemand vom ersten oder zweiten Jahr ihren Auftritt beobachtet hatte.

»Immer schön aufpassen, Filippa!«, riefen gleich mehrere bekannte Stimmen.

»Du darfst nicht schon am ersten Tag des neuen Schuljahrs sterben!«, setzte Russell noch eins drauf.

Filippa schaute ordentlich nach links und rechts, bevor sie die Straße überquerte, und gesellte sich zu der Gruppe auf der Treppe.

»Hast du dich über den Sommer in Greta Garbo verwandelt? Oder soll es eher Paris Hilton sein?«, fragte Vern.

Filippa nahm die Sonnenbrille ab und steckte sie in ihre Handtasche.

»Darling!«, rief Anna.

Es war das erste Mal, dass Anna sie »Darling« nannte, und Filippa war sich nicht sicher, ob sie es mochte. In jedem Fall umarmten sie sich, bis Filippa Annas Rippen schon fast nicht mehr spüren konnte, weil ihr ganzer Körper taub war. Bald war gut die Hälfte der Klasse auf der Treppe versammelt, und es war unübersehbar, dass sie einander anders begrüßten als in den Jahren zuvor. Professioneller. Ernster. Erwachsener. Es war ihr letztes Jahr, und tatsächlich *war* alles anders.

»Es heißt, sie hätten dir im Fechten ein ›Nicht bestanden‹ verpasst, stimmt das?«, fragte Vern grinsend.

Tatsächlich hatten sie im Laufe des Sommers eine Mail mit dem Ergebnis ihrer unmittelbar vor den Ferien absolvierten Fechtprüfung bekommen. Filippa hatte nur gehofft, dass sich niemand für die Noten der anderen interessierte.

»Und was spielt das für eine Rolle?«, fragte Anna. »Samson hat auch nicht bestanden.«

Filippa sah Anna dankbar an.

»Ich meine ja nur ...«, sagte Vern. »›Nicht bestanden‹ heißt so viel wie gar keine Note. Es hat schon mancher eine Rolle nur deshalb nicht bekommen, weil er ...«

»Ich kann die Prüfung ja jederzeit wiederholen«, sagte Filippa. »Außerdem gibt's für Frauen sowieso nicht so viele Rollen, bei denen man fechten können muss.«

Um die Wahrheit zu sagen, hatte Filippa seit der Sache mit Ruth solche Angst, jemanden zu verletzen, dass sie ohnehin nur fechten würde, wenn der Gegner zwanzig Meter von ihr entfernt stand und dick in Luftpolsterfolie eingewickelt war.

»Stimmt«, sagte Vern. »Und im Zweifelsfall kannst du immer noch mit deinem Dudelsack zuschlagen.«

»Komm, wir gehen rein!«, sagte Anna. »Das dritte Jahr und immer noch derselbe Idiot.«

Die Mädchen gingen durch die große Glastür ins Gebäude. Der raue Teppichboden in der Eingangshalle roch so staubig wie immer, aber das Porträt Elisabeths II. glänzte wie frisch poliert. Aufgeregte Neulinge bombardierten den glatzköpfigen Mike am Empfang mit Fragen nach den verschiedenen Räumen. Sie machten alle einen wahnsinnig jungen und unerfahrenen Eindruck.

»Hast du gesehen, ob Paul da ist?«, fragte Filippa.

Die ganzen Sommerferien hatte Filippa nur an ihn denken können. Daran, wie es sein würde, ihn wieder zu treffen. Wie sie ihn endlich besser kennenlernen wollte. Wie er küsste. Natürlich war sie sich darüber im Klaren, dass sie behutsam vorgehen musste. An Paul war manchmal so leicht heranzukommen wie an eine afrikanische Gazelle.

»Nein«, sagte Anna. »Aber hast du gesehen, wie kurz Alysons Haare sind? Es steht ihr, aber ich hätte es an ihrer Stelle trotzdem nicht gemacht. Sie gleich so kurz schneiden lassen, meine ich. Im letzten Jahr kommen die Agenten, und mit langen Haaren hast du einfach bessere Chancen.«

»Sagt wer?«, fragte Filippa.

»Mit so kurzen Haaren kannst du nur Ultrafeministinnen, Lesben oder KZ-Häftlinge spielen«, sagte Anna, während sie tiefer ins Innere des Gebäudes gingen. »Und wie viele solche Rollen gibt es? Okay, du kannst mit Perücke spielen, aber Perücken sind teuer.«

»Höchste Zeit, dass jemand ein Stück über ultrafeministische lesbische Frauen in Auschwitz schreibt«, sagte Filippa.

»Klingt wie ein Witz, aber wenn sie mit den kurzen Haaren jemals auf einer Bühne stehen will, muss sie sich vielleicht wirklich ihr eigenes Stück schreiben. Oder nach Deutschland gehen.«

»Wo sie ...«

Sie verstummten beide, als sie das Theater der RoyDram betraten, wo sie sich zum Beginn des Schuljahrs einfinden sollten. Der Anblick nahm Filippa noch genauso den Atem wie beim ersten Mal: die Bühne mit ihrem schwarz gestrichenen Holzboden, die vielen Reihen Scheinwerfer an der Decke, selbst die grün leuchtenden Schilder für den Weg zum Notausgang und der Staub, der in der Luft tanzte. Vorsichtig strich Filippa mit der Hand über einen der roten Sitze des Zuschauerraums. Einen *ihrer* roten Sitze. Denn das Theater war jetzt ihres.

»Was für ein tolles Gefühl, endlich im dritten Jahr zu sein!«, sagte Filippa.

»Ich weiß«, sagte Anna.

Sie setzten sich in die vierte Reihe, nicht zu weit nach vorn, aber auch nicht so weit nach hinten, dass es nach Desinteresse hätte aussehen können. Nach und nach kamen leise, aber gut gelaunt miteinander plaudernd die anderen aus der Klasse. Filippa hielt mit gerecktem Hals nach Paul Ausschau, aber es war schon ein paar Minuten nach neun, als sie ihn endlich zur Tür hereinschlüpfen sah. Er trug wie üblich seinen Rucksack über der Schulter und setzte sich allein in eine der hinteren Reihen. Er hatte eine Baseballkappe auf, und selbst von Weitem war deutlich zu sehen, wie eingesunken seine Wangen waren. Filippa winkte ihm zu, aber er schien es nicht zu bemerken.

Dann betrat Hugh die Bühne, und der Saal tobte. Er hob die Hand und rief: »Alberne Bande!«, aber es schien, als freute ihn die Begrüßung. Womöglich rührte sie ihn sogar. Als das Klatschen und Johlen verebbt war, blätterte er in den Papieren, die er mit auf die Bühne gebracht hatte.

»Wir haben viel vor, Herrschaften. Zweimal in der Woche habt ihr alle zusammen Bewegungs- und Alexandertechnikstunden bei Donatella, aber für die übrige Zeit werdet ihr ab sofort in zwei Gruppen aufgeteilt, die parallel jeweils ein Stück einstudieren. Wir rechnen mit sechs bis acht Wochen Probezeit, je nach Stück. Es folgt die Woche mit den Aufführungen. Die Besetzungslisten findet ihr morgen früh am Schwarzen Brett. Neben der Probenarbeit müsst ihr mit euren Lebensläufen beginnen, euch den Monolog aussuchen, mit dem ihr vor den Agenten auftreten wollt, entscheiden, worüber ihr eure Abschlussarbeit schreibt ...«

Eine Stunde später wankte Filippa mehr aus dem Theater, als dass sie ging. Sie war vollkommen verwirrt von all den Dingen, an die sie gleichzeitig denken sollten. Die Theaterstücke,

Abschlussarbeiten, Lebensläufe und Monologe waren nämlich nur die Spitze des Eisbergs. Außerdem sollten sie sich nicht nur bei der Schauspielergewerkschaft *Equity* bewerben, sondern auch bei *Spotlight*, einer Art Verzeichnis mit einer eigenen Website, das für seriöse Schauspielerinnen und Schauspieler angeblich unverzichtbar war und für das sie so schnell wie möglich ein professionelles Schwarz-Weiß-Foto brauchte. Was das alles kostete! Schon die Aufnahmegebühr bei *Spotlight* lag bei über 200 Pfund, und ein guter Fotograf kostete irgendwas zwischen 150 und 500. Woher sollte sie so viel Geld nehmen? Sie, die ihren Körper selbst dann nicht am King's Cross hätte verkaufen können, wenn sie es gewollt hätte, schlicht weil sie gar keine Zeit dafür hatte! Und dann war da noch die Sache ganz zum Schluss von Hughs Ausführungen, etwas, woran sie nie gedacht hatte und das sie in größte Aufregung versetzte.

»Wenn ihr euch um eine Mitgliedschaft bei *Equity* bewerbt«, hatte Hugh gesagt, »stellt bitte vorher sicher, dass keine andere Schauspielerin oder kein anderer Schauspieler denselben Namen trägt wie ihr! In dem Fall braucht ihr entweder einen zweiten Namen oder ein zusätzliches Initial. Oder ihr wechselt ganz den Namen. Wenn sich jemand einen Künstlernamen zulegen möchte, ist das jetzt die beste Gelegenheit.«

Filippa war wie hypnotisiert von dem Gedanken. *Sie konnte den Namen wechseln. Sie würde den Namen wechseln.* Auf jeden Fall! Sie konnte anders heißen als Filippa Karlsson. Es gab Hunderttausende Filippa Karlssons, die entweder Kindergartenkinder waren oder neunzigjährige Tanten, die verklärt von Wanzen hinter den Tapeten erzählten, die es in der Welt, in der sie aufgewachsen waren, noch gegeben hatte. Filippa Karlsson war der langweiligste Name der Welt.

Gleich als sie an dem Tag zu Hause ankam, setzte sie sich mit einer Tasse Tee in die Küche. Bridget war noch in der Arbeit, und auch Malin war noch nicht da. Sie war allein in der Wohnung, und sie spürte den Ernst und die Bedeutung des Augenblicks, als sie andächtig ihr Notizbuch und ihren schönsten Stift vor sich auf den Tisch legte. Sie schlug das Notizbuch auf und schrieb in großen, deutlichen Buchstaben als Erstes ihren Namen oben auf die Seite:

FILIPPA KARLSSON

Dann betrachtete sie eine Weile ihren Stift und überlegte. Seit sie in London war, hatte man ihr schon eine ganze Reihe von Namen verpasst. Ob sie einen davon benutzen sollte? Sie schrieb:

PIPPA
PIPS
FELIPE CARLSON
LIPPA
PHILIPPA CARLSEN
PHIL KARL SOHN
FLIPPER

Oder taugte eine Kombination aus verschiedenen dieser Namen besser? Als Flipper Calzone hätte sie sicher alle Chancen, eine steile Karriere als Zirkusclown zu machen. Sie überlegte weiter. Nein, sie würde ihren Vornamen doch lieber behalten. Sie war Filippa. Und der Nachname? Wie war es mit den Namen, die ihr in der Küche ins Auge fielen? Heinz, Kellogg,

Robinson, Radox, Kipling, McVitie – beim besten Willen nicht. Dann vielleicht was Geografisches? Filippa London? Filippa Jakarta? Filippa los Filipinos? – Nein, auch nicht. Wie wär's mit einem Namen aus einem Film? Filippa Corleone? Filippa Vader? Filippa Cloiseau? Filippa Lecter? Filippa Bond? – Bei Bond setzte kurz ihr Herzschlag aus. Filippa starrte geradeaus ins Leere. Dann wusste sie es.

Ihr Name war Bond. Filippa Bond.

28

»Bond?«, sagte Anna.

Filippa nickte. Sie standen im Flur mit den unterschiedlichen Schwarzen Brettern und warteten gespannt auf die Besetzungslisten.

»Es ist der Mädchenname meiner Mutter«, flunkerte sie. »Er kommt vom schwedischen Wort ›bonde‹, Bauer. In Mutters Familie waren sie über Generationen Bauern.«

»Ich wünschte, der Name meiner Mutter wäre auch so cool wie Bond«, sagte Ruth. »Sugden – hat angeblich irgendwas mit Schweinen zu tun.«

Filippa lächelte.

»Aber du kannst ihn doch auch wechseln«, sagte sie. »Und dir aussuchen, was du willst.«

»Nein«, sagte Ruth. »Das kann ich meiner Mutter nicht antun. Aber deine Mutter muss sich gefreut haben, als sie gehört hat, dass du ihren Mädchennamen annehmen willst.«

»Riesig«, sagte Filippa und schob den Gedanken, wie ihre Eltern wirklich reagieren würden, wenn sie davon hörten, schnell wieder beiseite.

»Du willst echt den Namen wechseln?«

Verity, die inzwischen dazugekommen war, trug hohe braune Stiefel und hatte einen riesigen beigen Pashminaschal um die Schultern drapiert. So sah eine Schauspielerin aus, fand Filippa und fügte der Liste mit Kleidern, die sie sich als international bekannte und von der Kritik gefeierte Berühmtheit kaufen würde, einen gigantischen Pashminaschal und ein paar sexy, aber dennoch geschmackvolle Stiefel hinzu.

»Den Nachnamen, zu Bond«, erklärte sie Verity. »Es gibt ihn auf der Mutterseite in unserer Familie. Es ist das schwedische Wort für Bauer.«

Es war fast gespenstisch, wie sehr sie fast schon selbst an ihre Lüge glaubte.

»Ich find's trotzdem heftig, den Namen zu wechseln«, sagte Verity. »Habt ihr gehört, dass Samson ihn sogar wechseln *muss*? Angeblich gibt's schon einen Schauspieler Eugene Miles. Der arme Samson ist am Boden zerstört.«

Genau da entdeckte Filippa Paul. Sie drängelte sich durch den Pulk vor dem Schwarzen Brett zu ihm durch. Wie am Vortag trug er die Baseballkappe.

»Hallo«, sagte sie lächelnd. »Bin gestern gar nicht dazu gekommen, dich zu begrüßen. Wie war dein Sommer?«

»Hallo«, sagte Paul. »Wie war dein Sommer?«

Er hatte dunkle Ringe unter den Augen und sah schmal und gequält aus. Hatte er ihre Frage nicht gehört, oder wollte er sie nicht beantworten?

»Gut. Wie immer. Aber es ist schön, wieder zurück zu sein. Wow, das letzte Jahr an der RoyDram! Wow, wow, wow! Es wird ernst, oder was denkst du? Jetzt, wo wir mit den großen Jungs spielen dürfen. Das heißt, eigentlich *sind* wir jetzt die großen Jungs. Beziehungsweise Mädchen ...«

Noch während sie redete, wusste Filippa, dass sie wie die komplette Knalltüte klang. Trotzdem war es so schön, endlich wieder in Pauls Nähe zu sein.

»Wie geht's deiner Mutter?«, fragte Filippa und wäre am liebsten im Boden versunken. Manchmal war es wirklich, als litte sie an einer Art Tourette-Syndrom für falsche Fragen im falschen Augenblick.

(»*Haltet ihr euch immer an den Händen, dein Vater und du? – Ach so, das ist dein Freund?« – »Warum warst du so lange auf der Toilette?« – »Warum wedelt dein Cousin die ganze Zeit mit den Händen? Ist er taub, oder was?*«)

Pauls Griff um seinen verschlissenen Rucksack wurde fester.

»Sie liegt wieder im Krankenhaus.«

Dann verstummte er. Filippa legte ihm vorsichtig die Hand auf den Arm.

»Es tut mir leid«, sagte sie. »Wirklich.«

Paul zuckte die Achseln.

»Hab ich richtig gehört, dass du deinen Nachnamen ändern und nicht mehr Karlsson heißen willst?«, fragte er.

Filippa wurde rot.

»Nein ... also es ist so ... dass ich ...«, stotterte Filippa, »... dass man auf Karlsson dauernd komisch angequatscht wird. Besonders in Schweden. Wegen *Karlsson auf dem Dach*. Ich bin's einfach leid, gefragt zu werden, wie es ist, da oben zu wohnen und so. Ich hab mir gedacht ... vielleicht ... zu Bond zu wechseln. Es ist ein alter schwedischer Name. Von ›bonde‹, Bauer.«

Zum ersten Mal im neuen Schuljahr lächelte Paul. Was dazu führte, dass Filippa noch roter wurde.

»Filippa Bond«, sagte Paul. »Auf die wird man achten müssen.«

Weiter hinten im Flur kam gerade Donatella aus dem Lehrerzimmer, und Filippa sah, dass sie Blätter in der Hand hatte.

»Ich wollte dich fragen, ob du mit ins National Theatre

kommst«, sagte Filippa schnell. »Sie spielen Hamlet, und die Karten gibt's für uns ja billiger. Soll eine coole Inszenierung sein, hab ich gehört.«

Eigentlich hätte sie sich lieber eine Gabel in die Augen gestochen, als noch mehr Shakespeare und insbesondere den Hamlet zu sehen, aber es war das Erste, was ihr eingefallen war.

»Gern«, sagte Paul. »Das wäre nett.«

Es war im selben Augenblick, als Donatella die Listen ans Schwarze Brett pinnte und die Meute sich wie ausgehungerte streitsüchtige Hyänen darauf stürzte. Filippa drängte sich nach vorne durch und sah, dass man ihr eine Rolle in einem Stück mit dem Titel *Die Kleinbürger* gegeben hatte. Es stammte von einem gewissen Maxim Gorki, und sie spielte eine Frau mit dem unaussprechlichen Namen Zwetajewa.

»Zwei Szenen«, murmelte Filippa bestürzt, nachdem sie das Theaterstück in der Charing Cross Road gekauft und in der Cafeteria schnell überflogen hatte »Ich bin überhaupt nur bei zwei Szenen dabei. Zwei! O Mist!«

Was sie nach dem Fernsehprojekt befürchtet hatte, fand sie jetzt bestätigt: Sie würde an der RoyDram keine große oder interessante Rolle mehr bekommen und den Rest ihrer Zeit hier als langweilige kleine Nebendarstellerin verbringen. Wie vermutlich ihr ganzes Leben. Die Zwetajewa aus dem Gorki-Stück war eine unfassbar graue Maus von einer Lehrerin, die ständig auf ihre Freundin einredet, dass sie sich doch bitte zusammenreißen soll. Das war das Rollenfach, in dem sie gelandet war: die beste Freundin, die ständig etwas wiederkäut, das niemanden interessiert. Und natürlich helfen Zwetajewas Ermahnungen auch nichts, und die Freundin bringt sich am

Ende trotzdem um. Das Stück war vor hundert Jahren in Russland uraufgeführt worden, und vielleicht hatte sie ja Glück und durfte wenigstens ein schönes Kleid tragen.

»Zwei Szenen!«, wiederholte Filippa. »Schlimmer geht's ja wohl nicht, oder?«

Ruth sah aus, als müsste sie darüber erst nachdenken, während draußen der Regen gegen die schrägen Fenster trommelte.

»Doch, Magenkrebs ist schlimmer. Und Krieg. Mit Atomwaffen. Oder eine Hungersnot. Oder bei lebendigem Leib von Ratten angenagt zu werden.«

»*Nichts* ist schlimmer! Von Ratten angenagt wäre ich wenigstens für Horrorfilmagenten interessant«, sagte Filippa. »Als diese Zwetatata kann ich genauso gut gleich mit der Tapete verschmelzen.«

Ruth machte ein Packung Minzpastillen auf. Auch sie hatte nur eine kleine Rolle bekommen, aber sie schien sich darüber nicht besonders zu ärgern.

»Solange ich auf der Bühne sein darf und hinterher mit im Pub, ist es mir recht«, sagte sie und zerbiss eine Pastille.

»Ganz ehrlich? Du bist nicht enttäuscht, nicht mal ein klitzekleines bisschen?«

Ruth schüttelte den Kopf.

»Worüber redet ihr?«, fragte Anna, die fröhlich mit drei Tassen Tee von der Theke kam.

Sie stellte die weißen Kunststofftassen auf den Tisch und legte eine Handvoll kleine rosa Zuckertütchen dazu. Anna selbst war in einer Gruppe gelandet, die ein Tschechow-Stück aufführen sollte, und hatte eine der größeren Rollen bekommen. Natürlich.

»Über nichts«, murmelte Filippa. »Es ist ... nichts.«

»Die frischgebackene Miss Bond regt sich darüber auf, dass sie nur eine Nebenrolle bekommen hat«, sagte Ruth.

»Hier, trink einen Schluck Tee!«, sagte Anna in einem Ton, als läge Filippa im Sterben. »Es ist doch nur das erste Theaterstück in dem Jahr. Du kriegst deine Chance schon noch. Du bist viel zu gut, um sie nicht zu kriegen. Die haben's nur noch nicht geschnallt.«

Filippa knurrte irgendeine unverständliche Antwort und trank ihren Tee. Ein paar Tische weiter saßen ein paar Mädchen aus dem ersten Jahr, die mit großen Augen zu ihnen herschauten und dabei miteinander tuschelten. Genau wie Filippa, Anna und Ruth zu Anfang auch, damals, als ihnen die Großen aus dem Abschlussjahr noch so weit entfernt erschienen waren. Filippa setzte sich aufrecht hin und versuchte, weniger unglücklich auszusehen.

»Hast du übrigens nicht bald deinen Fototermin?«, fragte Anna.

»Doch«, sagte Filippa.

Sie hatte den Flyer eines Fotografen namens Vincent am Schwarzen Brett entdeckt und einen Termin mit ihm ausgemacht, als sie sah, dass er von Schülern der RoyDram nur 175 Pfund nahm.

»Bei mir war's echt witzig«, sagte Anna. »Du wirst sehen, danach geht's dir gleich wieder besser.«

Als Ruth zwischendurch zur Toilette ging, rückte Anna näher an Filippa heran.

»Wir müssen Ruth loswerden«, flüsterte sie.

»Du redest, als wäre sie ein altes Sofa«, sagte Filippa lächelnd.

Anna lächelte auch.

»Oder willst du's eher auf die Mafia-Art versuchen?«, fragte Filippa. »Ihr die Füße einzementieren und sie in die Themse werfen?« Filippa ließ ihre Stimme tief und heiser klingen, als sie fortfuhr: »*Ruth schläft bei den Fischen.*«

»Ich mache keine Witze«, sagte Anna. »Sie zieht uns runter. Sie ist schon immer die am wenigsten Begabte von uns allen. Verstehst du, es färbt auf dich ab, wenn du mit schlechten Schauspielern abhängst.«

»Bist du jetzt nicht ein bisschen ungerecht?«, fragte Filippa.

Dann sah sie Ruth zurückkommen.

»Ich hab jedenfalls nicht vor, mit ihr befreundet zu bleiben«, sagte Anna.

29

Die Proben für *Die Kleinbürger* schleppten sich im Tempo einer müden alten Schnecke dahin. Der Regisseur war ein schlohweißer Mann in einem dunkelblauen Sakko. Es hieß, er habe in den Siebzigerjahren mit seiner Arbeit Furore gemacht, aber selbst wenn das stimmte, gehörte er für Filippa eher zwischen die Mumien im British Museum. Es war allerdings auch schwer, sich zu motivieren, wenn man kaum gebraucht wurde. Zwei Szenen. Zwei mickrige Szenen. Drei, wenn man mitzählte, dass sie auch eine Bettlerin spielte, die zusammen mit Gareth und Samson bei den feinen russischen Herrschaften anklopfte und um etwas zu essen bat. Samson sah beim besten Willen nicht wie jemand aus, der Hunger litt, aber wenn jemand schlecht spielte, dann war es, egal in welcher Rolle, sie.

»Lauter, Zwetajewa!«, sagte der Regisseur. »Du musst lauter sprechen. Und voller. Feiner.«

Sie hatten Sprechprobe im eiskalten Schauspielstudio, und draußen blies ein stürmischer Wind. Filippa nickte und setzte dabei ihr Verstehe-schließlich-bin-ich-im-dritten-Jahr-an-der-RoyDram-Gesicht auf. Obwohl sie so gut wie nichts verstand. Als sie die Szene wiederholten, hatte sie selbst das Gefühl, den Text herauszuschreien.

»Zwetajewa, du kannst es bestimmt noch lauter, danke«, sagte der Regisseur.

Ruth lehnte sich an sie und flüsterte: »Er nennt uns bei den Namen unserer Figuren, weil er zu faul ist, unsere richtigen zu lernen.«

»Ich weiß, arme russische Bäuerin«, sagte Filippa, und sie kicherten.

Als das Mädchen, das die Hauptrolle spielte, ihnen böse Blicke zuwarf, tat Filippa so, als konzentrierte sie sich wieder auf den Text. Sie schrieb »lauter« an den Rand und unterstrich das Wort dreimal, als hätte das auch Auswirkungen auf ihre Stimme.

»Alle, die in der nächsten Szene nicht mehr gebraucht werden, können jetzt gehen«, sagte der Regisseur. »Danke für heute!«

Filippa schnappte Jacke und Tasche und ging schnell zu Paul. Im Gegensatz zu ihr wurde er in der nächsten Szene gebraucht, aber da es nie die passende Gelegenheit zu geben schien, um mit ihm zu sprechen, konnte sie es genauso gut jetzt versuchen. Jetzt oder nie.

»Hallo«, sagte Filippa.

»Hallo«, sagte Paul und lächelte. »Bist du fertig für heute?«

Filippa nickte.

»Zwetajewa lässt ihre beste Freundin mit ihren Selbstmordgedanken allein, weil sie findet, dass die Freundin jetzt vor allem Ruhe braucht«, sagte sie. »Gut, dass Zwetajewa nicht bei der Telefonseelsorge arbeitet, sonst müssten die verzweifelten Anrufer damit rechnen, dass sie, wenn's anstrengend wird, den Hörer auflegt. – Ich wollte fragen, passt dir heute Abend? Du weißt schon, das Theater ...«

Paul war einen Augenblick still. Sie hatte schon zweimal gefragt, und es hatte nicht geklappt, aber sie wünschte sich nur umso verzweifelter, endlich mit ihm allein zu sein. Weit weg von der RoyDram.

Seit dem Anfang des Schuljahrs hatte Paul sich immer mehr zurückgezogen. Er hatte noch weniger geredet als sonst und das Gesicht am liebsten unter seiner Baseballkappe versteckt. Filippa fragte sich inzwischen, ob sie ihn bei der Kopf-an-Kopf-Übung womöglich missverstanden hatte. Vielleicht war er gar nicht in sie verliebt. Vielleicht hatte er ihr nur andeuten wollen, dass er wusste, dass *sie* in *ihn* verliebt war. Oder er *war* in sie verliebt gewesen und war es nur jetzt nicht mehr. Das war die am wenigsten witzige Variante. Aber verständlich, schließlich hatte er sie nacheinander mit Alec und dann mit Eamonn gesehen. Sie war so doof. Das, was sie für Paul empfand, war nämlich echte, tiefe Liebe. Es war nicht so durchgeknallt wie bei Danny White und Alec, als sie nicht mehr schlafen oder essen und manchmal nicht mal mehr atmen konnte. Es war mehr die ernste Art Liebe, bei der man jemanden auch als besten Freund haben wollte und neugierig war, wie er küsste. Umgekehrt fühlte sie sich schon bei dem Gedanken, dass jemand wie Paul in sie verliebt sein könnte, aus der Masse ihrer Mitmenschen herausgehoben. Es war ungefähr so, als hätte man ihr den Nobelpreis verliehen.

»Wir können uns unter einer Bedingung treffen«, sagte Paul.

»Und die wäre?«

»Dass wir nicht ins Theater gehen. Dass wir irgendwas anderes machen.«

Filippa nickte.

»Aber wir sind hier wahrscheinlich erst nach sechs fertig«, fuhr Paul fort. »Kannst du so lange warten?«

»Kein Problem«, sagte Filippa schnell. »Ich kann in dem italienischen Café in der Warren Street auf dich warten. Direkt neben der U-Bahn. Komm einfach hin, wenn du fertig bist!«

Dann huschte sie hinaus, bevor er es sich anders überlegen konnte.

Drei Tassen Earl Grey später und so nervös, dass es sie am ganzen Körper juckte, sah sie endlich seine schmale Gestalt vor dem Café auftauchen. Es war schon dunkel, und die Straßenbeleuchtung war eingeschaltet. Als er das Café betrat, nahm er die Baseballkappe ab und setzte sich Filippa gegenüber.

»Hallo«, sagte sie.

»Hallo«, sagte Paul.

Er lächelte und erschien ihr lebendiger als eben noch in der RoyDram.

»Wie ist es gelaufen?«, fragte sie.

»Ich würde unseren Regisseur nicht gerade die dynamischste Person nennen, der ich je begegnet bin«, sagte Paul. »Und Achtung: Von jetzt an ist es verboten, über die RoyDram zu reden. Versprochen?«

Paul streckte die Hand aus, und Filippa nahm sie. Die Hand war warm und sein Händedruck erstaunlich fest.

»Versprochen.«

Draußen auf der Straße ging eine Gruppe Menschen in Halloween-Kostümen vorbei: ein Mann mit Scream-Maske, eine Hexe, ein Mann in einem ganz normalen Anzug, aber mit einem blutigen Messer im Kopf und zwei Frauen in dünnen, tief ausgeschnittenen Tops und mit Katzenohren auf dem Kopf. Alle schienen betrunken, obwohl es gerade mal Viertel nach sechs war.

»Die fangen früh an«, sagte Filippa.

»Komm!«, sagte Paul plötzlich und packte ihre Hand. »Hast du schon bezahlt?«

»Ja«, sagte Filippa.

Sie verließen das Café und bogen in eine Seitenstraße. Leider ließ Paul ihre Hand bald los, aber Filippa tat so, als müsste sie ohnehin ihre Tasche zurechtrücken. Danach gingen sie eine Weile schweigend nebeneinander her. Der Wind hatte endlich nachgelassen, aber dafür war die Temperatur um mehrere Grad gefallen. Die Luft war eisig kalt. Im Fenster eines Tabakladens hing eine Girlande aus Papierkürbissen.

»Halloween ist nach Weihnachten mein Lieblingsfest«, sagte Filippa.

Paul schaute sie fragend an.

»Aber Halloween kommt doch nicht *nach* Weihnachten«, sagte er verwirrt.

Winzig kleine Schneeflöckchen wirbelten durch die Luft. Für London kam der Schnee früh.

»Hallo?!«, sagte Filippa lachend. »Natürlich kommt Halloween nicht nach Weihnachten, jedenfalls nicht kalendermäßig. Ich will sagen, dass Weihnachten mein liebstes Fest ist und Halloween mein zweitliebstes.«

»Ach so«, sagte Paul.

»Und ich dachte immer, du wärst der klügste Mensch der Welt.«

Paul lächelte.

»Wenn du Halloween magst, wirst du das gleich auch mögen«, sagte er und hakte sich bei ihr unter.

»Wohin gehen wir?«, fragte Filippa.

Paul ging jetzt schneller, aber er antwortete nicht. Mit ihm untergehakt zu gehen erschien Filippa als das Natürlichste der Welt. Allerdings weckte es tief in ihr auch eine Art Mutterinstinkt, der sie besorgt auf seine dünne, erste Spuren von

Nässe zeigende Jacke schauen ließ. Vor einem imposanten Haus im viktorianischen Stil blieb Paul stehen. In den Häusern ringsum sah man Licht, aber in diesem nicht. Filippa zählte vier Stockwerke mit jeweils drei Fenstern.

»Reynolds Square Nummer 50«, sagte Paul. »Eines der unheimlichsten Häuser Londons.«

Für eine Weile betrachteten sie es schweigend, einander so nah, dass sie seine Körperwärme spürte. Dann begann Paul zu erzählen.

»Es gehörte ursprünglich einem Premierminister, der 1827 starb. Dann wohnte ein Geschäftsmann mit seiner Familie darin und nach ihm ein Architekt namens Charles Michael Curzon. Als seine Frau und sein Kind während der Niederkunft starben, schloss er sich ganz oben in einem Zimmer ein und verließ es nur noch nachts, um mit einer Kerze in der Hand durchs Haus zu wandern. Eines Tages war er weg, aber irgendwas wandert seitdem immer noch durchs Haus.«

Filippa hielt den Atem an. Ihr war, als flackerte hinter einem der Fenster im zweiten Stock ein schwaches Licht.

»Ich liebe solche Geschichten«, sagte Paul lächelnd. »Angeblich hat man auch schon gehört, wie …«

»Paul, magst du mich?«, platzte es plötzlich aus Filippa heraus.

Sie wandten sich einander zu. Paul schaute zu Boden. Die winzig kleinen Schneeflöckchen wirbelten immer noch durch die Luft und blieben in Filippas Wimpern hängen. Sie musste blinzeln.

»Ich bin verrückt nach dir«, sagte Paul leise. »War das nicht offensichtlich? Ich meine, von Anfang an?«

Filippa lehnte sich nach vorn, und ihre Lippen trafen sich.

Sie küssten sich vorsichtig, als könnte eine zu schnelle oder heftige Bewegung den Zauber brechen. Filippa und Paul küssten sich mehrere Minuten, während um sie herum die Schneeflocken tanzten. Danach sah Paul Filippa an, aber obwohl er lächelte, lag noch etwas anderes in seinem Blick, etwas Trauriges.

»Komm!«, sagte Filippa und nahm seine Hand. »Jetzt bin ich an der Reihe.«

Paul hielt ihre Hand so fest, dass es fast wehtat. Aber Filippa machte es nichts aus. Es machte ihr auch nichts aus, den Mund zu halten. Mit jedem anderen Jungen der Welt hätte sie jetzt geplappert, als wäre Stille nur ein anderes Wort für Langeweile – wenn nicht gleich der Todeskuss für die Beziehung. (*»Plötzlich hielt sie eine Minute lang den Mund, und wir aßen nur noch unsere Spaghetti – da wusste ich, dass sie trotz allem nicht meine Traumfrau war.«*) Mit Paul war die Stille nur befreiend. Sie hatten alle Zeit der Welt. Das hier war nur der Anfang.

Vor einem kleinen Restaurant unweit der Euston Road hielt Filippa an. Es hieß La Cantina und war eine Empfehlung von Malin, die schwor, es sei mit schmeichelhaftem Licht, Gerichten, bei denen man beim Essen nicht den Mund aufreißen müsse, und dazu zivilen Preisen das absolut perfekte Restaurant für ein Date. Filippa war schon einmal mit Malin da gewesen und hatte die mexikanische Küche göttlich gefunden.

»Bitte sehr, La Cantina!«, sagte sie und hielt Paul die Tür auf.

Warme Luft und die verführerischen Düfte von Koriander, Knoblauch und Chili drangen aus dem kleinen Restaurant.

»Nein«, sagte Paul und sah fast erschrocken aus.

Filippa machte die Tür schnell wieder zu.

»Wir können auch woanders hingehen«, sagte sie. »Es war nur ein Vorschlag.«

Das La Cantina war günstig, aber für Paul vielleicht trotzdem zu teuer. Sowieso hatte sie vorschlagen wollen, dass sie sich die Rechnung teilten.

»Gleich da drüben gibt's einen Imbiss«, sagte Filippa. »Wie wär's damit?«

Paul nickte und nahm wieder ihre Hand. Sie überquerten die Straße und betraten das Imbisslokal. Der Fußboden war schmutzig und voller bräunlicher Pfützen. Eine beleuchtete gelbe Anzeige zeigte das Angebot von Hamburgern bis zum kompletten englischen Frühstück. In der gläsernen Theke lagen auch Schokoriegel und Tüten mit Chips und Erdnüssen. Es gab Tische, und ungefähr die Hälfte davon war besetzt. Filippa wünschte sich, das Neonlicht wäre ein bisschen weniger brutal gewesen, weil es die Leute leicht grün und hohläugig aussehen ließ.

»Was möchtest du?«, fragte sie lächelnd. »Ich lad dich ein.«

»Nur eine Tüte Walker's-Chips, bitte«, sagte Paul. »Mit Salz.«

»Jetzt sei nicht kompliziert. Du bist eingeladen. Wie wär's mit einem Hamburger? Ich glaube, für mich ist es das.«

»Nur eine Tüte Chips, bitte.«

Vor ihnen bekam ein anderes Paar seine Hamburger mit Pommes gereicht. Filippas Magen knurrte.

»Bitte, Paul!«, sagte Filippa. »Was möchtest du haben? Du kannst nicht nur eine Tüte Chips essen.«

»Ich *esse* nur Chips.«

Sie waren eigentlich an der Reihe, aber Filippa ließ den Mann hinter ihnen vor. Sie traten zur Seite, und Paul schaute gequält aus dem Fenster.

»Ehrlich jetzt?«, fragte Filippa.

Paul nickte. Filippa war kurz davor zu weinen. Es war offensichtlich, dass er nicht log.

»Zum Frühstück auch?«, fragte sie.

»Es ist das Einzige, was ich essen *kann*«, sagte Paul.

»Aber wieso?«

Filippa nahm wieder seine Hand. Die Hand eines Menschen, der sich nur von gesalzenen Kartoffelchips ernährte.

»Ich weiß nicht«, sagte Paul. »Es hat sich einfach so entwickelt.«

»Aber ... aber ...« Filippa versuchte, die in ihr aufsteigende Panik zu unterdrücken. »Du musst doch auch was anderes essen. Du *musst*. Sonst stirbst du!«

Paul sagte nichts.

»Du musst! *Bitte!* Tu's meinetwegen, Paul, ich bitte dich! Ich meine, das weißt du doch selbst, dass dein Körper mehr braucht als ... Er braucht doch auch Nährstoffe und all das. Paul, bitte? Begreifst du denn nicht? Dein Körper kann unmöglich ...«

Paul stürzte aus dem Imbiss, bevor sie den Satz beenden konnte. Filippa wollte hinter ihm herlaufen, aber sie stand wie festgefroren und schaute ihm nur nach. Der dicke Mann hinter der Theke rief, dass die Bestellung Spiegelei und Würstchen mit weißen Bohnen in Tomatensoße fertig sei.

30

Der Fotograf begrüßte Filippa mit einem breiten Lächeln.

»Wein? Rot? Weiß? Rosé? Champagner?«, fragte er.

Während sie überlegte, versuchte Filippa, wieder zu Atem zu kommen. Sie schnaufte immer noch, nachdem sie sich in Notting Hill verlaufen hatte.

»Champagner«, sagte sie schließlich. »Bitte.«

Ihr Rücken klebte vor Schweiß, und sie war sich sicher, dass ihre Stirn und ihre Nase glänzten wie mit Kokosfett eingerieben. Dabei hatte sie vor anderthalb Stunden, als sie die Wohnung in Kentish Town verlassen hatte, fantastisch ausgesehen, mit frisch gewaschenen Haaren, frisch gebügelten Kleidern, perfekt geschminkt und vor Selbstvertrauen strotzend. Aber schon als sie die U-Bahn erreichte, waren die frisch gewaschenen Haare und gebügelten Kleider nur noch eine blasse Erinnerung, und als sie an der Station Notting Hill Gate ausstieg, brach ein wahrer Albtraum los.

Der Westen Londons hatte für sie immer noch etwas von einem Mysterium. Vor allem erschien er ihr so ganz anders als »ihr« London, unter dem sie, wie nicht anders zu erwarten, Camden und Kentish Town sowie die Gegend um die RoyDram verstand. Die Häuser sahen im Westen weißer aus, und die Leute wirkten cooler, so als lebten sie ständig in ihrem eigenen Musikvideo. Schon das hatte Filippa nervös gemacht. Und dann hatte sie sich auch noch verlaufen. Ihr Handy hatte sie aus irgendeinem Grund zu Hause vergessen, und als sie den Fotografen aus einem Telefonhäuschen voller Brandstellen von ausgedrückten Zigaretten anrief, landete sie beim Anrufbeantworter. Einmal hatte sie sogar kurz geweint, nämlich als sie merkte, dass sie ein zweites Mal in die falsche Richtung gegangen war und nicht, wie geplant, an der Callow Road herauskam.

Nach diesem kleinen Nervenzusammenbruch mit zitterndem Kinn, grässlichen Flüchen, heiß gelaufenen Füßen und schweißnassen Achselhöhlen fragte sie nacheinander noch fünf verschiedene Leute, von denen ihr keiner weiterhelfen konnte, bis sie schließlich allein die richtige Straße fand.

»Noch mal Entschuldigung fürs Zuspätkommen!«, sagte Filippa, während sie sich fragte, ob sie nicht nach Schweiß roch.

Der Fotograf, Vincent, schüttelte den Kopf und ließ den Champagnerkorken knallen. Er war um die dreißig, etwas rundlich und hatte dunkle Haare.

»Hauptsache, du bist hier«, sagte er und reichte ihr ein volles Glas. »Bitte sehr!«

»Danke. Prost!«

»Prost!«, sagte Vincent. »Ich kümmere mich nur schnell um den Hintergrund. Mach's dir so lange gemütlich!«

Filippa nickte und schaute sich um. Das Studio war ein einziger riesiger Raum und diente offensichtlich auch als Wohnung. In einer Ecke gab es eine winzige Küche, und eine offene Tür führte in ein im Halbdunkel liegendes Badezimmer. Auf einer Galerie konnte Filippa ein großes ungemachtes Bett mit pflaumenfarbener Bettwäsche ausmachen. Sie nahm einen Schluck von dem eiskalten prickelnden Getränk und stellte fest, dass es billig schmeckte. Dass Vincent es ihr vor dem Fotografieren angeboten hatte, war trotzdem eine nette Überraschung.

Dann betrat eine dunkelhaarige Frau mit Tüten in den Händen den Raum.

»Na, hallo, ich heiße Antonia«, sagte sie und gab Filippa die Hand.

»Filippa«, sagte Filippa und dachte im Stillen, dass die Frau und Vincent einander dermaßen ähnlich sahen, dass sie gut Geschwister hätten sein können.

»Meine Frau!«, rief Vincent aus einer entfernten Ecke des Studios. »Und Geschäftspartnerin!«

Dass zwei Leute auf so engem Raum miteinander leben und arbeiten konnten, ohne einander umzubringen, fand Filippa erstaunlich.

Antonia stellte die Tüten auf den winzigen Tisch in der Küchenecke.

»Hat er dir was zu trinken angeboten? Wein? Champagner?«, fragte sie. »Ach ja, ich seh schon. Du bist also an der RoyDram? Spannend, oder?«

Filippa nickte und trank noch einen Schluck Champagner. Nach fast drei Jahren wusste sie immer noch nicht, was sie antworten sollte, wenn die Leute davon anfingen, wie »spannend« es an der RoyDram sein musste. (»*Es ist bestimmt nicht halb so spannend wie dein Job als Deckelaufschrauber in der Gurkenfabrik. Magst du mir nicht mehr davon erzählen?*« – »*Nein, spannend würde ich nicht sagen. Die meiste Zeit ist es das gar nicht.*« – »*Spannend? Wenn du wüsstest!*«)

»Vin und ich fotografieren viele von euch«, sagte Antonia mit demselben breiten Lächeln wie ihr Mann. »Und manche, von denen wir die ersten Fotos gemacht haben, sind inzwischen richtig groß. Stimmt's, Vin?«

Vincent, der gerade Staub von einem langen grauen Fotohintergrund abwischte, drehte sich zu ihnen um.

»Und weißt du, was all die Großen gemeinsam haben?«, fragte er. »Komm und setz dich hierher, sei so gut!«

Filippa nahm noch einen Schluck aus ihrem Glas, setzte sich vor dem grauen Hintergrund auf einen kleinen Drehhocker und schüttelte den Kopf.

»Nein, was denn?«

Vincent hielt mit Daumen und Zeigefinger eine unsichtbare Streichholzschachtel in die Höhe.

»Sie sind winzig. *Winzig!*«, sagte Vincent. »Tom Cruise kannst du in der Tasche herumtragen, ohne dass es jemand merkt. Es sind Miniaturausgaben von Menschen. Hübsche kleine Puppen. Aber genau darum wirken sie auf der Leinwand. – Okay, jetzt schau mal hierher!«

»Keira Knightley ist so klein und dünn, dass wir sie erst suchen mussten, bevor wir sie fotografieren konnten«, fügte Antonia hinzu. »Wir haben sie dann hinter dem Stativ gefunden!«

Filippa musste so lachen, dass der Stress wegen des für sie ungewohnten Zuspätkommens mit einem Schlag verflogen war. Sie schaffte es sogar, die Gedanken an Paul und ihr missglücktes Date zu verdrängen. Sie hatten seitdem kein Wort mehr miteinander gesprochen. Filippa war sich zwar nicht sicher, wer eigentlich mit wem nicht mehr redete, aber sie würde auf keinen Fall diejenige sein, die den ersten Schritt machte und sich entschuldigte. Schließlich war er es, der kein normales Essen zu sich nahm. Und es war ja nicht so, dass sie ihn aufgefordert hätte, frittierte Affenpenisse oder Katzenhoden am Spieß zu essen. Sie hatte ihn auf einen Hamburger eingeladen. Einen ganz gewöhnlichen Hamburger!

Vincent hatte sich die Kamera umgehängt, und Filippa hörte sie zum ersten Mal klicken.

»Und ein bisschen aufschauen! ... Das Kinn nach vorn! ... Sieh mich an, als hättest du Glühbirnen hinter den Augen! ... Gut! ... Weiter so! ... Fantastisch! ... Jetzt dreh den Kopf zur anderen Seite! ... Denk an die Glühbirnen! ... Nein, nicht lächeln! ... Aber lächle in Gedanken! ... Wunderbar! ...«

Anders als beim Fotografen vom *Aftonbladet* genoss Filippa das Fotografiertwerden. Als Vincent eine kurze Pause machte, kam Antonia und puderte ihr die Nase. Sie brachte auch ein zweites Glas Champagner.

»Du siehst wunderbar aus, Schätzchen«, sagte sie leise.

»Danke«, sagte Filippa mit ein bisschen schwerer Zunge. »Es macht auch wirklich Spaß.«

»Du bist dafür geboren, vor der Kamera zu stehen, Schätzchen.«

»Mir reicht's schon, wenn mein Anblick niemanden in Stein verwandelt«, sagte Filippa.

Antonia trat lachend zur Seite, und Vincent hob wieder die Kamera. Ungefähr zehn Minuten später legte er sie beiseite.

»Das war's. Ich glaube, da sind ein paar richtig gute Aufnahmen dabei«, sagte er.

Filippa war enttäuscht, dass sie schon fertig waren. Sie hatte viel Spaß gehabt und sich sehr speziell gefühlt.

»Und bis wann sind die Bilder fertig?«

»In ungefähr einer Woche«, sagte Vincent. »Antonia und ich müssen die Bilder ja noch bearbeiten. Aber du bist wirklich fotogen.«

»Danke«, sagte Filippa und spürte, wie sie errötete.

Sie stand auf und streckte sich. Nach dem gelungenen Fototermin würde sie sich – fotogen wie sie war – noch einen Spaziergang durch Notting Hill mit einer anschließenden Tasse Tee und einem Blaubeermuffin gönnen.

»Möchtest du auch ein paar Bilder topless machen?«, fragte Vincent.

Filippa erstarrte mitten in der Streckbewegung zur Salzsäule. Sie hatte sich doch wohl verhört.

Vincent hängte sich wieder die Kamera um den Hals.

»Im Ernst«, sagte er. »Antonia und ich würden wahnsinnig gern Bilder von dir machen. Ich meine, andere als die, die wir gerade gemacht haben. Künstlerische.«

Antonia kam und brachte Filippa noch ein Glas Champagner.

»Du bist speziell, Schätzchen«, sagte sie. »Die Bilder würden toll werden. Und du kannst so viel ausziehen, wie du möchtest. Es wird alles sehr geschmackvoll.«

»Es ist schon Herbst«, sagte Filippa.

Aber in einer Sekundenanwandlung von Wahnsinn dachte sie: Warum nicht? Warum nicht jetzt, solange ihr Körper noch keine Makel hatte, keine Krampfadern, Falten oder Haare, die wuchsen, wo sie nicht wachsen sollten, und was sonst noch alles an körperlichem Elend auf sie zukam? Sie würde ihren Enkelkindern zeigen können, wie hübsch sie einmal gewesen war. Oder nein, lieber nicht! Die Vorstellung, sie selbst hätte sich Nacktaufnahmen ihrer Großmutter ansehen müssen, war gar zu fürchterlich. Die armen Enkel würden sich wahrscheinlich ein Trauma fürs Leben einfangen. Aber für sich selbst könnte sie es tun. Filippa Bond könnte sich, die Hand lasziv auf eine Brust gelegt, halb nackt auf einem Bärenfell rekeln.

»Wir haben eine Website«, sagte Vincent. »Nicht die Website

auf unserer Visitenkarte oder dem Flyer. Eine für ein etwas reiferes Publikum. Wir könnten die Bilder dort einstellen.«

Der Gedanke, irgendein wildfremder Mensch irgendwo auf dem weiten Erdball könnte sich Bilder anschauen, auf denen sie halb nackt zu sehen war, ließ Filippa schaudern. (*We in belgorod think u SEXY! u come to belgorod? i love you ^__^ LOL*) Die Unterlagen von *Equity* waren noch nicht gekommen, womit sie amtlich wie auch sonst immer noch Filippa Karlsson war. Und Filippa Karlsson behielt die Kleider an.

»Vielen Dank!«, sagte Filippa. »Es hat Spaß gemacht.«

»Wenn du deine Meinung ändern solltest, kannst du uns jederzeit anrufen«, sagte Antonia.

Filippa winkte zum Abschied und ging aus der Tür. Das Letzte, was sie von Vincent und Antonia sah, war, wie sie nebeneinanderstanden. Lächelnd. Wie ein gespenstisches Geschwisterpaar, das sich nicht vom Fleck rühren würde, bis Filippa eines Tages wiederkam.

Eine Woche später war ein harter, großer Umschlag in der Post, den sie erst in der Schule öffnete. Anna und Ruth standen dabei neben ihr. Seit der Unterhaltung in der Cafeteria hatte sich Anna, wie angekündigt, von Ruth ferngehalten, aber für die Fotos gedachte sie offenbar eine Ausnahme zu machen. Um sie herum dehnte sich der Rest der Klasse, um sich auf eine Bewegungsstunde mit Donatella vorzubereiten. Da Paul seit ein paar Tagen fehlte, hatte Filippa eine Sorge weniger. Mit zittrigen Händen zog sie fünf große Schwarz-Weiß-Fotos aus dem Umschlag. Aber niemand sagte etwas.

»O Gott!«, brachte Filippa schließlich heraus.

Ruth nahm eines der Bilder und schaute es sich genauer an.

»Du siehst …«, sagte sie. »Du siehst … ich weiß nicht …«
Anna schüttelte nur den Kopf.

»Ich sehe aus …«

»Du siehst aus, als wärst du zwölf«, sagte Anna.

Zwölf war noch geschmeichelt. Filippa selbst fand, dass sie wie eine Zehnjährige aussah. Eine Zehnjährige, die wie die Mitarbeiterin des Monats einer Kreissparkasse auszusehen versuchte. Wie zum Teufel hatte das seltsame Fotografenpaar das hingekriegt? Die Ähnlichkeit mit Filippas Klassenfoto aus der vierten Klasse Grundschule war gespenstisch.

»Die kann ich doch nicht verwenden«, schniefte Filippa.

»Höchstens, wenn du fürs Kindertheater vorsprechen willst«, sagte Anna. »Oder für eine Neuverfilmung von Pippi Langstrumpf.«

»Du siehst wahnsinnig unschuldig aus«, versuchte Ruth, sie zu trösten.

»Ich will nicht unschuldig aussehen«, sagte Filippa. »Ich will wild und sexy und schön aussehen.«

»Deinen Eltern würden sie bestimmt gefallen«, sagte Ruth.

Enttäuscht stopfte Filippa die Bilder in den Umschlag zurück. Wenn Vincent und Antonia gehofft hatten, dass sie sie weiterempfahl, konnten sie es vergessen.

Ein paar Tage später ging Filippa neue Fotos machen lassen, diesmal bei einer Spanierin mit einem kleinen Studio in Hoxton. Auch wenn es wehtat, ein zweites Mal für Bilder zu bezahlen, war Filippa mit dem Ergebnis zufrieden. Sie kam vielleicht nicht wirklich wild und sexy rüber, aber die Fotografin ließ sie wenigstens nicht aussehen, als träumte sie von Shetlandponys, Lipgloss mit Glitzer und Tommy aus der Fünften.

31

Vorsichtig klopfte Filippa an die dunkelgrüne Tür.

»Herein!«, hörte sie es rufen.

Sie öffnete die Tür und betrat Sheilas warme, gemütliche Höhle. Die Kostümschneiderin trug ihr Maßband um den Hals und dazu ein großes Nadelkissen am Arm. Das Radio auf dem Schreibtisch spielte kaum hörbare Musik, genau wie beim ersten Mal, als Filippa dort gewesen war. An einer der schwarzen Tafeln in dem kleinen Raum hingen ein rosa Post-it-Zettel mit der Aufschrift »Die Kleinbürger« und Skizzen und Bilder von Kleidern aus dem frühen 20. Jahrhundert.

Filippa durfte das Kleid für ihre Rolle als Zwetajewa anprobieren – seit Paul und sie nicht mehr miteinander redeten, endlich wieder mal ein Tag, an dem sie morgens gern aufgestanden war. Paul war eine Weile nicht mehr in der Schule gewesen, aber heute Morgen hatte sie ihn auf dem Flur gesehen. Sie hatte sich gefreut und ihn begrüßt, aber er schien sie nicht gehört zu haben. Vielleicht hatte er sie nicht mal bemerkt, jedenfalls war er mit schnellen Schritten an ihr vorbeigegangen.

»Wie laufen die Proben?«, fragte Sheila, die an der Nähmaschine saß und an etwas aus braunem Stoff arbeitete.

»Gut«, sagte Filippa. »Schön, dass nächste Woche schon Premiere ist.«

Ihre Augen suchten das russische Jahrhundertwendekleid, das Sheila ihr nähen sollte, konnten es aber nicht entdecken.

»Fertig«, sagte Sheila und zog den braunen Stoff vom Nähmaschinentisch. »Euer Regisseur sagt, er sieht die Zwetajewa schlicht, obwohl sie natürlich reich ist.«

»Schlicht?«

»Weil sie nicht auffallen will«, sagte Sheila.

»Hin und wieder will sie das vielleicht doch.«

»Also muss es etwas Praktisches und eher weniger Schmeichelhaftes sein.«

»Aber gleich so wenig schmeichelhaft?«

»Es ist gut geworden, oder?«

Sheila hielt den braunen Stoff in die Höhe, und Filippa sah, dass es ein langer Rock war. Aus einem Material, das rau, hart und unbequem aussah.

»Die hier gehört dazu«, sagte Sheila und zeigte auf eine hässliche türkisfarbene, langärmelige Bluse, die auf der Ankleidepuppe neben der Nähmaschine hing. »Komm, probier mal an, falls ich noch was ändern muss!«

Eine Viertelstunde später schleppte sich Filippa müde die Treppe vom Keller hinauf. Aus der Traum, ihre traurige kleine Rolle wenigstens in einer raschelnden Seidenrobe zu spielen. Es war ihr erster öffentlicher Auftritt, und sie würde abgrundtief hässlich aussehen. Die lange Zeit an der RoyDram war verlorene Liebesmüh.

»Entschuldige, weißt du, wo das Stimmstudio ist?«, fragte im Erdgeschoss ein Mädchen, das wie vierzehn aussah und sich viel zu viel Abtöncreme ins Gesicht geschmiert hatte.

»Die Treppe hoch, dann rechts«, antwortete Filippa.

Das Mädchen ging, ohne sich zu bedanken, und kaum war es

verschwunden, drängte sich ein ganzer Pulk junger Leute auf dem Weg zum Vorsprechen an ihr vorbei. Früher hatte sie der Anblick hoffnungsvoller neuer Bewerber gerührt und amüsiert. Die jungen Leute hatten sie daran erinnert, wie schwer es gewesen war, an die RoyDram zu kommen. Jetzt hörte sie das nervöse Kichern der Mädchen und war genervt.

Filippa schlüpfte ins Bewegungsstudio, wo die Stunde mit Donatella schon begonnen hatte. Die Klasse war in Paare aufgeteilt, die einander gegenüberstanden und abwechselnd einen Bambusstab auf dem Zeigefinger balancierten. Anna, die sich in der Nähe der Tür befand und sich einen Bambusstab mit Samson teilte, winkte Filippa mit der freien Hand.

»Wie war's bei Sheila?«, fragte sie im Flüsterton und ohne den Bambusstab auf Samsons Zeigefinger aus den Augen zu lassen. Sie und Samson bewegten sich beinahe synchron.

»Rock und Bluse, und nicht besonders schön«, sagte Filippa.

»O Gott, ist das alles, was ihr Mädchen im Kopf habt?«, murmelte Samson.

»Wir können ja nicht Tag und Nacht von dir träumen«, sagte Filippa, worauf Samson der Bambusstab vom Finger rutschte und zu Boden fiel.

Was Donatella natürlich bemerkte.

»Wenn ihr den Bambusstab fallen lasst, sammelt euch für ein paar Sekunden und hebt ihn erst dann wieder auf. Es geht hier um Konzentration und darum, euch von eurem Körper leiten zu lassen und nicht von eurem Kopf. Filippa, schließ dich bitte Rocio und Russell an! Jeder von euch setzt einmal aus!«

Es herrschte keine gute Stimmung im Studio. Viele in der Klasse waren erkältet, hatten triefende Nasen, husteten und klagten über Müdigkeit. Die meisten fanden, dass die Stunden mit Donatella ihnen nur Zeit für die Proben nahmen.

»Hallo, Bono!«, sagte Russell.

»Bond«, sagte Filippa. »Aber macht bitte weiter, ich ...«

Genau da erhob sich ein markerschütternder Schrei.

Filippas erster Gedanke war, dass es Vern war, der Quatsch machte und zu einem Orang-Utan-Gebrüll anhob. Aber als sie nach ihm Ausschau hielt, sah sie ihn neben Verity stehen und mit großen Augen in die Runde starren. Der Schrei war noch lauter geworden und klang fast nicht mehr menschlich. Dann wurde er leiser und zu einem Wimmern. Erst jetzt sah Filippa Paul. Er stand am anderen Ende des Studios.

Er war es, der so schrie. Er hatte die Augen weit aufgerissen und sah aus wie ein verwundetes Tier. Seine Wangen waren rot, während das restliche Gesicht noch blasser zu sein schien als sonst. Er atmete schwer und hielt den Bambusstab mit beiden Händen vor sich, als wollte er sich vor etwas schützen.

»Fshvvvnnn ... AAAAAAAAAAAHHHH!«, schrie er.

»Paul?«, sagte Eamonn und machte vorsichtig einen Schritt auf ihn zu.

»Fffthhhh ... aaaaaaAAAH!«, schrie Paul und schwang den Bambusstab gegen Eamonn, der sich gerade noch ducken und zurückspringen konnte.

Alle schienen etwas tun zu wollen, aber niemand traute sich. Niemand wollte glauben, was hier geschah. Direkt vor ihren Augen. Sogar Donatella sah verängstigt aus. Paul atmete immer noch schwer und schwang den Bambusstab, als sähe er aus allen Richtungen Feinde kommen, die ihn attackierten. Schweiß glänzte auf seiner weißgrauen Stirn.

Relic versuchte, den Stab zu packen, aber Paul schwang ihn

so schnell, dass Relic nur einen harten Schlag auf den Arm bekam. Filippa hörte, wie einige Mädchen zu weinen begannen.

»Paul«, sagte Donatella, die jetzt aussah, als hätte sie sich wieder gefangen. »Es ist alles in Ordnung.«

Paul ließ den Bambusstab mit einem lauten Knall zu Boden fallen und begann laut vor sich hin murmelnd im Kreis zu gehen.

»Paul!«, versuchte es Eamonn noch einmal, aber Paul schien ihn nicht zu hören. Er schien überhaupt niemanden zu hören.

Relic näherte sich ihm unauffällig und nahm schnell den Bambusstab.

»Niemand will dir wehtun, Paul«, sagte Donatella. »Paul, hörst du mich? Niemand will dir etwas Böses.«

»Du bist unter Freunden«, sagte jemand.

Bevor irgendjemand reagieren konnte, rannte Paul darauf zur Wand und schlug den Kopf dagegen. Er tat es wieder und wieder, und die Wand war aus Beton. Es bildete sich ein schmieriger roter Fleck an der Wand, aber auch aufs Pauls Stirn. Filippa hörte nur noch den Laut, wenn Pauls Schädel gegen die Betonwand schlug. Er klang dumpf, als haute jemand mit einem unreifen Pfirsich auf einen Tisch. Dann warfen sich Russell, Vern und Relic auf Paul, aber es war, als hätte er übernatürliche Kräfte, und es gelang ihm, sich ihrem Griff zu entwinden. Er warf sich auf den Boden und begann wieder zu schreien.

»GGRRRRRRR ... AAAAHHHHHGRRRRAAAAA!«

Jetzt schlug er den Kopf gegen den Boden, aber es war auch, als wäre der Bann, der alle an ihrem Platz gehalten hatte, gebrochen. Einige rannten zur Tür und stürzten unter Weinen und halb erstickten Schreien auf den Flur.

»Ruft bitte jemand einen Krankenwagen!«, rief Donatella.

»SOFORT! Und sagt Mike und Geoffrey, dass sie herkommen sollen. Russell, Relic, Eamonn und Vern, ihr bleibt hier! Alle anderen gehen. LOS, RAUS!«

Nur Filippa konnte sich nicht von der Stelle rühren. Paul, dachte sie. Nein, das war nicht Paul. Nicht ihr Paul. *Das Ding*, das sich da auf dem Boden wälzte, als würde sein Körper von innen her in Stücke gerissen, war etwas anderes.

Er schlug immer noch den Kopf gegen den Boden.

»Alle …«, meinte sie ihn sagen zu hören. »Alle …«

Inzwischen war sein ganzes Gesicht blutüberströmt, und die Nase sah gebrochen aus.

»IN FRIEDEN!«, schrie er plötzlich und warf sich auf den Rücken.

»Filippa, raus, hab ich gesagt!«, schrie Donatella.

Sie spürte, wie Russell sie packte und zur Tür zog.

»Alles wird gut«, sagte Russell leise, wofür sie ihn fast ein bisschen mochte.

Dann ging er zurück ins Studio und schloss die Tür. Das Letzte, was Filippa sah, war, dass Relic und Eamonn sich auf Paul warfen und Vern seine Beine festhielt. Aber Paul lag sowieso schon still da. Statt zu schreien, hatte er angefangen zu weinen.

32

Filippas Hände waren kalt. Schon die ganze Woche hatte sich ihr Körper wie taub angefühlt, aber es waren vor allem ihre Hände, die ihr wie Eisklumpen vorkamen. Sie konnte sie reiben oder unter die Achseln stecken, es half alles nicht. Jetzt gerade versuchte sie es mit Pusten, um sie zum Leben zu erwecken.

»Ich liebe dieses Licht«, sagte Ruth.

Sie hatten die Garderoben zwei Stockwerke über der Bühne bezogen. Die Garderobe der Jungs lag auf der linken Seite, die der Mädchen auf der rechten. Über Schminktischen hingen von Glühbirnen eingerahmte Spiegel. Sie waren es, die Ruth bewunderte.

»Ich wünschte mir, ich hätte so was zu Hause«, sagte Filippa.

»Dann würde man immer nur schön aussehen«, sagte Ruth.

Auf einem fahrbaren Garderobenständer hatte ihnen Sheila ihre Korsetts und Kleider bereitgehängt, die Schuhe standen in einer ordentlichen Reihe auf dem Boden. Neben einem kleinen Handwaschbecken und vier Stühlen waren die Schminktische die einzigen Möbel im Raum. Die Wände waren mit Kritzeleien und Autogrammen sämtlicher RoyDram-Schülerinnen bedeckt, die im Laufe der Jahre die Garderobe benutzt hatten. Erst gestern war es Filippa gelungen, die Namen von Keira Knightley und Rachel Weisz zu entziffern.

»Ich wahrscheinlich nicht«, sagte Filippa und zog den

Haarknoten im Nacken fester. »Und? Seh ich aus wie eine langweilige Lehrerin?«

»Unbedingt«, sagte Ruth. »So langweilig, dass die Uhren stehen bleiben.«

Genau da begann der museumsreife Lautsprecher in der Zimmerecke zu knistern.

»Half hour until house opens«, sagte eine Stimme zweimal. Das hieß, dass in dreißig Minuten die Türen zum Foyer geöffnet wurden.

Ruth lehnte sich zu Filippa herüber.

»Wie geht's dir eigentlich? Wegen Paul, meine ich.«

»Gut, sehr gut«, sagte Filippa. »Ich hab jetzt wichtigere Dinge im Kopf, weißt du. Nur schade um die Zeit, die man mit so einem Psycho verplempert.«

Eine Viertelstunde später gingen die Mädchen in den *greenroom*. So nannte man den Raum unter der Bühne, in dem die Schauspieler warteten, bis sie auf der Bühne gebraucht wurden. Damit sie ihren Einsatz nicht verpassten, gab es Lautsprecher, über die sie das Geschehen auf der Bühne verfolgen konnten.

»Vern, wie läuft's?«, fragte Ruth.

Auf einem beigen Sofa saß Vern in seiner Bühnenkleidung und murmelte seinen Text. Er war eigentlich bei dem Tschechow-Stück dabei, das erst eine Woche nach den *Kleinbürgern* Premiere hatte, aber Donatella hatte ihn gebeten, einzuspringen und Pauls Rolle zu übernehmen. Er hatte weniger als eine Woche Zeit gehabt, Pauls umfangreichen Text zu lernen.

»Okay«, murmelte Vern. »Ihr denkt aber bitte dran, mir zu helfen, wenn ich stecken bleibe, okay?«

»Ich kann immer noch nicht glauben, dass Paul dich in so eine Scheißsituation gebracht hat«, sagte jemand.

»Tja«, sagte Vern. »Hab ich nicht gesagt, dass er zu weich ist? Psychopath, bekloppter. Ich weiß schon, warum ich nie mit ihm geredet hab.«

Filippa starrte Vern an.

»Wie bitte?«, sagte sie. »Du hast nie mit ihm geredet?«

Vern nickte selbstzufrieden.

»Nur wenn's unbedingt sein musste«, sagte er. »Warum hätt ich mich mit so einem Irren abgeben sollen?«

»Und es hatte natürlich überhaupt nichts damit zu tun, dass er einer der Begabtesten in der ganzen Klasse war«, sagte Alyson.

Filippa lächelte Alyson dankbar zu.

»Könntet ihr bitte aufhören zu quatschen?«, sagte Vern sichtlich verunsichert. »Ich muss mich auf meinen Text konzentrieren.«

Von da an waren wieder alle gleich nervös. Gleich wurde es ernst. Ihr erster öffentlicher Auftritt. Vor zahlendem Publikum und einer Menge anderer RoyDram-Schüler. Der Augenblick, auf den sie so lange gewartet hatten.

»Weiß jemand, ob heute Abend wichtige Agenten kommen?«

Alle schüttelten den Kopf oder zuckten die Achseln.

»Five minutes to curtain. Actors on stage«, sagte die Stimme aus den Lautsprechern.

Danach ging alles rasend schnell. Wer im *green-room* wartete, war mucksmäuschenstill und lauschte auf die Reaktionen des Publikums. Aber von ein paar Hustern abgesehen, hörte man nichts.

Und dann war Filippa dran. Schneller als gedacht stand sie als Zwetajewa im blendenden Scheinwerferlicht und redete über die ihr anvertrauten Schulkinder. Unten saßen Reihe für Reihe gesichtslose Köpfe und schauten sie an.

»Dann hab ich einen gewissen Klokow«, sagte sie, »ein zerzaustes, immer zerstreutes Bürschchen und ein richtiger Schmutzfink ...«

Aber in ihrem Kopf tönte es nur: »Aweenda shmure da froog's legs. Schmure de korn. Børk børk.«

Plötzlich wurde ihr bewusst, wie sehr ihre Beine zitterten. Sie hörten gar nicht mehr auf zu zittern. Zum ersten Mal war Filippa dankbar für den dicken braunen Rock, der hoffentlich auch ihre Jive tanzenden Beine verbarg. Jetzt zitterten sogar ihre Arme, und sie musste sie hart gegen den Körper pressen, damit man es nicht sah. Dann war die Szene zu Ende, und sie ging zurück in den Keller.

»Wie ist das Publikum?«, fragte Eamonn nervös.

»Gut«, sagte Filippa. »Glaub ich. Sie hören zu.«

Sie hatte ihre erste Szene geschafft. Aber sie war nicht gut gewesen. Trotz ihres zitternden Körpers hatte sie stocksteif dagestanden. Bestimmt hatten sich die Zuschauer gefragt, was Frankensteins Monster als schwedischer Koch der Muppet Show in einem russischen Stück der vorvorigen Jahrhundertwende verloren hatte. (*Und nächste Woche: Graf Dracula spielt die Nora in Ibsens »Nora oder ein Puppenheim«!*) Aber wenigstens waren ihre Hände nicht mehr kalt.

Es stellte sich heraus, dass alle unzufrieden in den *green-room* zurückkamen und niemand wirklich sagen konnte, ob es gut oder schlecht gelaufen war. In einer Szene mussten sie dann alle auf die Bühne, ausgelassene Menschen auf dem Weg zu einem Fest, nur schien keiner mehr zu wissen, was er zu tun hatte, obwohl gerade diese Szene unzählige Male geprobt worden war. Gareth lief gegen einen Pfeiler, Alyson übersprang anderthalb Seiten Text, und Eamonn ging durch eine falsche Tür ab. Dann war das Stück zu Ende, und sie nahmen den Applaus entgegen. Das Publikum klatschte – so schien es – aus vollem Herzen.

»Bravo!«, rief jemand.

Hand in Hand mit den anderen verbeugte sich Filippa dreimal und lächelte. Dann war es vorbei.

Als Filippa sich in der Garderobe vor den Spiegel setzte, fühlte sie sich, als bestünde ihr Körper ausschließlich aus zerkochten Spaghetti. Das Adrenalin schoss ihr auch jetzt noch durch die Adern.

»Hurra, hurra, hurra!«, jubelte Ruth und riss sich die Bühnenkleider vom Leib. »Wer zuletzt im Pub ist, endet als arbeitsloser Statist!«

Nachdem sie sich umgezogen, sich eine Wolke Deodorant unter die Achseln gesprüht und ihr Make-up gewechselt hatten, stürzten sie in den Pub. Die Ersten, die Filippa zu Gesicht bekam, waren Bridget und Malin, die an der pickepackevollen Theke standen.

»Herzlichen Glückwunsch!«, riefen sie, als sie Filippa entdeckten.

»Die hier sind für dich«, sagte Malin und reichte ihr einen schönen Strauß aus rosa, lila und weißen Blumen.

»Oh, danke!«, sagte Filippa und war kurz davor zu heulen.

Blumen. Sie hatte einen Strauß Blumen bekommen. Wie konnte eine so kleine Geste so groß sein? Auf einem winzigen Kärtchen stand:

Unserer lieben Filippa an ihrem großen Tag.
Wir sind so stolz auf dich.
Malin & Bridget xoxoxo

Filippa umarmte heulend erst die eine und dann die andere.

»Wie fandet ihr's?«, fragte Filippa, nachdem sie einander zugeprostet hatten.

»Toll«, sagte Bridget. »Es war so tragisch, wie alle immer nur gekämpft haben.«

»Und niemand gewonnen«, sagte Malin. »Alle haben ja nur verloren.«

»Weil sie nicht aus ihrem Leben ausbrechen konnten, selbst die nicht, die die Chance dazu hatten.«

Filippa war erstaunt, wie sehr ihre beiden Mitbewohnerinnen über das Stück nachgedacht hatten. Sie selbst hatte es immer nur langweilig gefunden. Eine Gruppe Menschen redete über nichts anderes, als dass man irgendwann ein Picknick machen sollte, zu dem es aber nie kam.

»Du musst während der Proben viel über Russland gelernt haben«, sagte Bridget.

»Hm-hm«, sagte Filippa und nickte. Sie hatte während der Proben gar nichts über Russland gelernt.

»Und du«, sagte Malin, »warst richtig toll. Ich hätte mir nur gewünscht, dass deine Rolle größer gewesen wäre.«

»Danke.«

»Ich wusste irgendwie gar nicht, was ich erwarten sollte«, sagte Bridget. »Aber dann warst du auf der Bühne einfach nur du selbst. Doch, das war toll.«

»Ja«, sagte Filippa, weil es das Einzige war, was ihr dazu einfiel. Ihr Herz versank gerade wie ein Stein im Wasser.

War sie auf der Bühne wirklich einfach nur sie selbst gewesen? Was war das denn für ein Kompliment? Sie hatte hören wollen, dass sie auf der Bühne nicht wiederzuerkennen war. Dass ihre Wandlungsfähigkeit alles übertraf, was die Welt bisher gesehen hatte.

»Sollen wir noch irgendwo was essen?«, fragte Bridget.

»Ich hab schon Ruth versprochen, dass ich mit ihr und ihren Eltern essen gehe«, sagte Filippa. »Sie sind extra aus Newcastle angereist. Aber tausend Dank, dass ihr gekommen seid! Und für die Blumen! Und die Karte!«

»Wie hätten wir uns das entgehen lassen können?«, sagte Malin und umarmte sie noch einmal.

Eine halbe Stunde später saß Filippa mit Ruth und ihren Eltern in einem der Chinarestaurants in der Gerrard Street in Soho. Die Luft war voller verführerischer Düfte, und aus der Küche drangen das Geschrei chinesischer Köche und das Klappern von Pfannen und Töpfen. Sowohl Ruths Mutter als auch ihr Vater waren schon beim zweiten Gin Tonic.

»Gab's keine andere Jacke, die du anziehen konntest?«, fragte Ruth und nickte zu der braunen Lederjacke mit Achselpolstern, die hinter ihrem Vater über der Stuhllehne hing.

»Das ist meine Ausgehjacke!«, protestierte er.

»Es ist schön, dich endlich zu treffen«, sagte Ruths Mutter und lächelte Filippa an. »Ruth hat schon so viel von dir erzählt.«

Filippa gab ihr ein breites Lächeln zurück. Bei ihrem leeren Magen war ihr der Alkohol, den sie im Pub getrunken hatte, direkt in den Kopf gestiegen.

»Nur Schlechtes, hoffe ich«, sagte sie.

Erst als Ruths Mutter und Vater lauthals lachten, ging ihr auf, dass sie das genaue Gegenteil hatte sagen wollen.

Dann kam der Kellner, um ihre Bestellung aufzunehmen.

»Bestell dir, was du möchtest, Filippa!«, sagte Ruths Vater mit donnernder Stimme. »Wir laden dich ein.«

»Danke«, sagte Filippa, nahm dann aber doch eins der günstigeren Hauptgerichte, weil sie wusste, dass Ruths Eltern alles andere als wohlhabend waren.

Als der Kellner gegangen war, goss Ruths Mutter mehr Tonic in ihr Glas und rührte mit einem der Plastikessstäbchen um.

»Was haben sie eigentlich mit ihm gemacht?«, fragte sie. »Mit dem Jungen von euch, der verrückt geworden ist?«

»Paul«, sagte Filippa leise.

»Er ist in irgendeiner Klinik im Süden von London«, sagte Ruth. »Die Lehrer sagen, man weiß nicht, wie lange er dort bleiben muss.«

»Armer Teufel«, murmelte Ruths Vater.

Filippa wünschte sich, sie würden aufhören, über Paul zu reden. Sie wollte nicht an ihn denken, und schon gar nicht wollte sie über ihn sprechen. Es tat zu sehr weh. Über ihn und den Vorfall im Bewegungsstudio zu sprechen hieße, sich einzugestehen, dass es tatsächlich geschehen war. Dass Paul tatsächlich verrückt geworden war. Und dass es irgendwie ihre Schuld war. Dass es anders gekommen wäre, hätte sie nicht derart schwachsinnig auf ihn eingeredet, dass er auch etwas anderes als Chips essen müsse. Dann wären sie zusammengeblieben, und er hätte nicht den Kopf gegen die Wand und den Fußboden geschlagen und sich die Nase gebrochen.

»Es soll das erste Mal seit über 25 Jahren sein, dass jemand seine Schauspielausbildung an der RoyDram nicht zu Ende bringt«, sagte Ruth. »So was passiert anscheinend so gut wie nie. Das letzte Mal war in den Achtzigerjahren, als ein Junge vom Auto überfahren wurde und gestorben ist.«

»Armer Teufel«, murmelte Ruths Vater wieder.

»Lasst uns von was anderem reden!«, sagte Ruths Mutter. »Etwas Lustigerem.«

Filippa nickte dankbar lächelnd. Es war nicht nötig, über Paul zu sprechen. Er war okay. Was im Bewegungsstudio geschehen war, war nicht geschehen. Eigentlich war Paul in der Bibliothek und trank eine Tasse Tee mit Fran. Dort und nirgendwo anders war ihr Paul.

33

Filippa und Anna saßen nebeneinander im Computerraum. Die riesigen beigen Computer, die ungefähr so alt sein mussten wie die Queen, machten Surrgeräusche und gaben in unregelmäßigen Abständen wütende Plings von sich. Die Luft im Raum war so abgestanden, dass Filippa Angst hatte, sie könnte vor Sauerstoffmangel in Ohnmacht fallen.

»Mein Lebenslauf ist ein Witz«, sagte Filippa. »Ich weiß nicht, was ich schreiben soll.«

Anna schaute auf Filippas Bildschirm.

»Ich sag doch: Größe, Augen- und Haarfarbe, die Rollen, die du an der RoyDram gespielt hast, persönliche Interessen, all so was«, sagte Anna. »Und vergiss nicht den Dudelsack!«

Anna richtete den Blick wieder auf ihren eigenen Bildschirm, und Filippa sah, dass sie an den Nägeln kaute.

»*Mein* Lebenslauf ist ein Witz«, hörte sie sie murmeln. »Verdammt, ich *muss* in den nächsten Stücken endlich eine Hauptrolle spielen ...«

»Du hattest doch schon eine Riesenrolle in dem Tschechow-Stück«, sagte Filippa.

»Aber das erste Halbjahr zählt nicht«, sagte Anna. »Alle wissen, dass die Agenten nur im zweiten Halbjahr kommen und sich die Stücke ansehen. *Dann* muss man sichtbar sein.«

Anna biss ein großes Stück Nagelhaut ab und spuckte es aus.

»Hör auf damit!«, brach es aus Filippa heraus. »Das ist eklig!«

Filippa sah, dass Anna den Nagel so weit abgebissen hatte, dass er blutete.

»Was ist denn mit dir?«, fragte Anna sauer. »Ist es so schwer zu verstehen, dass ich gestresst bin? Wenn ich keine gute große Rolle bekomme, ist es vorbei. Verstehst du? Vorbei!«

»Und wie ist es umgekehrt? Könnte es sein, dass ich auch gestresst bin und ein bisschen Verständnis brauche?«, fragte Filippa.

Anna kaute wieder an ihren Nägeln.

»Warum solltest du gestresst sein?«, fragte Anna, schien aber keine Antwort auf die Frage zu erwarten. »Marilyn Monroe hat übrigens auch an den Nägeln gekaut.«

Filippa schaute wieder auf ihren Bildschirm. In ihrem Kopf war ein Hämmern – von der abgestandenen Luft, dem nervigen Surren der Computer und der schwarzen Wut, die sich in letzter Zeit in ihr angestaut hatte.

»Ich bin dann in der Cafeteria«, sagte sie und nahm ihre Tasche.

Anna kaute an den Nägeln, starrte auf den Bildschirm und sagte nichts.

»Tschüs!«, sagte Filippa sauer.

Sie stiefelte mit gesenktem Kopf durchs Gebäude, als ihr plötzlich einfiel, dass sie nicht einmal genug Geld dabeihatte, um sich eine Tasse Tee zu kaufen. Aber sie wollte auch nicht zurück in den Computerraum. Innerlich fluchend übersah sie irgendeinen Trottel und lief ungebremst in ihn hinein.

»Filippa!«

»Ein Schnurrbart!«

Alecs Haare sahen dunkler aus, und seine Kleider waren eine Spur schicker, als Filippa sie in Erinnerung hatte. Er schleppte einen Stapel Bücher, die offenbar alle mit dem Ersten Weltkrieg zu tun hatten. Oben auf dem Stapel lag eine Plastikpackung mit einem angebissenen Sandwich. Und er hatte tatsächlich einen Schnurrbart. Filippa stand mit offenem Mund vor ihm und glotzte wie ein Fisch.

»Ein Schnurrbart«, wiederholte sie verwirrt.

»Gut, sehr gut, danke«, sagte Alec. »Ich hab eine Rolle in einem Stück über Wilfred Owen. Es wird schwer, aber so was liegt mir.«

»Schön, aber das wollte ich eigentlich ...«, begann Filippa.

»Und ich soll einen Workshop in einem Theater in Shepherd's Bush leiten. Wird wahrscheinlich auch eine Menge Arbeit«, sagte Alec. »Aber du, ich muss weiter. Bin mit Hugh zum Lunch verabredet, um ein paar Fragen wegen meiner Rolle abzuklären. War schön, dich wieder mal zu sehen!«

Filippa starrte ihm nach. Aber erst als er über die Treppe nach unten verschwunden war, schrie sie: »Ich hab dich doch gar nichts gefragt!« Filippa hatte das Gefühl, wenn sie noch länger stehen blieb, würde sie explodieren. Aber wo sollte sie hin? Sie rannte immer nur treppab bis in den Keller.

Zehn Minuten später saß sie mit einer Tasse Tee in der Hand in Sheilas Zimmer. Wie gewöhnlich lief das Radio in der gemütlichen Höhle voller Stoffe, herumliegender Skizzenblätter, Mappen, Spulen mit Nähfaden und Schachteln mit Knöpfen.

»Danke für den Tee«, sagte Filippa.

»Nicht der Rede wert«, sagte Sheila, ohne mit dem Bügeln aufzuhören.

Auf ihrem Tisch lagen die frisch gewaschenen Kostüme der *Kleinbürger*-Aufführung, die sie eins nach dem anderen bügelte, bevor sie wieder in den Fundus kamen. Sheila beim Bügeln zuzusehen hatte etwas zutiefst Beruhigendes. Filippa hätte stundenlang bei ihr im Keller bleiben können. Gerade legte sie ein weißes Herrenhemd aufs Bügelbrett und richtete sorgfältig die Falten, bevor sie es mit einer Wolke Wasser besprühte.

»Wie lange arbeitest du schon an der RoyDram?«, fragte Filippa.

Sheila sah aus, als müsste sie darüber erst nachdenken.

»Bald sind es acht Jahre«, sagte Sheila. »Davor hab ich als Näherin fürs National Ballet gearbeitet.«

Filippa seufzte.

»Tänzerinnen und Tänzer sind sicher wahnsinnig nett«, sagte sie.

»Es gab nette und weniger nette«, sagte Sheila. »Aber den Ärmsten tut immer irgendwas weh. Gebrochene Zehen, Muskelrisse, entzündete Gelenke – Verletzungen ohne Ende. Da habt ihr Schauspieler es besser.«

»Ich hab auch meine Verletzungen«, sagte Filippa, »mehr seelischer Art eben. Einmal beim Umziehen zum Beispiel hab ich Samson halb nackt gesehen.«

Sheila war fertig mit dem Hemd und hängte es auf einen wattierten Kleiderbügel. Als Nächstes griff sie nach dem braunen Rock, den Filippa getragen hatte.

Filippa starrte darauf und musste daran denken, dass Paul nicht hatte erleben dürfen, wie *Die Kleinbürger* beim Publikum angekommen waren. Dabei wäre er so viel besser gewesen als Vern. Sie erinnerte sich an den Augenblick, als sie vor dem Spukhaus standen. Wie der frühe Schnee gefallen war und sie

Paul gefragt hatte, ob er sie mochte. Wie Paul den Kopf gesenkt und gesagt hatte: »Ich bin verrückt nach dir. War das nicht offensichtlich? Ich meine, von Anfang an?«

Dann hatten sie sich geküsst.

»Wie kann ein Mensch wie aus dem Nichts verrückt werden?«, sagte Filippa leise.

Sheila stellte das Bügeleisen ab und schaute Filippa an.

»Manchmal fallen Menschen einfach nur in sich zusammen«, sagte Sheila. »Aber das macht sie nicht schlecht.«

Sie nahm das Bügeleisen wieder in die Hand und bügelte weiter.

»Und was sie dann brauchen, sind die anderen.«

Filippa schaute Sheila nur mit großen Augen an.

Am Samstag fuhr sie mit der U-Bahn nach Lewisham im Südosten Londons. Sie ging durch eine von nassen gelben Blättern vollständig bedeckte Straße und kam zu einem L-förmigen Gebäude, vor dem mehrere Krankenwagen parkten. Filippa ging um das Gebäude herum und fand den Eingang C. Eine automatische Tür öffnete sich vor ihr, und sie ging hinein. In dem Gebäude war es überraschend still, und es roch nach Putzmitteln. Zwei Frauen in Krankenschwesternkleidung saßen am Empfang und schrieben an Computern.

»Hallo«, sagte Filippa. »Ich bin hier, um Paul Compton zu besuchen. Er ist Patient bei Ihnen.« Sie hatte vorher angerufen, um sich nach den Besuchszeiten zu erkundigen.

»Einen Augenblick«, sagte eine der Frauen. Sie gab Pauls Namen ein und schaute auf den Bildschirm. »Vierter Stock. Am besten nehmen Sie den Aufzug und folgen dann einfach der grünen Linie auf dem Fußboden.«

»Danke.«

»Leider dürfen Sie die Blumen nicht mitnehmen«, sagte die Frau. »Jemand könnte dagegen allergisch sein. Sie müssen sie bitte in einen der Abfallbehälter beim Eingang werfen.«

Filippa war ein bisschen traurig, als sie das an der U-Bahn-Station gekaufte Sträußchen in die Tonne warf. Als sie sich umdrehte, sah sie, dass die Frau am Empfang sie die ganze Zeit im Auge behalten hatte. Schon im Aufzug wusste sie dann nicht, wohin mit ihren leeren Händen.

Im vierten Stock öffneten sich geräuschlos die Türen. Filippa betrat einen Flur und sah zwei Frauen auf am Boden festgeschraubten Plastikstühlen sitzen. Eine davon, die Ältere, war wohl eine Patientin, jedenfalls trug sie einen Morgenrock. Filippa folgte der grünen Linie auf dem Fußboden bis zu einer verschlossenen Tür mit der Aufschrift »Psychiatrische Abteilung«.

Der Knoten, den Filippa schon seit dem Betreten des Gebäudes im Bauch spürte, wurde noch etwas fester. Sie hatte gehofft, Paul auf einer ganz normalen offenen Station zu finden. Sie schaute zurück zum Aufzug, nahm dann aber doch allen Mut zusammen und drückte auf den Klingelknopf. Es dauerte eine ganze Weile, bis ihr ein Krankenpfleger öffnete.

»Hallo, ich möchte Paul Compton besuchen.«

Der Krankenpfleger machte ein Zeichen, dass sie ihm folgen solle. Er trug weiche Schuhe, in denen er sich vollkommen lautlos bewegte, und trug auf der linken Seite des Nackens ein Superman-S-Tattoo. Filippa hatte befürchtet, gleich Menschen zu begegnen, die mit Lampen redeten oder vor sich hin sangen, aber die wenigen, die sie sah, schienen zu lesen oder verdächtig normal in ihre Handys zu sprechen.

»Liegt Pauls Mutter auch hier im Krankenhaus?«, fragte Filippa.

»Nein. Und sie ist auch nicht im St Daniel's gestorben.«

»Sie ist *gestorben*?«

»Zwei Tage, bevor er selbst krank wurde. Hier ist sein Zimmer«, sagte der Krankenpfleger, bevor Filippa weiterfragen konnte.

Sie hatte tausend verschiedene Szenarien durchgespielt, wie es wäre, wenn sie Paul begegnete. In den meisten hatte er eine Zwangsjacke angehabt. (*»Was immer du tust: Keine schnellen Bewegungen, kein Augenkontakt, und tu so, als befänden wir uns wirklich im Jahr 1852!«*) Aber als sie jetzt das Zimmer betrat, saß er auf einem von zwei Betten darin und las. Das Bett stand am Fenster, und er trug eine Lesebrille.

»Hallo«, sagte er und lächelte.

Seine Stimme rasselte ein bisschen, und auf der Stirn und über die Nase trug er Pflaster. Filippa ging fast bis zum Bett, machte aber nicht den letzten Schritt, den es gebraucht hätte, um ihn zu umarmen. Immer noch war da die Angst, er könnte sich plötzlich wieder in das furchteinflößende verängstigte Wesen verwandeln, zu dem er im Bewegungsstudio geworden war.

»Hallo«, sagte sie.

Paul nahm die Lesebrille ab und legte sie mitsamt dem Buch auf den Nachttisch. Erst da bemerkte Filippa den Tropf an einem Gestell neben dem Bett und den Schlauch, der zu seiner Armbeuge führte.

»Ich hatte Blumen dabei«, sagte Filippa. »Aber sie waren ein Gesundheitsrisiko, und ich musste sie wegwerfen.«

»Das macht nichts. Danke trotzdem!«

»Ein Glück, dass ich dir nicht die aus Indien importierten Ratten mitbringen wollte!«

Paul musste sogar lachen. Es war wunderbar, ihn lachen zu hören, und Filippa stieg prompt ein Kloß in den Hals. Mit einem Mal wusste sie, dass es ihr Paul war, der da vor ihr auf dem Bett saß. Die Angst ließ nach, und sie trat einen Schritt näher.

»Es tut mir so leid. Das mit deiner Mutter.«

Paul wandte sich ab und schaute aus dem Fenster. Filippa setzte sich ans Fußende des Bettes.

»Ich weiß, dass es uncool und unmännlich und all so was ist, aber sie war meine beste Freundin«, sagte er leise. »Sie war immer so lieb. Egal, wie anstrengend ich war, sie hat mir immer verziehen.«

Obwohl sie dagegen ankämpfte, schossen Filippa Tränen in die Augen.

»Ich hab ihr gesagt, wie schrecklich ich sie vermissen würde, und ihr Papier und einen Stift gegeben, damit sie mir ein paar gute Ratschläge aufschreibt. Solche, die ich nachlesen kann, wenn sie nicht mehr da ist.«

Paul drehte sich wieder zu Filippa um. Er weinte auch, und Filippa nahm ihn in den Arm. Vor Tränen konnte sie nichts mehr sehen, aber es fühlte sich gut an, Pauls zitternden Körper an sich zu drücken, und sie tat es, so fest sie konnte.

Als irgendwann die Tränen versiegt waren, holte Paul eine Packung Papiertaschentücher aus der Nachttischschublade. Er reichte Filippa zwei davon und nahm selber eins. Zusammen putzten sie sich laut trompetend die Nasen.

»Wann ist die Beerdigung?«, fragte Filippa und öffnete die verheulten Augen so weit, wie es schon wieder ging.

»Sie war schon.«

Filippa schaute auf die Tüte mit der durchsichtigen Flüssigkeit neben dem Bett und die rote Kanüle in Pauls Armbeuge.

»Ist das Gin? Oder Wodka?«

Paul lachte auf, und Filippa war kurz davor, eine ähnliche Frage nach dem Krankenhausessen zu stellen, als ihr gerade noch rechtzeitig die Chips einfielen. Die wahrscheinlich der Grund dafür waren, dass er am Tropf hing.

»Wie sieht's in der Schule aus?«, fragte Paul.

»Wir machen jetzt ein japanisches Stück«, sagte Filippa.

»Eins von Yukio Osanai?«, fragte Paul.

»Vielleicht. Ich weiß nicht. Ich kann mich an den Namen nicht erinnern, aber es spielt in … in einer Klinik.«

»Für psychisch Kranke?«, fragte Paul.

Filippa nickte.

»Sprich's ruhig aus«, sagte Paul. »Ich weiß, wo ich bin. Hast du eine spannende Rolle?«

»Die gute Nachricht ist, dass ich die ganze Zeit auf der Bühne bin«, sagte Filippa. »Die schlechte ist, dass ich immer nur unter einer Treppe sitze. Und dass ich nur einen Satz habe.«

»Einen Satz?«

»Da war sogar Zwetajewas Gelaber über ihre Schulkinder besser.«

Paul nahm ihre Hand und hielt sie fest.

»Mach dir keine Sorgen!«, sagte er. »Deine Zeit kommt noch. Aber sei vorsichtig!«

»Vorsichtig?«

Paul schüttelte den Kopf.

»Erzähl weiter! Von der Schule. Und von Sachen, die in deinem Leben passieren.«

Filippa lächelte.

»Okay. Eamonn hat gleich alle seine Szenen gezählt und sich nicht mehr eingekriegt vor Glück, weil es sagenhafte siebzehn sind. Im Stück davor waren's nämlich nur drei. Und letzten Freitag hat Vern auf einmal so getan, als wäre er ein kleiner Junge, aber dann kam er irgendwie nicht mehr aus der Rolle raus. Wir haben erst gelacht, aber dann war's nur noch anstrengend. Was war noch? Ruth freut sich riesig, dass Newcastle irgendein wichtiges Spiel gewonnen hat, und Anna isst keine Milchprodukte mehr, weil sie glaubt, dass die sie träge machen. Sie sagt, fürs letzte Jahr braucht sie die Spannkraft eines Tigers. Ja, und letzte Woche haben wir Patrick Stewart auf dem Flur gesehen. Samson ist vor Glück fast gestorben, aber es hat leider auch dazu geführt, dass man für den Rest des Tages jede Menge schlechte Star-Trek-Imitationen ertragen musste ...«

Filippa verstummte, als sie merkte, dass Paul eingeschlafen war. Vorsichtig breitete sie die hellblaue Krankenhausdecke über ihn und schob sie ihm unter die Füße, damit er nicht fror. Sie wollte schon das Zimmer verlassen, als sie das Lesezeichen in Pauls Buch sah. Es war ein zusammengefaltetes Blatt Papier. Es war von Hand beschrieben und sah wie eine Liste aus. Sie beugte sich über den Nachttisch und las, was an oberster Stelle stand.

Sei dein eigener bester Freund. Dann bist du nie einsam.

34

Es war nach sieben Uhr abends und schon seit Stunden dunkel. Filippa und Anna gingen zügig in Richtung U-Bahn.

»Verity hätte die Rolle nicht bekommen dürfen«, sagte Anna wütend. »Alle wissen, dass sie psychische Probleme hat.«

Verity spielte die weibliche Hauptrolle in dem japanischen Stück, die Frau Nummer 3 unter den Patientinnen der psychiatrischen Klinik.

»Was denn für psychische Probleme?«, fragte Filippa und zog ihre Fäustlinge an.

»Zum Beispiel ihr Verhältnis zu ihrem Vater, der sie dauernd zum Joggen zwingt. Oder ihre kranke Beziehung zu ihrer Stiefmutter. Ist dir mal aufgefallen, wie sie Wasser trinkt? Ich bin mir sicher, dass sie bipolar ist.«

»Ich hab noch nichts von psychischen Problemen bei ihr gemerkt«, sagte Filippa.

»Verity hätte die Rolle nicht bekommen dürfen«, fuhr Anna fort. »*Sie* nicht.«

Filippa sah Anna an und lächelte.

»Und wer hätte die Rolle deiner Meinung nach bekommen sollen?«

»Ich will nur das Beste für Verity«, sagte Anna. »Jemand sollte mit Donatella darüber sprechen. Du verdienst die Rolle. Du wärst toll als Frau Nummer 3.«

Das Kompliment wärmte Filippa das Herz. Anna schüttelte den Kopf, als eine Frau mit langen Dreadlocks ihnen eine Obdachlosenzeitung verkaufen wollte.

»Hast du nicht selbst gesagt, dass es egal ist, wer die Hauptrolle in den ersten Stücken hat? Dass es im Grunde nur das letzte Stück ist, das zählt?«

Anna lächelte jetzt auch. Sie waren an der U-Bahn-Station angekommen und holten ihre Fahrkarten heraus.

»Du hast recht«, sagte Anna. »Hast du übrigens gehört, dass Geoffrey nach dem Schuljahr aufhören soll?«

»Warum denn?«, fragte Filippa.

»Man hat ihn entlassen. Oder ihm nahegelegt, selbst zu kündigen, wie sie wahrscheinlich sagen würden. Sie haben herausgefunden, dass er eine Beziehung mit einer Schülerin hat.«

»Mit wem?«

Filippa drückte auf den Aufzugknopf und hoffte, dass der U-Bahn-Aufzug ausnahmsweise nicht nach Pisse roch.

»Keine Ahnung«, sagte Anna. »Ich bin's auf jeden Fall nicht. Er ist viel zu alt.«

Für Filippa wurde es bald zur Gewohnheit, Paul am Samstag im St Daniel's zu besuchen. Manchmal war er voller Energie, und sie saßen und redeten mindestens eine Stunde lang, an anderen Tagen war er weniger fit und schlief schon nach zehn Minuten ein.

»Isst er eigentlich was?«, fragte Filippa eines Samstags, als Paul besonders müde war, den Krankenpfleger.

»Heute Morgen hat er eine Scheibe getoastetes Brot geschafft«, antwortete der Krankenpfleger. »Aber besuch ihn bitte weiter! Er fängt schon mittwochs an, sich auf deinen Besuch zu freuen. Und natürlich auf den Besuch seiner Kumpel am Sonntag.«

»Seiner Kumpel?«

Aus irgendeinem Grund hatte Filippa sich vorgestellt, sie sei die Einzige, die Paul besuchte, eine Art schwedische Florence Nightingale. Oder Mutter Teresa (»*Filippa ruderte den kleinen Kahn in Richtung der Insel, auf der die Leprakranken untergebracht waren. Sie hatten noch nie eine weiße Frau gesehen. Sie brachte Süßigkeiten, Abdeckcreme und Nasenprothesen für alle.*«)

»Er sagt, es ist seine alte Gang von dort, wo er herkommt. Sie machen einen netten Eindruck.«

»Ah ja«, sagte Filippa, die erst verdauen musste, dass Paul vielleicht nicht die einsame kleine Wolke war, für die sie ihn gehalten hatte.

Ein paar Tage später kam die Nachricht vom Wohnungsamt Camden, vor der sich Filippa und ihre Mitbewohnerinnen so gefürchtet hatten. Als ihr vormaliger Vermieter Mr Burke wegen eines versuchten tätlichen Angriffs auf Filippa verurteilt worden war, hatte sich herausgestellt, dass er ihnen eine staatlich geförderte Wohnung illegal vermietet hatte, weshalb sie zwar immer noch dort wohnten, aber nur weil erst ein zweiter Gerichtsbescheid gegen Mr Burke wegen Betrugs ergehen musste. Die Miete hatten sie seither an das Amt überwiesen, aber nun forderte man sie auf, sobald wie möglich auszuziehen.

»Es hat schon bis hierhin ganz schön lang gedauert«, versuchte Bridget die anderen beiden zu trösten. »Dann wird es auch noch ein paar Monate dauern, bis sie wirklich ernst machen. Vorm Sommer werfen die uns bestimmt nicht raus.«

»Ich stecke mitten im letzten Schuljahr«, sagte Filippa. »Ein Wohnungsproblem ist echt das Letzte, was ich gebrauchen kann.«

»Jetzt mach dir keine Sorgen«, sagte Bridget. »Am besten schauen wir uns nebenbei schon jetzt nach was Neuem um, dann sind wir auf der sicheren Seite.«

Filippa und Malin nickten.

Es war so kalt im Bewegungsstudio, dass Filippas Atem kleine Wölkchen bildete. Die große Nachricht war, dass der nächste Regisseur irgendjemand echt Spannendes sein würde. Jetzt saßen sie da und warteten.

»Bitte, lass mich eine große Rolle bekommen! Bitte, lass mich eine große Rolle bekommen!«, hörte Filippa Anna vor sich hin murmeln. Es klang fast wie ein Gebet.

Filippa selbst wäre auch für eine mittelgroße Rolle dankbar gewesen. So lautete jedenfalls die offizielle Version. Die eine Lüge war. In Wirklichkeit wollte auch sie eine Hauptrolle. Sie wollte so sehr eine Hauptrolle, dass es wehtat! Und genau wie Anna murmelte sie verstohlen ein Gebet, dass sie auch ohne Veritys Aussehen oder Annas Talent eine Hauptrolle bekam. Dann kam Donatella herein. Dicht gefolgt von Dimitri.

»O nein!«, flüsterte Filippa.

Dimitri, der sie schon im ersten Jahr unterrichtet und viele Stunden lang gezwungen hatte, so zu tun, als tränken sie Tee. Jetzt stand er wieder da und sah sie mit seinen traurigen russischen Augen an. Als schaute er auf das Kolchosendorf seiner Vorfahren, das leider gerade abgebrannt war.

»Entschuldigt, dass wir uns ein bisschen verspätet haben!«, sagte Donatella. »Ihr kennt Dimitri.«

»Hallo!«, sagte Dimitri, der immer noch nicht lächelte.

»Dimitri wird bei Schnitzlers *Reigen* Regie führen«, erklärte Donatella. »Die Besetzungsliste findet ihr morgen früh am Schwarzen Brett.«

Anna wandte sich Filippa zu.

»Es ist fies«, sagte sie. »Ich hab den *Reigen* gelesen, und es gibt darin *keine* Hauptrollen. Warum nehmen sie ein Stück, in dem alle Rollen gleich sind?«

Als sie am nächsten Tag die Besetzungsliste sah, freute sich Filippa trotzdem. Sie würde das Stubenmädchen spielen, und nach dem, was sie über das Stück gelesen hatte, war es eine erotische Komödie, in der ausgiebig geflirtet, geküsst und geschmachtet wurde.

»Noch mal!«, sagte Dimitri.

Es war halb acht Uhr abends, und sie probten seit neun Uhr morgens. Erst hatte Dimitri sie gezwungen, Polka zu tanzen, bis der Schweiß in Strömen floss, und Filippa hatte es auch noch mit Samson zu tun bekommen, der sich dabei bewegte, als stiege er eine Treppe hinauf. Ihre Füße schmerzten immer noch, so oft war er ihr draufgetreten.

Das Schlimmste aber war, dass Dimitri seit dem Ende der Lunchpause nur noch mit Ruth und Relic arbeitete. Filippa war inzwischen so müde und gelangweilt, dass sie schielte. Gerade wischte sich Ruth wieder unsichtbaren Staub vom Rock ihres Kleides und fragte Relic:

»Was machen Sie denn?«

»Nein!«, sagte Dimitri und brach die Szene ab.

Ruth sah aus, als wäre sie am Boden zerstört.

»Ich versteh nicht, was ich falsch mache«, sagte sie.

Dimitri schnitt eine Grimasse und äffte sie mit affektierter Stimme nach:

»Ich versteh nicht. Ich versteh nicht. Ich versteh nicht.«

Niemand im Raum machte einen Mucks. Der ein oder andere hielt den Blick gesenkt. Dimitri zeigte mit dem Finger auf Ruth.

»Du bist Amateur. Du bist schlecht. Hörst du: SCHLECHT!«

Filippa sah, wie Ruth ihre ganze Körperspannung brauchte, um nicht loszuheulen.

»Warum kannst du mir nicht einfach nur sagen, was ich ...«

»Nicht *sagen*!«, sagte Dimitri. »*Tun*!«

»Aber ...«

Dimitri klatschte in die Hände, dass es knallte.

»Du bist keine Schauspielerin. Du bist Amateur! Also hörst du auf! Du bist beschissen. Hörst du? *Beschissen*. Meine Schüler in Sankt Petersburg lachen, wenn sie sehen so jemand. Lachen! Ha! Ruth ist keine Schauspielerin. Was macht Ruth an einer Schule wie The Royal Drama School? Ruth ... ist ... scheiße.«

Da brach Ruth zusammen und heulte ganze Sturzbäche von Tränen. Sie vergrub das Gesicht in den Händen, und Dimitri sah aus, als wäre er zufrieden.

»Gut«, sagte er. »Jetzt, Ruth, spielst du Szene!«

Filippa sehnte sich nach den Tagen zurück, als Dimitri sie nur gebeten hatte, die Wände abzulecken.

35

Filippa und Paul saßen nebeneinander auf dem Bett in seinem Zimmer im St Daniel's. Sie konnten den blauen Himmel und das Dach des gegenüberliegenden Gebäudes sehen. Filippas Finger waren mit denen Pauls verflochten. Die Wärme des Heizkörpers ließ die Luft am Fenster vibrieren, und die bleiche Märzsonne schien ihnen auf die Beine.

»Erzähl mehr von Dimitri!«, bat Paul.

»Ich hasse ihn«, sagte Filippa. »Ich hasse ihn wirklich. Aber die Sachen, die wir mit ihm einstudieren, werden gut. Er bringt uns irgendwie dazu, unser Innerstes nach außen zu kehren. Vielleicht weil wir alle eine Wahnsinnsangst vor ihm haben. Verity war sogar in ihn verliebt, hat sie gesagt. Das kommt ja vor, dass man sich gerade in Lehrer verliebt, die man eigentlich hasst. Bei Verity hat's allerdings nur gehalten, bis er mal nach Schweiß gestunken hat.«

»Erzähl weiter, ja?«

Sie befanden sich in einer psychiatrischen Klinik, und dennoch fühlte sich Filippa hier wohl. Wenn sie kam, brachte der Krankenpfleger immer schon zwei Tassen Tee.

»Nächste Woche, wenn wir den *Reigen* aufgeführt haben, kommen die Agenten. Du weißt schon, der große Moment, wo jeder seinen Monolog aufsagen darf. Alle sind schon kurz vorm Durchdrehen.«

»Soll ich dir sagen: Mir fehlt diese Welt überhaupt nicht«, sagte Paul.

»Ich finde sie immer noch spannend.«

»Sie ist krank«, sagte Paul. »Das ist mir aufgegangen, als ich hierhergekommen bin. All diese aufgeblasenen Egos. All diese Leute, die immer nur an sich selbst denken. Die darum betteln, geliebt zu werden. Gesehen zu werden. Und Aufmerksamkeit zu bekommen. Das ist krank.«

Paul schien zu überlegen.

»Ich hab das Theater geliebt, weil ich auf der Bühne nicht mehr ich sein musste«, sagte er dann. »Und ich hab wirklich geglaubt, dass ich Schauspieler werden will. Aber jetzt will ich es nicht mehr. Ich will nicht mehr die ganze Zeit daran denken müssen, ob ich gut oder schlecht bin. Wie kann man durchs Leben gehen und immer nur *daran* denken? Die RoyDram ist wie ein Puppenhaus voller wahnhaft ehrgeiziger Puppen, die sich für den Mittelpunkt des Universums halten ... Es sind aber Blutsauger, Parasiten.«

»Ich auch?«

Paul sah sie an und lächelte.

»Nein, du nicht«, sagte er. »Du bist anders.«

»Und was willst du stattdessen machen?«, fragte Filippa. »Später mal? Die Eisbären in der Antarktis retten?«

Paul sah sie ernst an.

»Sag jetzt nicht ... Heißt das, du willst wirklich die Eisbären retten?«

»Ich werde mich für ein Studium in Umweltwissenschaften am King's College bewerben«, sagte Paul.

Filippas erster Gedanke war, dass sie die Idee überhaupt nicht witzig fand. Sie wollte, dass Paul wieder an die RoyDram zurückkehrte, seine Ausbildung beendete und der unglaubliche Schauspieler wurde, zu dem er so offensichtlich das Talent hatte.

»Aber ... aber ... bist du dir sicher?«

»Warum wirst du sauer?«

»Ich werd nicht sauer«, knurrte Filippa. »Aber warum willst du fast drei Jahre an der RoyDram einfach wegwerfen? Und wofür? Um mit deinen bärtigen Hippie-Freunden in einem rosa Minibus herumzureisen?«

»Was für Hippie-Freunde?«

Filippa erhob sich vom Bett und spürte plötzlich einen stechenden Schmerz im Rücken.

»Aua!«

»Was ist denn?«

Der Schmerz war so schnell gekommen, dass Filippa für ein paar Sekunden still stehen musste. Dann ließ der Schmerz langsam nach und verschwand schließlich ganz.

»Keine Ahnung, was das war«, sagte sie. »Aber ich muss jetzt gehen. Denk bitte dran, was ich gesagt habe, Paul!«

Dann stürzte sie aus dem Zimmer. Sie war selbst von ihrem Ausbruch überrascht, aber vielleicht war sie einfach nur müde. Die Proben mit Dimitri schlauchten sie so sehr, dass sie hinterher meistens Kopfschmerzen hatte. Wenn sie überhaupt schlief, schlief sie schlecht, und wenn sie Hunger hatte, was selten vorkam, ging sie in die Cafeteria. Sie waren nie vor neun Uhr abends fertig. Gleichzeitig sollten sie ihre Monologe üben ... Jedenfalls ihr war das alles ein bisschen zu viel.

Unter Dimitris Regie dauerte Schnitzlers *Reigen* vier Stunden.

»Ich dachte, es hört nie auf«, sagte Eamonn, der im Publikum gesessen hatte. »Es war wie bei der katholischen Messe zu Hause in Cork.«

Aber hinterher im Pub wurde Filippa von allen nur gelobt. Sie spürte selbst, dass sie gut gewesen war, tausendmal besser als in den *Kleinbürgern*. Es war, als hätte sie plötzlich einen viel direkteren Zugang zu ihren Gefühlen, und ihr gingen beim Spielen auch nicht mehr irgendwelche unnötigen Dinge durch den Kopf. Vielleicht war es ein Stück weit die Angst vor Dimitris lachenden Schülern in Sankt Petersburg, die sie angespornt hatte, aber damit konnte sie leben.

»Du warst toll!«, sagten erst Malin und dann auch Bridget, in denen Filippa inzwischen ihre platonischen Groupies sah.

Der Pub war, wie immer nach einem Stück, brechend voll. Stolze Eltern, Schülerinnen und Schüler, ihre Freundinnen und Freunde – der Raum war eine einzige Orgie aus Umarmungen, Trinksprüchen und überschwänglichem Lob.

»Du warst so inspirierend«, sagte Ruth. »Du hast so viel gegeben.«

Filippa freute sich so sehr über das Kompliment, dass sie Ruth umarmte. Und noch ein paar andere kamen zu ihr.

»Du warst unglaublich«, sagte Verity, was Filippa erröten ließ.

»Du hast mich so erregt«, flüsterte ihr Russell ins Ohr, worauf sie eine leichte Übelkeit verspürte.

»Danke, Russell«, sagte Filippa. »Genauer muss ich's nicht wissen.«

Dann drehte sie sich von ihm weg, und genau da fuhr ihr wieder der stechende Schmerz in den Rücken.

»Autsch!«, stöhnte sie und legte die Hand auf die Stelle, wo es am meisten wehtat.

»Geh zum Arzt, bevor es schlimmer wird!«, sagte Bridget.

»Morgen haben wir die Matinee und die Abendvorstellung – später in der Woche vielleicht«, sagte Filippa. »Es tut auch nur ab und zu weh. Meistens denk ich nicht mal dran. Ich werd's am Freitag versuchen. Oder am Samstag.«

Sie schleppte sich erst am Sonntag in die offene Sprechstunde im Medizinischen Zentrum von Kentish Town. Es war der Tag nach der letzten Aufführung des *Reigens*, und sie hatte schon solche Schmerzen, dass sie beim Gehen die Zähne zusammenbeißen musste. Am schlimmsten war es um das Steißbein herum.

Ein iranischer Arzt tastete ihren Rücken ab und drückte an etlichen Stellen, bevor er sich wieder an seinen Schreibtisch setzte und etwas in seinen Computer tippte.

»Was ist es?«, fragte Filippa, während sie den Pullover wieder nach unten zog.

An der Wand hing ein Plakat mit Bildern einer sauberen und einer Raucherlunge. Die Lungenflügel des Rauchers sahen aus wie zwei graugrüne Steine, die sich müde aneinanderlehnen. (*Wir Raucher müssen zusammenhalten.*) Der Arzt hörte auf zu tippen und sah ernst zu ihr auf.

»Während einer Schwangerschaft kann viel passieren. Manchmal wird mehr als ein Ei befruchtet, aber dann setzt sich der stärkere Embryo durch«, sagte er.

Filippa starrte ihn an und fragte sich, welche Sprache der Mann wohl sprach. Eine, die ihr verständlich gewesen wäre, war es jedenfalls nicht.

»Aber der nur wenig entwickelte Embryo kann manchmal trotzdem weiterleben, und zu irgendeinem Zeitpunkt im Leben – warum, wissen wir Ärzte immer noch nicht – beginnt er plötzlich wieder zu wachsen. Dann ...«

»Entschuldigung!«, unterbrach ihn Filippa. »Ich verstehe nicht, wovon Sie sprechen.«

Der Arzt nickte.

»Es könnte sein, dass Ihr unterentwickelter Zwilling gerade wieder zu wachsen beginnt«, sagte er. »Am Ende Ihres Rückgrats.«

Filippa dachte erst, sie würde gleich ohnmächtig werden. Dann fiel ihr etwas ein, was sie einmal im Hyde Park beobachtet hatte: Eine Mutter hatte auf einer Decke gelegen und mit ihrem Baby gespielt. Sie hatte es mit gestreckten Armen über sich gehalten und ein Flugzeug nachgemacht. Das Baby hatte vor Freude gegluckst und mit seinen knubbeligen Ärmchen und Beinchen gerudert. Es war ein warmes Bild von Liebe, Freude und Zärtlichkeit gewesen, bis das Baby sich genau in den Mund seiner Mama übergeben hatte. Filippa war sich immer sicher gewesen, dass sie nichts Ekligeres mehr erleben würde. Aber sie hatte sich geirrt. Das hier war ekliger. Tausendmal ekliger. Ihr Zwilling war dabei, aus ihrem Körper herauszuwachsen. Ein Zwilling, von dem sie bisher nicht mal was gewusst hatte. Wie hieß sie wohl? Oder er? Filip Karlsson? Sie wollte nicht, dass ein Filip Karlsson aus ihr herauswuchs. Sie stellte ihn sich vor wie den Rebellenführer Kuato in der Originalversion von *Total Recall*. Filip Karlsson würde heimlich die Rebellenwelt steuern und aus Filippas Körper heraus in die Zukunft schauen. (»*Start the reactor. Free Mars* ...«) Filippa wurde schlecht, wenn sie nur daran dachte.

»Oder es ist einfach nur ein Abszess«, sagte der Arzt. »Hatten Sie in letzter Zeit viel Stress? Vielleicht nicht so gut geschlafen und gegessen?«

Filippa nickte.

»Dann schreibe ich Ihnen ein Antibiotikum auf, davon nehmen Sie bitte zehn Tage lang vier Kapseln täglich«, sagte der Arzt, während er ihr das Rezept von Hand auf einen Rezeptblock schrieb. »So verhindern wir eine Infektion.«

Aber der Gedanke an eine Zukunft mit Filip ließ Filippa nicht mehr los. Wie würde er wohl aussehen? Und was würden ihre Mutter und ihr Vater sagen? Hieß das jetzt, dass sie nur noch halb so viele Weihnachtsgeschenke von ihnen bekommen würde? Weil da schließlich noch Filip war? Sie hatte es immer genossen, ein Einzelkind zu sein. Mit Filip würde sich das ändern. Und es würde anstrengend werden, das stand fest!

Oder Augenblick mal – hatte der Arzt nicht gesagt, dass es womöglich nur ein Abszess war? Ein Abszess rangierte zwar immer noch weit oben auf ihrer persönlichen Ekelskala, aber verglichen mit dem bösen siamesischen Zwilling Filip war es ein Klacks.

Filippa schleppte sich zur nächsten Apotheke und von da nach Hause.

36

Am Dienstag darauf war es so weit: Die Schülerinnen und Schüler der Abschlussklasse der Royal Drama School würden sich vor den Agenten präsentieren. Die Frühlingssonne schien, und im RoyDram-Theater saßen schon mehrere Dutzend der illustren Gäste versammelt. Durch die Lautsprecher des *green-room* war Gemurmel zu hören, aber die Aufmerksamkeit der dort Anwesenden galt vor allem Filippa. Das große Gesprächsthema war ihr Abszess.

»Ehrlich«, sagte Filippa, »es ist nicht so gefährlich, wie es sich anhört. Können wir jetzt bitte aufhören, darüber zu reden?«

»Aber du kannst ja kaum gehen«, sagte Anna. »Wie willst du's überhaupt bis auf die Bühne schaffen?«

»Mein Onkel hatte auch so eine Beule«, sagte Gareth, »und hinterher war's Krebs, und sie mussten ihm beide Beine amputieren. Oder vielleicht war's auch nur eins.«

»Wie weh tut's eigentlich?«

»Mein Cousin kriegte so eine Beule unter einem Zahn. Das hat richtig wehgetan. Und dann ist ihm der Eiter durch die Zähne gelaufen. Ekelhaft war das.«

»Ist es, wie wenn man die Pest hat? Also Beulenpest?«, fragte Samson. »Solltest du überhaupt hier sein?«

Filippa wünschte sich, sie hätte nie über den Arztbesuch

gesprochen und nur was von einer kleinen Steißbeinverletzung erzählt.

»Weiß jemand, welche Agenten genau hier sind?«, fragte Filippa, um das Thema zu wechseln.

»Ist es ansteckend?«, fragte Relic.

Dann kam Donatella die Treppe herunter. Sie wirkte ungewohnt nervös.

»Was höre ich da?«, fragte sie. »Filippa hat Krebs?«

»Ich hab keinen Krebs!«, protestierte Filippa. »Ich hab nur eine Beule, und es ist auch nichts wirklich Gefährliches. Es macht mir nur ein bisschen Probleme beim Gehen.«

»Lass mich mal sehen!«, sagte Donatella barsch.

»Jetzt?«

Filippa war sich sicher, dass Samson und Gareth schon nach ihren Smartphones kramten, um Bilder von ihrer Beule zu machen.

»Sie sitzt an einer ziemlich intimen Stelle.«

»Hier rein!«, sagte Donatella und zeigte auf die Tür der Damentoilette.

Filippa sah aus den Augenwinkeln, wie der enttäuschte Samson sein Smartphone in die Tasche zurückstopfte. Mit zusammengebissenen Zähnen ging sie langsam in Richtung Toilette. Ihre Wangen glühten, als sie die Hose herunterzog und sich über das Waschbecken beugte. Sie war ein bisschen sauer, dass Donatella ihr nicht auch so geglaubt hatte. Donatella betrachtete die Beule und räusperte sich.

»Stimmt, sieht nicht gut aus«, sagte sie und hörte sich eindeutig zufriedener an als zuvor.

»Was ist, wenn die Agenten wirklich glauben, dass ich Probleme mit dem Gehen habe? Dass ich behindert bin?«

»Mach dir keine Sorgen!«, sagte Donatella und war auch schon verschwunden.

Filippa kontrollierte ein letztes Mal die aufgelegte Schminke und reihte sich dann in die Schlange für die Bühne ein. Das einzig Positive an der Beule war, dass sie ihr gar nicht die Kraft für irgendwelche nervösen Zustände oder Lampenfieber ließ. Der Monolog, für den sie sich entschieden hatte, stammte aus John Pielmeiers *Emotional Recall*. Sie hatte ihn tausendmal geübt, und die Bühne selbst machte ihr nach dem *Reigen* auch keine Angst mehr.

Vor ihr, schon auf der Treppe zur Bühne, murmelte das argentinische Mädchen etwas, was sich nach einem Gebet anhörte. Sonst waren alle still und lauschten den Stimmen von oben.

»I'm shitting bricks«, murmelte Ruth, die hinter Filippa in der Schlange stand.

Dann war Filippa an der Reihe. So aufrecht wie möglich schritt sie in die Bühnenmitte, die von drei Scheinwerfern beleuchtet war. Es kam ihr vor, als wäre der Weg dorthin Hunderte Meter lang.

»Ich möchte vom Tod meiner Schauspiellehrerin erzählen«, begann sie.

Ein paar Lacher kamen aus dem Dunkel vor der Bühne, und es lief auch weiter gut. Die Agenten saßen still und hörten aufmerksam zu. Nur das leise Quietschen von Stiften auf Papier war zu hören. Auch wenn es nicht üblich war zu applaudieren, wusste Filippa am Ende des Monologs, dass sie ihre Sache gut gemacht hatte. Sie deutete ein Nicken in Richtung Publikum an und wollte gerade von der Bühne gehen, als plötzlich Donatella neben ihr auftauchte.

»Ich wollte nur schnell sagen, dass Filippa momentan ein kleines medizinisches Problem hat«, sagte sie. »Sonst geht sie ganz normal.«

»Danke ... Donatella«, brachte Filippa noch heraus, bevor sie sich ins Dunkel des Bühnenrands zurückzog, um zu sterben.

Ein kleines medizinisches Problem! Filippa war Donatellas Auftritt so peinlich, dass sie sich im *green-room* nur noch stumm aufs Sofa fallen ließ. Der Schmerz in ihrem Rücken explodierte mit einer Wucht, dass sie wie eine Rakete in die Höhe schoss.

»Sauber«, sagte Vern. »Auf *die* Idee, uns andere auszustechen, muss man erst mal kommen.«

»Ich hab sie doch nicht drum gebeten!«, sagte Filippa.

»Natürlich nicht«, sagte Vern spitz.

Filippa kochte innerlich.

»Als würden sich die Agenten dafür interessieren, ob mich Beulen beim Gehen behindern oder nicht!«, sagte Filippa.

»Sie sehen jedes Jahr Hunderte von uns. Hunderte!«, sagte Vern. »Und *du* hast dafür gesorgt, dass sie dich nicht vergessen.«

»Du bist doch echt der totale Freak!«, sagte Filippa.

Danach ging sie auf die Toilette, um sich zu beruhigen. Erst Donatellas peinliche Ansprache und dann Verns unfaire Attacke – sie musste erst wieder ihre Gedanken ordnen. Und wenn Vern recht hatte? Wenn ihre Beule – Filip, an den sie immer noch denken musste – ihr bei der Karriere wirklich half? Wenn sie es sich recht überlegte, war die Sache mit ihrem Bruder vielleicht doch nicht so eklig.

Nach dem letzten Monolog wurden im Foyer Wein, Drinks und Snacks serviert. Aber zu Filippas Enttäuschung waren die meisten Agenten schon gegangen.

»Die aus London sind alle gleich abgerauscht«, sagte Anna. »Die aus dem Norden sind noch da, aber auch nur, weil sie sich die kostenlosen Drinks nicht entgehen lassen wollen.«

»Noch schlimmer als gar kein Agent ist einer, der nicht aus London kommt«, sagte Vern.

Als der kleine Umtrunk zu Ende war, gingen alle klopfenden Herzens zum TISCH, der unscheinbar aussah, aber eine große Bedeutung hatte, weil auf ihm in 24 Stapeln ihre Lebensläufe ausgelegt waren. Daran, wie viele jeweils fehlten, konnten sie ablesen, wie viel Eindruck sie auf die Agenten gemacht hatten. Mit zitternden Händen begannen sie zu zählen.

»Wie viele hatten wir noch mal kopiert?«, fragte jemand.

»Fünfzig.«

Filippa wollte sich verbieten nachzuzählen, aber Selbstbeherrschung war noch nie ihre Stärke gewesen. (»*Ich war's nicht. Ein Bär ist gekommen und hat die Mandeltörtchen aufgegessen. Ich hab nur zugeguckt, und es war ganz komisch.*«)

»Wie viele sind's bei dir?«, war die einzige Frage, die interessierte.

Von Filippa-ein-kleines-medizinisches-Problem-Bond/Karlssons Lebensläufen fehlten elf. Elf! Es gab auf der Welt elf göttergleiche Wesen, die Filippa liebte und denen sie die Füße hätte küssen mögen, auch wenn sie nicht wusste, wer genau sie waren. Elf! Und das ihr, die fest damit gerechnet hatte, dass sie den Rest des Nachmittags mit dem Falten fünfzig trauriger Origami-Schwäne würde verbringen können.

»Vierundzwanzig«, sagte Vern zufrieden.

»Neunzehn«, sagte Relic.

»Vierzehn«, sagte Samson.

»Bei mir sind's siebzehn«, sagte Anna. »Und bei dir, Filippa?«

»Elf«, sagte sie und fragte ihrerseits Ruth, die gerade noch neben ihr gestanden hatte. »Und, Ruth? Wie sieht's bei dir aus?«

Aber Ruth war schon gegangen. Später erzählte sie Filippa, dass bei ihr 49 Kopien übrig geblieben waren. Ruth war diejenige, die bei den Agenten am schlechtesten angekommen war. Sie sagte, sie habe sich so geschämt, dass sie die 49 Blätter in der U-Bahn-Station in einen Abfalleimer steckte.

Als Filippa am nächsten Tag die Schule betrat, kam Geoffrey auf sie zu.

»Hallo, Geoffrey!«, sagte Filippa gut gelaunt.

Am Morgen war ihre Beule aufgeplatzt, und sie hatte es wie eine Befreiung empfunden, körperlich, aber auch seelisch. Sie fühlte sich wie aus dem Gefängnis entlassen. Geoffreys Atem roch schlimm nach Kaffee und Zigaretten, und Filippa fragte sich, wer von den Schülerinnen der Schule sich dem wohl freiwillig aussetzte.

»Du warst gut«, sagte er. »Gestern.«

»Danke«, sagte Filippa verlegen.

»Im nächsten Stück bekommst du eine gute Rolle. Das hast du verdient.«

»Und um was für ein Stück geht's?«, fragte Filippa.

»*Road* von Jim Cartwright«, sagte Geoffrey. »Du wirst eine fantastische Clare sein.«

Dann ging er davon. Filippa rannte geradewegs in den Computerraum im ersten Stock. Sie setzte sich an eins der Museumsstücke, gab ihre Studentennummer ein und googelte *Road*, Jim Cartwright und Clare.

Das Stück spielte in den Achtzigerjahren in Nordengland,

handelte von einer Gruppe armer Leute aus der Arbeiterklasse und hatte etliche Preise gewonnen. Clare war ein sechzehnjähriges Mädchen, dessen Freund sich in seinem Zimmer einschloss, weil er von allem die Schnauze voll hatte. Clare liebte ihn aber so sehr, dass sie zu ihm ins Bett schlüpfte, und von da an hungerte sich das Paar zu Tode. Es war eine so schöne und tragische Rolle, dass Filippa schon beim Lesen Gänsehaut bekam. Sie schickte Anna auf der Stelle eine SMS und bat sie, in den Computerraum zu kommen.

»Hast du gehört, dass einer der Londoner Agenten schon Kontakt mit Vern aufgenommen hat?«, fragte Anna, als sie fünf Minuten später den Raum betrat. »Der verdammte Kerl wird es weit bringen.«

»Ich hab nichts gehört, aber weißt du was?«, sagte Filippa aufgeregt. »Unser letztes Stück wird *Road* von einem Jim soundso. Und ich soll die Clare spielen! Es ist eine riesengroße Spitzenrolle! Ich darf eine Hauptrolle spielen!«

Anna umarmte sie fest.

»O Liebes! Endlich!«

»Gott, ich bin so froh, ich weiß gar nicht ...!«, brach es aus Filippa heraus. »Alles andere ist jetzt unwichtig. Alles!«

Anna setzte sich auf den Stuhl neben sie.

»Nach der Stunde mit Donatella gehen wir aus und feiern«, sagte Anna. »Wie klingt für dich *afternoon tea* im Dorchester? Scones mit Marmelade und Sahne, Tee, Gurkensandwiches und Cupcakes? Ich lad dich ein.«

»Bist du sicher?«, sagte Filippa. »Das ist doch schweineteuer.«

»Wenn es was gibt, das sich zu feiern lohnt, dann das«, sagte Anna.

»Okay, wahnsinnig gern«, sagte Filippa. »Das heißt, solange ich die Gurkensandwiches nicht essen muss ...«

Zwei Tage später saß die Klasse im Stimmstudio und wartete auf einen Ehemaligen, der von seinem Leben nach der RoyDram erzählen sollte. Sie schaukelten auf ihren Stühlen und lauschten Vern, dem es gelang, die komplette erste Zeile von *God Save the Queen* zu furzen. Der Applaus, den er dafür bekam, war beachtlich.

»Wenn er bloß nicht arbeitslos ist!«, seufzte Anna. »Bisher waren nämlich noch alle Ehemaligen, die sie eingeladen haben, arbeitslos.«

»Und was denkst du, was sie uns damit sagen wollen?«, fragte Filippa lachend.

»He, Filippa!«, rief Ruth, die ein paar Reihen hinter ihr saß. »Kommst du mal?«

Filippa ging zu ihr nach hinten und setzte sich neben sie. Seit der Geschichte mit den Agenten hatte Ruth deprimiert gewirkt, aber jetzt hatte sie ein Blatt Papier in der Hand und lächelte.

»Was ist?«, fragte Filippa und lächelte auch.

»Frag mich nicht, wie«, sagte Ruth, »aber ich hab die Besetzungsliste unseres letzten Stücks besorgt.«

Filippa beschloss, dass es besser war, wenn sie so tat, als wüsste sie nicht bereits, um welches Stück es sich handelte. Ohnehin würde es Salz in Ruths Wunden sein, dass sie, Filippa, die Clare spielte.

»Und wie heißt es?«, fragte Filippa.

»*Road*«, sagte Ruth. »Das hier ist die Besetzungsliste, aber behalt's bis nächste Woche für dich. Dann wird die Liste ans Schwarze Brett gehängt.«

Genau da betrat ein schmächtiger Junge mit Brille den Raum. Der Ehemalige. Er setzte sich im Schneidersitz auf den Stuhl vor den Sitzreihen und schien nervös zu sein. Filippa schaute auf das Blatt, das Ruth ihr gegeben hatte. Ihr Lächeln erlosch. Die erste Zeile der Besetzungsliste lautete:

CLARE – ANNA DOODY

37

Filippa starrte auf den Stuhlrücken vor ihr.

»Bei einem anderen Casting wollte der Typ, dass ich mich ausziehe«, erzählte der schmächtige Junge mit Brille. »Dabei war es für die Rolle gar nicht nötig. Und wie ich für die nächste Rolle vorspreche ...«

Zu jedem anderen Zeitpunkt hätte sie die Worte des früheren RoyDram-Schülers verschlungen, aber jetzt gerade konnte Filippa nur daran denken, dass sie nicht die Clare spielen würde. Und dass stattdessen Anna die Rolle bekommen hatte. Wie konnte das sein? Konnte Geoffrey sich so vertan haben? Sie verstand es einfach nicht. Und war so unendlich traurig. Sie hatte sich in das Arbeitermädchen verliebt, in Clare, die aus Liebe in den Tod ging. Und jetzt würde Anna sie spielen. NEIN! Hier lief etwas vollkommen falsch, und Filippa würde der Sache auf den Grund gehen. Sie wusste, wer hier die Finger im Spiel hatte.

»Anna, kommst du mal kurz?«

Der Ehemalige hatte seinen kleinen Vortrag beendet, und die Klasse verließ den Raum. Die Stimmung war gedrückt, und manche wollten erst mal auf ein paar Drinks in den Pub. Andere sprachen davon, sich gleich für einen Job bei McDonald's zu bewerben.

»Klar«, sagte Anna. »Herrgott noch mal, wo finden sie bloß

immer diese Typen? Ich musste mich echt zusammenreißen, um nicht gleich loszulachen.«

Es gab keinen anderen Weg für Filippa. Sie musste brutal ehrlich sein.

»Anna, ich hab die Besetzungsliste für *Road* gesehen.«

Anna blieb wie angewurzelt stehen. Sie waren die Letzten im Raum.

»Sieht aus, als sollte ich die Clare nicht mehr spielen«, fuhr Filippa fort. »Das machst jetzt du.«

Von Anna keine Reaktion, nicht mal ein Blinzeln. Für eine Weile schwiegen sie beide.

»Das tut mir leid«, sagte Anna schließlich. »Ich kann verstehen, dass du enttäuscht bist.«

Filippa sagte nichts. Tief in ihr grummelte ein Vulkan kurz vorm Ausbruch. Was hier passierte, war nicht richtig. Sie würde kämpfen.

»Sie müssen ihre Meinung geändert haben«, sagte Anna. »Wer blickt bei Lehrern schon durch?«

»Was hast du gemacht?«, fragte Filippa jedes einzelne Wort betonend.

Anna sagte nichts. Sie starrten einander nur an.

»Was. Hast. Du. Gemacht?«, fragte Filippa und hörte selbst, wie wütend sie klang.

»Ich hab mit Donatella geredet«, sagte Anna ruhig.

Filippa versuchte, ihren Atem und ihr galoppierendes Herz unter Kontrolle zu halten.

»Was hast du ihr gesagt?«

»Nur die Wahrheit«, sagte Anna. »Dass du eine Rolle wie die Clare nicht schaffst.«

»Warum sollte ich so eine Rolle nicht schaffen?«, schrie

Filippa. »Du hast selbst gesagt, dass ich eine Hauptrolle verdient habe. Ich kann es und ich will es und ich verdiene die Rolle!«

Anna schüttelte den Kopf.

»Es wäre ungesund«, sagte Anna immer noch ganz ruhig.

»Wieso?«, fragte Filippa. »Wovon sprichst du?«

»Von deinen Essstörungen«, sagte Anna. »Ich fand, mit deinen Essstörungen solltest du besser keine Rollen wie die Clare spielen. Ich hab nur an dein Bestes gedacht.«

Filippa war zu schockiert, um etwas zu sagen. Dann fiel ihr ein, wie Anna ihr einmal erzählt hatte, dass man als Schauspielerin erst dann dünn genug sei, wenn man sich an einer bestimmten Stelle auf den Bauch drücken und dabei sein Rückgrat spüren könne. Anna hatte es gesagt, als wollte sie Filippa die Mitgliedschaft in irgendeinem exklusiven Klub schmackhaft machen.

»Aber ich hab keine Essstörungen«, brachte sie schließlich heraus.

»O Filippa!«, stöhnte Anna.

»Wenn hier jemand Essstörungen hat, dann doch DU! Glaubst du nicht, ich würde ein bisschen anders aussehen, wenn ich Essstörungen hätte? Es ist doch nicht *mein* Körper, der wie ein Skelett aussieht!«

Anna schüttelte den Kopf.

»Ich weiß trotzdem, dass du Bulimie hast«, sagte Anna. »Dass du nach jeder Mahlzeit auf die Toilette gehst und dich übergibst. Es bricht mir immer fast das Herz, wenn ich es sehe. Aber nur so hältst du dein Normalgewicht. Das hab ich Donatella erzählt, und sie hat eingesehen, dass du eine Rolle wie die Clare wirklich nicht spielen solltest.«

Filippa konstatierte, dass sie in einer besonderen Art Hölle gelandet war. Einer Hölle, die darin bestand, sich mit einer abgrundtief bösen Lügnerin im selben Raum aufhalten zu müssen. Das hier durfte einfach nicht wahr sein. Wenn sie gekonnt hätte, hätte sie genau jetzt den Film ihres Lebens angehalten und auf Neustart gedrückt. Aber aus der Hölle gab es kein Entrinnen.

»Ich könnte jedes Mal heulen, wenn du behauptest, dass du dringend auf die Toilette musst«, sagte Anna mit Tränen in den Augen. »Weil ich natürlich weiß, was du in Wirklichkeit vorhast. Manchmal höre ich die Spülung und denke: O Gott, nein, jetzt hat Filippa wieder eine Mahlzeit ausgekotzt!«

Eine wahnsinnige Sekunde lang dachte Filippa daran, Anna zu schlagen. Ihr das Gesicht zu zerkratzen, sie an den Haaren zu ziehen, auf sie einzuschlagen und zu schreien, bis sie keine Stimme mehr hatte. Aber Gewalt war keine Lösung. Dann hätte Anna gesiegt. Sie wäre das Opfer, und Filippa stünde wie eine Irre da.

»Diese Rolle ist nichts für dich. Ich hab dir einen Gefallen getan«, fuhr Anna fort. »Ich weiß, dass du das jetzt nicht so sehen kannst, aber eines Tages wirst du dich bei mir bedanken.«

»Du falsche Schlange«, sagte Filippa leise. »Du bist wirklich zu allem fähig, stimmt's? Es soll nur keiner wagen, dir im Weg zu stehen.«

Filippa nahm ihre Tasche und verließ den Raum. Erst auf dem Flur merkte sie, dass sie am ganzen Körper zitterte. Dann rannte sie auf die Toilette und weinte so sehr, dass sie sich auf den kalten Klinkerboden setzen musste. Es war die Trauer nach einer Liebe und einer Freundschaft. Sie war dem hässlichen Gesicht der Gier begegnet.

Filippa musste mehrere Stunden warten, bis Donatella und Geoffrey Zeit für sie hatten. Es zeigte sich, dass die Liste, die Ruth ergattert hatte, nur ein erster Vorschlag gewesen war, über den Donatella und Geoffrey noch gar nicht hatten reden können. Aber Filippa sah Donatella an, dass sie ihr nicht glaubte, als sie sagte, dass sie weder unter Bulimie noch unter irgendeiner anderen Essstörung litt.

»Die Rolle darf nichts Negatives bei dir auslösen«, sagte Donatella. »Für mich steht die Gesundheit meiner Schülerinnen und Schüler an erster Stelle.«

»Klar kann Filippa die Rolle spielen, und sie wird es auch«, grunzte Geoffrey.

Filippa war so dankbar, dass sie ihm die Füße hätte küssen können.

»Okay«, sagte Donatella schließlich.

»Danke«, sagte Filippa und versuchte, die Tränen zurückzuhalten.

In der darauffolgenden Woche begannen die Proben, und Filippa bekam die Rolle der Clare.

Bis dahin hatte Anna schon das Gerücht verbreitet, Filippa habe die Rolle nur bekommen, weil sie es früher im Jahr mit Geoffrey auf einer Matratze im Bewegungsstudio getrieben habe. Davon sei auch die Beule gekommen, nämlich als Folge des Trippers, den sie sich von Geoffrey eingefangen habe, und Freundinnen seien sie nicht mehr, weil Filippas Atem so übel nach ihren ständigen Kotzattacken rieche.

38

Mitten im Regent's Park gab es einen kleinen Pavillon, dessen abblätternde Farbe nur noch ahnen ließ, dass er einmal weiß gewesen war. Eigentlich hatten sie sich drinnen in dem Pavillon treffen wollen, aber als Filippa sah, dass sich ein offenbar ordnungsliebender Obdachloser darin fest eingerichtet hatte, setzte sie sich auf eine der Bänke davor und ließ sich die Sonne ins Gesicht scheinen. Die Bäume färbten sich schon grün, und die frische Luft duftete nach Gras und großen Erwartungen.

Schon aus der Ferne erkannte sie Paul, der nicht mehr mit gebeugtem Rücken ging und auch das Gesicht nicht mehr unter einer Baseballkappe versteckte. Er näherte sich mit energischen Schritten und winkte ihr, als er sie sah. Sein Lächeln hätte nicht breiter sein können.

»Sie haben dich also rausgelassen?«, fragte Filippa lächelnd.

»Rausgelassen?«, sagte Paul. »Ich war endlich mit dem Fluchttunnel fertig. Vielleicht erinnerst du dich, dass ich ihn mit einem kleinen Plastiklöffel graben musste.«

Er setzte sich neben sie auf die Bank. Filippa war es so gewohnt, ihn im St Daniel's zu besuchen, dass sie jetzt, wo sie in einer anderen Umgebung neben ihm saß, fast ein bisschen schüchtern war. In der Sonne glänzten seine langen Wimpern in einem hellen Braun, und auf seinen Wangen lag eine leichte Röte. Es waren mehrere Monate vergangen, seit dieselben Wangen so erschreckend eingesunken ausgesehen hatten. Es war weder leicht noch schnell gegangen, aber Paul aß inzwischen auch andere Dinge als nur Chips.

»Wie laufen die Proben?«

»Gut«, sagte Filippa. »Wir arbeiten bis sieben Uhr abends, und nachdem ich den ganzen Tag halb nackt mit Relic im Bett gelegen habe, muss ich mindestens eine halbe Stunde duschen, um wieder warm zu werden und mich sauber zu fühlen. Aber ... ich bin glücklich.«

»Wie ist der Regisseur?«

»Durchgeknallt«, sagte Filippa. »Er ist Amerikaner und war im Vietnamkrieg. Er sagt, es stimmt, dass man sie mit halluzinogenen Drogen vollgepumpt hat, damit ihnen das Töten leichter fällt. Danach hat er dann beschlossen, zum Theater zu gehen. Unglaublich, oder? Und mich nennt er ›a shit-hot and mean actress‹. Vor allen anderen! Sogar Vern ist fast geplatzt vor Neid. Und eine Agentin hat sich auch schon gemeldet, dass sie Interesse hätte. Eine aus London! – Aber erzähl du! Wie geht's dir? Wie fühlt es sich an, wieder zu Hause zu sein?«

»Gut, echt gut«, sagte er. »Ich geh gerade Mutters Sachen durch, was man wegschmeißen kann und was die Wohlfahrt bekommt. Dann werd ich das Haus verkaufen.«

»Und wo wirst du dann wohnen?«

Paul lächelte.

»Es ist Zeit, Hoddesdon zu verlassen«, sagte er. »Mit dem Geld, das ich für das Haus bekomme, kann ich was näher am Zentrum kaufen. Vielleicht in der Nähe vom King's College. Ein kleines Einzimmerapartment oder so.«

Filippa stieß ihn scherzhaft in die Seite.

»Aber leben deine neuen Hippie-Freunde nicht eher in Zelten? Oder auf der Themse, in ökologischen Hausbooten aus Schilf? Hast du nicht Angst, dass sie dich als kapitalistischen Wohnungsbesitzer verstoßen?«

»Wenn sie mich verstoßen, dann höchstens deshalb, weil meine Freundin eine nicht ganz dichte Schwedin ist.«

Filippa und Paul schauten einander an. Filippas Wangen wurden so heiß, dass sie brannten.

»Redest du von mir?«, fragte Filippa.

»Komm her!«, sagte Paul.

Paul zog sie an sich und fuhr mit den Fingern durch ihre Haare, küsste sie in den Nacken und atmete ihren Duft ein. Sie spürte die Küsse und glaubte zu schmelzen. Als Pauls Arme sie umschlangen, spürte sie, wie stark sie waren.

»Get a room!«, hörten sie den obdachlosen Mann aus dem Pavillon rufen.

Etwas mehr als eine Woche später saß Filippa allein in Ruths und ihrer gemeinsamen Garderobe. Obwohl es ihre letzte Vorstellung war, war Ruth spät dran. Drei Blumensträuße standen auf dem Schminktisch und verströmten einen süßen Duft, dass man fast ohnmächtig wurde. Da Clare erst sechzehn war, brauchte Filippa, abgesehen vom Puder gegen das warme Scheinwerferlicht, kaum Schminke. Ihr Kostüm bestand aus einem kurzen hellrosa Rock, einem einfachen T-Shirt und einer Jeansjacke, alles eindeutig im Achtzigerjahrestil.

Nach dem Schminken hielt Filippa nach ihrem wichtigsten Requisit, einer kleinen rosa Handtasche, Ausschau, konnte sie aber nicht finden. Sie musste sie bei der letzten Probe auf der Bühne vergessen haben. Die RoyDram-Bühne war ein einziger chaotischer Haufen aus irgendwelchem Gerümpel, Ziegelsteinen, gewöhnlichen Steinen, alten Möbeln und stehen gelassenen Einkaufswagen. Vom Bühnenhimmel hingen Hunderte leerer Flaschen und bunte Lampen, dazu waren überall Wäscheleinen gespannt. Auf dem Sofa in der Bühnenmitte fand sie die Handtasche aus billigem Kunststoff.

»Break a leg!«, hörte sie plötzlich eine Stimme sagen.

Filippa schaute auf und sah ein großgewachsenes Mädchen zwischen den roten Sitzreihen stehen. In der einen Hand hielt sie einen Besen und in der anderen einen Eimer aus Metall. Filippa lächelte. »Du hast den Putzjob abgekriegt?«

Das Mädchen nickte.

»Ich damals auch.«

»Warum Cath nicht will, dass man einen Staubsauger benutzt, soll verstehen, wer will«, sagte das Mädchen.

»Weil du dann nicht genug leiden würdest«, sagte Filippa.

»Leiden?«, sagte das Mädchen lachend. »Ich bin doch hier im Himmel.«

Dann sah Filippa aus den Augenwinkeln Ruth, die kurz im Bühnenhintergrund auftauchte und wieder verschwand.

»Tschüs dann!«, sagte sie zu dem Mädchen mit dem Besen.

Sie ging von der Bühne und wollte gerade nach Ruth rufen, als sie zurückprallte. Im Gang, der von der Bühne wegführte, stand Ruth. Zusammen mit Geoffrey.

Ohne etwas zu sagen, beugte sich Geoffrey vor und küsste Ruth zärtlich auf die Lippen. Ruth strich Geoffrey übers Haar und sagte etwas, was ihn lächeln ließ. So leise wie möglich schlich sich Filippa zurück auf die Bühne und ging von der Männerseite her zur Garderobe.

»Meine Güte, hast du viele Blumen bekommen!«, sagte Ruth, als sie ein paar Minuten später hereinkam.

»Hab ich mir alle selbst geschickt«, sagte Filippa.

»Das will ich schwer hoffen«, sagte Ruth.

»Du ...«, begann Filippa, sprach den Satz aber nicht zu Ende. Nein, sie würde Ruth nicht nach Geoffrey fragen. Aber insgeheim wünschte sie den beiden alles Glück und alle Liebe der Welt.

»Was?«

Ruth war schon dabei, das billige kirschrote Kleid aus Viskose anzuziehen, das sie auf der Bühne trug. Filippa reichte ihr einen schwarzen Stift.

»Zeit, uns an der Wand zu verewigen!«

»Das hätte ich glatt vergessen«, sagte Ruth. »Was wirst du schreiben?«

Filippa dachte nach.

»Nur ›Filippa Karlsson/Bond war hier‹ und das Datum«, sagte Filippa.

»Half hour until house opens«, hallte zweimal die Stimme aus dem Lautsprecher.

Filippa und Ruth schauten einander an.

»Das letzte Mal«, sagte Filippa.

»Das letzte Mal«, sagte Ruth.

Eine Stunde später stieg Filippa als Clare in das Bett, in dem Relic schon lag. Das Theater war brechend voll, aber im Scheinwerferlicht der Bühne merkte man es nur an der Wärme und dem ein oder anderen Hüsteln und Räuspern.

»Ich hab dir gesagt, du sollst nach Hause gehen!«, schrie Relic.

»Nein, ich bleib hier, mit dir«, sagte Filippa und setzte sich im Bett auf.

Und sie *würde* bleiben. Weil es keinen anderen Platz auf der

Welt gab, an dem sie lieber sein wollte. Sie war Clare, und Clare war Filippa. Sie hatte sich noch nie so lebendig gefühlt. So elektrisiert. Und als Clare, kurz bevor sie starb, ihr Sehvermögen verlor, hörte man es an mehreren Stellen im Zuschauerraum schluchzen. Dann war das Stück zu Ende und das ganze Road-Ensemble stand vorne am Bühnenrand und verbeugte sich. Rechts von ihr stand Relic und hielt krampfhaft ihre Hand, und links stand Ruth.

»Bravo!«

»Fantastisch!«

»Bravo!«, schallte es wieder und wieder aus dem Publikum.

Erst jetzt sah Filippa, dass die ganze erste Reihe von denen aus der Klasse besetzt war, die bei dem Stück nicht mitspielten und die Schule schon vor zwei Wochen abgeschlossen hatten. Sie waren es gewesen, die am lautesten geklatscht hatten. Auch Donatella, Geoffrey, Hugh und Helen waren aufgestanden und klatschten. Filippa fand, dass Geoffrey, wenn er Ruth anschaute, besonders laut klatschte. Dann entdeckte sie Paul ganz außen in der dritten Reihe. Er hatte einen Blumenstrauß in der Hand.

»Bravo!«, hörte sie ihn rufen.

Neben ihm standen Malin, Bridget, Louise und Odd und klatschten mindestens genauso enthusiastisch wie er.

Zehn Minuten später hatten sich Filippa und Ruth umgezogen und wieder ihre normalen Kleider an.

»Wer zuletzt im Pub ist, endet als arbeitsloser Statist!«

Aber Filippa nahm sich Zeit. Vorsichtig steckte sie ihre Blumensträuße in eine Plastiktüte und nahm dann langsam die Postkarten ab, die sie am Rand des Spiegels festgeklemmt hatte. Da gab es Glückwunschkarten von dem amerikanischen Regisseur, von ihren Eltern, von Bridget und Malin, von Paul und auch die Karte mit dem Glücksrad, die sie von den indischen Wahrsagemädchen bekommen hatte.

Die Karte mit dem Glücksrad schaute sie sich noch einmal genauer an. Das Glücksrad stand für Veränderungen, die notwendig, aber nicht immer leicht auszuhalten waren. Ihre Zeit an der Royal Drama School war jetzt zu Ende, und sie versuchte, dem nachzuspüren, was sie dabei empfand. Aber sie empfand genau nichts.

Es würde drei Uhr nachts werden, bis die Gefühle sie überrollten: Trauer, Erleichterung, das Gefühl von Freiheit, Sehnsucht, Stolz, Unsicherheit, Hass, Liebe. Sie dachte an die Menschen, denen sie in den letzten drei Jahren so nahe gekommen war. An all die Gesichter, die nun aus ihrem Leben verschwinden würden. All die Räume, die sie nie mehr betreten würde. Alles vorbei. Mitten in der Nacht würde sie jämmerlich weinen, und Paul, der neben ihr schlief, würde davon aufwachen und sie liebevoll in die Arme nehmen.

Aber das war später. Jetzt spürte sie nur ein enormes Verlangen, in den Pub namens The Dog & Partridge zu gehen, wo die andern schon alle waren. Wahrscheinlich wartete längst ein Whisky mit Ginger Ale auf sie.

Filippa warf einen letzten Blick in die Garderobe, um sicherzugehen, dass sie nichts vergessen hatte.

»Tschüs dann, RoyDram!«, flüsterte sie.

Dann machte sie das Licht aus.

NICHT DAS ENDE

dtv
Reihe Hanser

Nicht unterkriegen lassen!

Übersetzt von Anu Stohner
ISBN 978-3-423-**62605**-7
Auch als **eBook**

Gerade mal 18 Jahre und das Abitur in der Tasche, macht Filippa Karlsson sich auf den Weg in ihre Traumstadt London, um dort Schauspiel zu studieren. Aber London kann manchmal auch ein Albtraum sein.

www.dtv-dasjungebuch.de

dtv
Reihe Hanser

Witzig und **Unkorrekt**

Übersetzt von Anu Stohner
ISBN 978-3-423-**62595**-1
Auch als **eBook**

Eine Geschichte über Freundschaft,
Liebe und den totalen Crash zweier Kulturen.

....

www.dtv-dasjungebuch.de

dtv
Reihe Hanser

Eine Freundschaft in Brooklyn

Übersetzt von Klaus Fritz
ISBN 978-3-423-**65018**-2
Auch als **eBook**

»Ich schreibe Geschichten, die ich als Teenager gerne gehabt hätte – Bücher mit Atem und Puls und vor allem KEINE LANGWEILIGEN BÜCHER!«
Jason Reynolds

www.dtv-dasjungebuch.de